4月1日のマイホーム

はじめまして。

恐児《きょうじ》様の動画、欠かさず拝見しております。先日配信された「東京事故物件ツアー」は大変興味深く、何回も再生いたしました。

私は、東京都S区の〝畝目《うねめ》〟というところに住んでいるのですが、うちの近くにも、事故物件だという噂《うわさ》の建物があります。昭和三十年代に建てられた、築六十年ぐらいの建物です。「未唯《みい》紗《さ》アパートメント」という名前です。ネットで検索すれば、すぐにヒットします。

往年のスター、未唯紗英子《えいこ》が建てた高級賃貸物件で、当時は、女優や小説家などの著名人が多く住んでいたといいます。

今はその面影はなく、一見、お化け屋敷のようです。とはいえ、人は住んでいるようで、エントランスには宅配の車がよく停《と》まっています。

その未唯紗アパートメントがどうして「事故物件」と言われているのか。それは、ここで、大量殺人事件があったというのです。

ですが、ネットでどんなに検索してもそんな事件は見当たらず、さらに、例の事故物件サイトにも掲載されておりません。

とても気になっています。

恐児様の動画サイトで、未唯紗アパートメントを検証していただけないでしょうか。

2019/04/01 投稿

恐児様、こんにちは。

以前、東京都S区の〝畝目〟にある未唯紗アパートメントについて投稿した者です。

先日、未唯紗アパートメントの前を通りましたら、建物全体が幕で覆われていました。解体されるようです。解体現場には立て看板があり、分譲住宅の案内がありました。どうやら、解体後は一旦更地になり、その後、建売住宅が建てられ分譲されるようです。分譲地は五つの区画からなり、AからEまでありました。

大量殺人の噂は、これで綺麗《きれい》さっぱりクリアにされてしまいそうです。

それでも気になるんです。この地でいったいなにが起きたのか。建物が解体されたからといって、「大量殺人」の記憶は、この地に残るんではないか。そんな気がしてならないのです。

2019/12/14 投稿

畝目四丁目プロジェクト

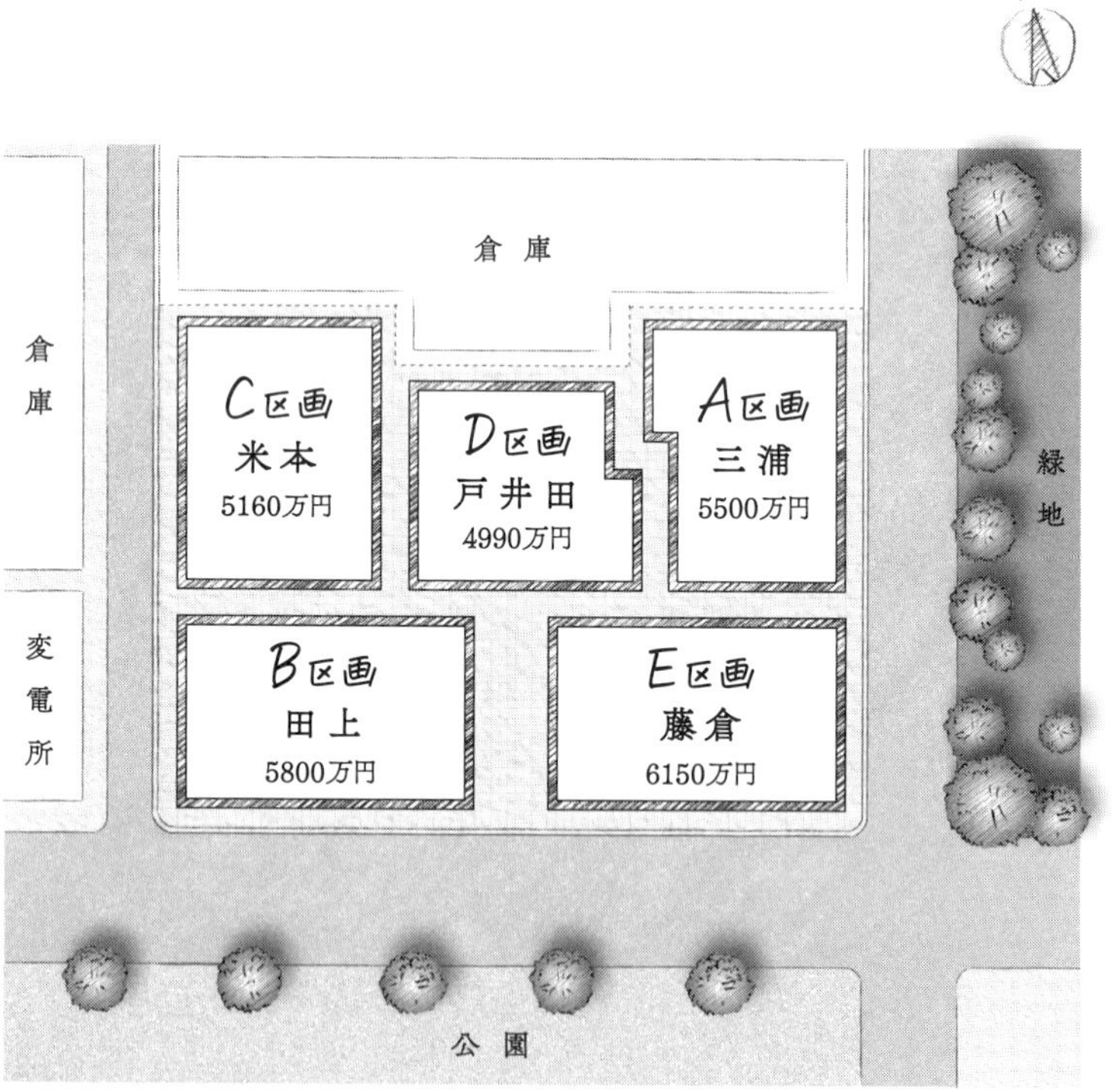

Chapter

1.

A区画　三浦邸

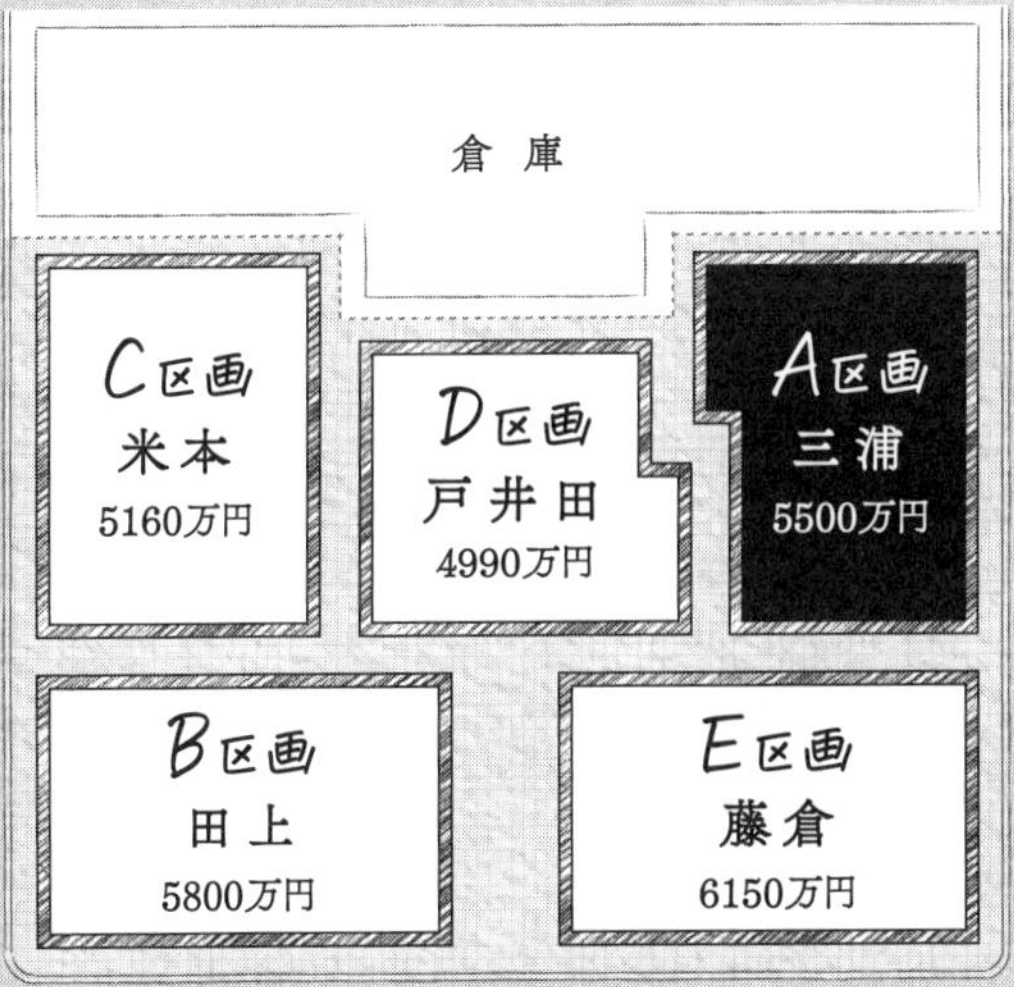

1　（2022/3/30）

「番号札、444をお持ちの方、いらっしゃいますか？」

そんな声がふいに耳に飛び込んできて、三浦奈緒子《みうらなおこ》の体は鯉《こい》のように跳ねた。

見ると、窓口の電光掲示板に、〝444〟という文字が大きく表示されている。

「あ、はい。私です！」

立ち上がると同時に、膝に置いたトートバッグが大袈裟《おおげさ》な音を立てて床に滑り落ちる。ばら撒《ま》かれた中身を慌てて拾い集めると、奈緒子はせかせかと窓口に向かった。

川崎市T区役所。ここには、ずいぶんと通った。なにしろ、川崎市には六年も住んだ。多摩川《たまがわ》の際《きわ》、川の向こう側は東京都。部屋の窓から向こう側の景色を眺めては、羨望に身を捩《よじ》ったものだ。……いつかは東京に住みたい。

「田舎もんだな」。夫はそう言って、よく揶揄《からか》った。そういう自分だって、田舎者のくせに。地元の友人には、「東京に住んでいる」と言っているくせに。……でも、その小さな嘘が、真実になる。奈緒子は窓口の前に行くと、訊かれてもないのに、「東京都のS区に転居するんです」と、声を弾ませた。

そう、奈緒子は、転出届を出しにこの区役所にやってきた。

六年間、ことあるごとに通ったこの区役所とも今日でお別れか……と思うと少し寂しさも覚える。が、東京都、しかも二十三区の住民になるという高揚感のほうが圧倒的に勝っていた。

「そうですか。S区に転居されるんですか」

窓口の担当が、転出届に書かれた住所を見て、一瞬、笑った。「私も、S区に住んでいるんです」

「え？　川崎市の役所で働いているのに？」

「川崎市に住んでいるスタッフのほうが、むしろ少ないと思われます」

「え？　そうなんですか？」

「窓口にいるのは、ほとんどが派遣なので」

「派遣さん……なんですか？」

「あ、では、処理をいたしますので、番号札を持って、ロビーでもうしばらくお待ちください」

相変わらず、役所の仕事はまどろっこしい。一度で終わらせればいいのに、何度も何度も待たせる。

それにしても、役所の仕事まで派遣任せなんだな。この調子じゃ、警察も検察も裁判所も、そのうち非正規だらけになるんじゃない？　まあ、私には関係ないけど。

奈緒子は、空いている席を見つけると、そこに腰をおろした。……途端、スマートフォンの着信音。画面を見ると、〝美歌《みか》〟。妹の名前だ。奈緒子は、落としかけた腰を再び伸ばすと、自動販売機が置いてある暗がりに向かった。

「美歌、どうしたの？」

『今、大丈夫？』

「うん、少しなら」

『今、どこ？』

「区役所」

『あ、そうか。引っ越し、そろそろだもんね。転出届？』

「そう」

『ようこそ、夢の二十三区へ！』

は？　そんなことを言うために、わざわざ電話してきたの？

そりゃ、あんたは五年前から東京都K区の住民。しかも、湾岸のタワマン住まい。それを鼻にかけてなんだかんだとマウントとってきたよね。あんたは、昔からそう。私が叶《かな》えられなかったことをすんなり叶えてきた。高校も大学も就職も結婚も、そして子供も。でもね、今回ばかりは、私のほうがマウントをとらしていただきます。

なにしろ、私がこれから住むのはS区。住みたい街ランキングでは常に上位。有名人も多く住み、セレブの街のイメージも強い。

一方、あんたは、K区。湾岸の再開発でちょっとはイメージアップしているけど、所詮は埋立地。そこ、前はゴミ捨て場だったんだって。だから、知名度もまだまだ低い。その証拠に、親にK区って言っても反応されなかったよね？　だから、あんた、わざわざ「湾岸」を強調していた。でも、S区は違う。S区って言ったら、誰だって知っているし反応だって早い。「うわー、凄《すご》い！」って。実際、お父さんもお母さんも、あのおばあちゃんですら、「S区に住むのか！」と驚いていた。

そうよ。同じ二十三区でも、S区とK区ではまったく違うのよ。十把一絡《じっぱひとから》げにしないで。呑気《のんき》に『ようこそ、夢の二十三区へ！』なんて言わないでほしい！

『で、引っ越しはいつ？　よかったら手伝うよ？』

冗談じゃない。あんたに手伝ってもらったら余計に高くつく。六年前、結婚して今のアパートに越してきたときあんたに手伝ってもらったけれど、大切にしていたティーカップを割られ、お気に入りの椅子の足を折られ、トドメで壁に傷をつけられた。

「ありがとう。気持ちだけいただいておく。引っ越しの日は、平日だし」

『平日なんだ。で、いつ？』

「四月一日」

『うそ、明後日《あさって》じゃん！　っていうか、エイプリルフールじゃん！』

言うと思った。

『じゃ、引っ越し祝い、送っておくね。四月一日に』

マジか。

「いいよ、いいよ。引っ越し当日に送られても、色々と面倒だし」

『じゃ、いつがいい？』

だから、いらないって。

『ね、住所、教えて』

「え？　転居ハガキ届いてない？」

一週間前、出したばかりだ。

『あー、なんか、来てたね。どっかにやっちゃった』

相変わらずだ。あんた、昔から、整理整頓が苦手だったよね。部屋だって、いっつも散らかってさ。だから、しょっちゅうモノをなくしていた。

『でもさ、フツー、転居届って引っ越ししたあとに出さない？　引っ越す一週間も前に出す方が悪いんだよ』

これも、相変わらずだ。自分の非を、なんだかんだ理屈をつけて他者になすりつける。

『ね、だから、住所』

急《せ》かされて奈緒子は、すっかり暗記したその住所を口にした。

「東京都S区畝目四丁目――」

『あれ？　畝目なの？　今住んでいる住所も、畝目じゃなかった？　どういうこと？』

「元々は、同じ村だったみたいだけど、多摩川の氾濫のたびに村が分断されて、で、多摩川が今の流れになったときに、東京都と川崎市に、〝畝目〟という地名が残ったらしいよ」

奈緒子は、小鼻を蠢《うごめ》かせながら説明した。ネットの受け売りだが。

『へー、だったら、今のところと変わんないじゃん』

は？　何言っての。全然違うわよ。今のところは、川崎市。今度住むところは、東京都！　しかも、S区！

『ほぼ、川崎市ってことじゃん』

　だから！

『そういえばお姉ちゃん、今日、ネットニュースのトップに上がってたね』

え？　……あ、あれか。先日、T新聞ウェブ版の取材を受けた。

『顔隠していたけど、お姉ちゃんだってすぐに分かるね。顔隠す意味、ないんじゃない？』

「それでも隠したいの。だって、……自信ないもん。写真写り悪いしさ」

『まあ、覆面作家っていうのも悪くないかもね』

　作家だなんて。……ちょっとこそばゆい。

『しかし、人生、何が起きるか分からないね。あんな漫画で、一躍、作家先生だなんて』

　あんな？　確かに、自分でもそんなに上手いとは思わない。本物のプロから見たら、ただの落書きにしか見えないだろう。でも、それが今のトレンドなのだ。素人が描いたエッセイ漫画がSNSでバズって、気がつけば、各出版社の編集者が「先生、先生」と、揉《も》み手《て》しながらやってくる。

『しかも、その稼ぎで、家まで買っちゃってさ。お母さんもお父さんも、びっくりしていたよ。あの子がね……って。お母さんもお父さんも、ずっと心配していたんだよ、お姉ちゃんのことは。だって、あの旦那さん――』

　ちょっと。いくら妹だからって、人の旦那をディスるのは許せない。確かに、夢追い人で、職も定まらず、だから収入も少ない。あんたの旦那のように、高給取りの銀行員とは大違い。でも、うちの旦那だっていいところはたくさんある。優しいし、怒らないし、話は面白いし、器用で物知りだ。あんたがつけた壁の傷だって、ＤＩＹで綺麗に修復したんだから。……なにより、たっくんと一緒にいると、楽しいんだ。安心するんだ。

『まあ、あんな旦那さんだけど、そのおかげで、お姉ちゃんの漫画がバカ売れしたんだから、旦那サマサマだね。やっぱり、キャラが立っている人は、得だよね』

棘《とげ》がある言い方だ。このままでは喧嘩《けんか》になる。こんなところで声を荒らげたくはない。奈緒子は、番号札を握りしめると、

「あ、私だ、私の番号が呼ばれている。行かなくちゃ。じゃ」

と、小芝居を打つと、一方的に電話を切った。

実際には、番号が呼ばれるのはまだまだ先だろう。だって、この混み様。たぶん、あと三十分はかかる。

あったかいお茶でも飲むか。

奈緒子は自動販売機にプリペイドカードをかざすと、いつものボタンを押した。ミルクティーのペットボトルが、がらんごろんと陽気な音を立てて排出口に転がり落ちる。それをピックアップしようとしたそのとき、

「番号札、４４４をお持ちの方、いらっしゃいますか？」

というアナウンスが聞こえてきた。見ると、電光掲示板には、〃４４４〃の文字。

うそ、いつのまに？

ってか、冷たっ！　いやだ、間違えた！

奈緒子は、氷のように冷たいペットボトルをトートバッグの中に放り込むと、窓口に向かった。

＋

「マジか。ふにゃふにゃじゃん！」

たっくん……三浦拓郎《たくろう》が、転出証明書をつまみながら、楽しげに笑った。

「ごめん。ホットを押したつもりが、出てきたのは冷え冷えのミルクティー。しかも、それをトートバッグに入れたのを忘れて、転出証明書を一緒に入れちゃった」

「それで、ふやけちゃったんだ！　ウケる！」

たっくんが、笑い転げる。……そんなことでここまで笑えるたっくんが、奈緒子はこの上なく好きだった。この笑顔を見ていると、ほっと肩の力が抜ける。

六歳年下の夫は、今年で三十二歳。七年前、三軒茶屋《さんげんぢゃや》にある書店で出会った。奈緒子が正社員で、彼はアルバイト。アルバイト初日に食事に誘われ、気がつけば彼は奈緒子のワンルームに転がり込んでいた。その翌年、入籍。今年で結婚六年になるが、夫は一度も定職についたことはない。無職というわけではない。その都度、働いてはいる。今は、流行《はや》りの配達パートナーをしている。宅配リュックを背負い、自転車にまたがり、スマートフォンのアプリで配達リクエストを受け、注文の品を客に届ける。

「それ、バイト?」

いつだったか母親にそう言われたとき、「違う。ギグワーカーだよ」と、奈緒子は自信満々に答えた。「ギグワーカー。つまり、個人事業主。稼ぎだって、まあまあなんだよ。週に十万円になるときもある」

週に十万円だったのは一回きりで、この一年間の稼ぎは、約百五十万円。それでも、夫にしては多い方だ。なにより、一年間も続いているのが、ありがたい。それまでは、長くて三ヶ月、短くて半日。そんな夫を、妹の美歌なんかは〝ヒモ〟と呼ぶ。ヒモではない。ちゃんと働いているんだから。収入が少ないだけで〝ヒモ〟なんていうのは、男女差別だからね! 男は稼がなくちゃいけない……という考え自体、もう古いんだからね!

そんな反論をしてはみたが、夫の自由さにはときどきついていけないときがある。でも、「定職に就いて!」とはどうしても言えない。この笑顔を見ていると、「まあ、いいか」と思ってしまう。

こんなふうに思わせるのは、もはや才能だ。……そう、夫には才能がある。人の気持ちをほぐして、「まあ、いいか」と思わせる才能が。人間だけではない。犬も猫も、夫の前に行くと、どういうわけか力が抜けて、ふにゃっとなるのだ。

そんな夫の生態を漫画にして、ツイッターに上げたのが二年前。すると、千を超える「いいね」と、五百を超えるリツイートが。フォロワーも一気に増えた。それまでは二十数人だったのが、一日で、二千人を超えた。そう、バズったのだ。調子に乗った奈緒子は、毎日のように漫画をアップした。すると、半年もしないうちにフォロワーは十万人を超え、しかも、出版社やウェブマガジンからオファーが相次いだ。さらに一年前、漫画を一冊にまとめた書籍を上梓《じょうし》。タイトルは『ダーリンは小学三年生』。夫の行動がまるで小学三年生の男子なので、出版社の担当さんがつけてくれた。はじめは誤解を招くタイトルだな……と後ろ向きだった。「夫が本当に小学三年生の男児だと思われないだろうか」そう言ってやんわり反対はしたものの、「そんな誤解をする人なんていませんて！」と担当は無邪気に否定した。が、いたのだ。そんな誤解をする人が。しかも、結構な数。そのせいで、発売当時は「ショタコン」と匿名掲示板で散々罵られた。そう、炎上したのだ。中身を読めばそうでないことは明白なのに、世の中、ちらっと見た印象だけで善悪を判断し、一方的に批判する人が想像以上に多い。それを危惧していたのだ。書店員である奈緒子は、タイトルのせいで良作なのに売れない本をたくさん見てきている。理不尽な理由で叩《たた》かれた本も。「だから、言ったのに……」と、匿名掲示板の悪口を見ながら半泣きしていると、「重版、かかりました！」の担当からの連絡。なんと、炎上が宣伝になり売れはじめたのだ。その後も重版が次々とかかり、初版五千部が、十万部を超えるスマッシュヒットに化けた。そして、一千万円を超える印税を手に入れた。

書店員の年収よりはるかに多いその金額に、奈緒子は足を震わせたものだ。この印税、どうしよう？

「マイホームを買おうか？」夫は、言った。

「は？　マイホーム？」

「うん。建売の一戸建て。そしたら、犬も猫も飼えるよ」

「え？　ペットを飼いたいの？　私、アレルギーがあるからダメだよ」

「いや、ペットを飼いたいわけではなくて……あ、そうそう。川向こうの畝目に、いい物件があるんだ。ポストに投函《とうかん》されていたんだけどね」

夫が見せてくれたのは、新築分譲のチラシだった。『畝目四丁目プロジェクト』という文が躍っている。その下に描かれた地図には、五つの区画。五つのうち、三つは「済」というマーク。

「残っているのは、A区画とB区画。奈緒子さんは、どっちがいい？」

どっちがいいって。どっちも無理だって。だって、A区画は五千五百万円、B区画は五千八百万円。……うん？

「これ、畝目は畝目でも、S区の畝目だよね？　S区にしては、ちょっとお安いね」

もちろん、五千五百万円も五千八百万円も、自分たちに出せる金額ではない。印税をすべて投入しても、全然足りない。

「住宅ローンを組めば？」

「無理無理」奈緒子は、自虐の笑みを浮かべた。

「私の薄給では、とうてい住宅ローンは組めない。審査に通らないよ」

「でも、一千万円ぐらいなら、貸してくれるところあるんじゃないかな？」

「は？　一千万円？」

どうした、たっくん。計算もできなくなったか？　と呆《あき》れていると、

「奈緒子さんの印税と、そして、僕がおばあちゃんから相続したお金を足せば、五千万円にはなる。諸経費を入れても、あと一千万円あれば、五千五百万円のA区画は買えるんじゃないかな」

「いやいや、ちょっと待って。……相続って？」

「あれ？　言ってなかった？　先日、おばあちゃんが亡くなって、僕にも遺産が入ったんだよ。……税金を引いても、四千万円ほど手元に残る」

「えええええ！」

それからは、とんとん拍子だった。その翌月、奈緒子たちは『畝目四丁目プロジェクト』のA区画を購入した。一千万円は、ネット銀行の住宅ローンを利用した。十五年ローンで、月々の返済は約六万円。今住んでいるアパートの家賃よりも五千円安い。

新築一戸建て、しかも東京都S区の家に、今より低負担で住めるなんて。

なんていう、幸運なの！

奈緒子は舞い上がった。

静岡県の奥地で生まれ育った奈緒子にとって、二十三区は憧れの土地だ。大学に合格して上京したら絶対三軒茶屋に住みたい！　と心躍らせたが、甘かった。大学は第二志望になんとか合格したが、三軒茶屋の家賃の高さに絶望し、気がついたら、多摩川を越えて川崎市にいた。「たった一駅ですけど、川崎市に入ったら、家賃はうんと安くなります。川崎市だって、ほぼ東京です

よ」そんなセールストークに乗せられて、T駅から徒歩二十分のワンルームを借りてしまったが。……奈緒子の二十三区への憧れはずっと燻《くすぶ》っていた。妹の美歌が結婚し、東京都K区のタワーマンションを借りたときは、もう我慢がならなかった。「私だって、いつか！」でも、この夫だ。「いつか」は永遠に来ないだろうと、奈緒子は諦めた。

そうよ、なにが東京よ、二十三区よ。どこに住もうが、おんなじよ！　東京に住んだって、いいことはない。物価は高いし、空気は悪いし、人はうじょうじょいるし、治安は悪いし……そんなマイナスポイントを集めては、自身を慰めていた。

なのに、まさか、夫に遺産が転がり込むなんて！　しかも、四千万円って！

「でも、おばあちゃんて？」

夫は早くに両親を亡くし、施設に入っていたと聞いた。主だった親戚もいないと。……天涯孤独だと。なのに、おばあちゃんがいたの？

「うん。僕も知らなかったんだけど、母方のおばあちゃんがいたみたいだね。……そりゃ、そうだよね。おばあちゃんがいなきゃ、僕、生まれてないよな」

はっはっはっと、屈託なく笑う夫だったが、その目は珍しく、少し翳《かげ》りがあった。それ以降、夫は相続の話もおばあちゃんの話も一切することはなかった。だから、奈緒子もおばあちゃんの話は振らなかった。ただ、心の中で手を合わせるだけだった。

「天国のおばあちゃん！　本当にありがとうございます！　おかげさまで、私、念願の東京都に住めます！　S区に住めます！」

2　(2022/4/1)

四月一日。引っ越しは、正午過ぎにつつがなく終了した。思ったより、早い。

「なんか、がらんとしているね」

奈緒子は、段ボール箱が積まれたリビングを眺めながら、腕を組んだ。そして、

「1DKから4LDKに越してきたんだもん。そりゃそうだよね」

と、ひとり納得した。前の部屋は、三十平米、そしてこの家は一階と二階を合わせて百平米とちょっと。リビングなんて、二十平米もある。そのせいかネットで注文したカーテンはいかにも安っぽいし、前の部屋から持ってきたテレビもラブソファーも、おもちゃのようだ。

「ソファー、もっと大きいのにする?」奈緒子が何気なく呟《つぶや》くと、

「えー、僕、このソファー、気に入ってんだよね」と、夫が口をすぼめた。

「じゃ……、このソファーは二階の部屋に置けばいいんじゃない?」

そう、二階には四部屋もある。一番広い一部屋は夫婦の寝室にするにしても、あと三部屋の使い道は決まっていない。子供がいれば子供部屋にするところだが、あいにく、子供はいない。これから先もできないだろう。

「あ、じゃ」。夫の口がほころんだ。「二階の西側の部屋、あそこにこのソファーを置いていい?で、僕の書斎にしていい?」

「書斎？　書斎でなにするの？」

「特には決まってないけど。……でも、〝書斎〟って響き、カッコいいじゃん。ずっと憧れてたんだよね」

「じゃ、東側の部屋は、私の仕事部屋にしていい？」

「うん、いいよ。……だったら、それぞれのデスクも必要だね。それと、椅子も」

「うん、確かに」

「じゃ、早速、家具屋さんに行こうよ。あ、家電屋さんにも」

最寄《もよ》りの駅前に、家具屋と家電屋が一緒になった量販店がある。

「せっかくだからさ、ベッドも買おうよ」夫が、ウキウキとした様子で上着を羽織る。

「ベッド、あるじゃない」

「あれはセミダブルじゃん。クイーンサイズの買おうよ。寝室、八畳もあるんだから。持ってきたセミダブルは……あ、そうだ、北側の部屋、あそこ、ゲストルームにしようか。お客さんが来たときに泊まってもらおう」

　ゲストルーム？　……まあ、それも悪くないか。でも。

　奈緒子は、改めてリビングを見回した。引っ越すまでは、あんなにウキウキワクワクしていたのに。なんだろう、今は、気持ちがひどく沈んでいる。

　そう、家具をあらかた置いてみて、今更ながらにようやく気がついてしまったのだ。

「家って、結局は〝ハコ〟に過ぎないんだね。〝ハコ〟に見合ったインテリアにしないと、かえって貧乏くさくなるもんだね」

奈緒子は呟いたが、夫の耳には届いていないようだ。すっかり外出する用意を整えて、玄関先で奈緒子を待っている。夫は、気がついているだろうか。

この〝ハコ〟をそれ相応の〝家〟にするには、さらなる出費が必要なことを。リビングだけで、カーテン、ソファー、テレビ、テレビ台、サイドボードが必要だろうし、ダイニングにはテーブルとそれに見合った椅子も必要だろう。夫はさらにクイーンサイズのベッドと、書斎用のデスクと椅子を二セット、所望している。……これだけ揃えたら、いったいいくらになるんだろう？諸経費と引っ越し代が想定より高くつき、奈緒子の銀行口座にはあと百八十万円とちょっとしか残っていない。今までだったら充分な額だったが、この家にいると、百八十万円なんて端金《はしたがね》にしか見えない。

……ね、たっくん。私たち、大丈夫かしら？

奈緒子は、トートバッグを手にすると、夫が待つ玄関に急いだ。

玄関ドアを開けた途端だった。引っ越し業者のトラックが二台、奈緒子の視界を通り過ぎていった。

トラックはゆっくりとスピードを落とし、西側の家の前に停まった。

C区画の家だ。

あの家も、今日が引っ越しだったんだ。……あ。

奈緒子は、トラックの後ろをついてくる青い車に釘付《くぎづ》けとなった。車には詳しくないが、それが高級車ということは一目で分かる。

その車が、奈緒子たちの前で停まった。そして、助手席からジーンズとTシャツ姿の、長身の女性が踊るように降りてきた。

ショートボブのすらっとした美人だ。……というか、顔がめちゃ小さっ！

「こちらの家の方ですか？」

女性が、奈緒子たちの家を親指で指した。

「あ、はい、そうです」

「そうですか！　はじめまして。私、ヨネモト……と申します」

「ヨネモトさん？　あ、はじめまして。三浦です」

「これからもよろしくお願いしますね。うち、小学生の男の子がいるのでうるさいかもしれませんが、……うるさいときは、遠慮せずに注意してくださいね」

言いながら、女性は車の後部席でゲームをしている男の子を、またもや親指で指した。

「あ、そうだ」女性は一旦車に戻ると、ごそごそと何かを取り出した。そしてなにやら紙袋をぶら下げて、再び奈緒子たちの前に立った。そして、

「粗品ですが——」

と、紙袋を奈緒子たちの目の前に差し出した。その紙袋は見たことがあるオレンジ色で、そのロゴもどこかで見たことがある。

……うそ。エルメス？

「お近づきの印です、どうぞ受け取ってください」

え、でも——。

「あ、ありがとうございます……」

拒否するわけにもいかず、奈緒子はそれを受け取った。でも、どうしよう。お返しするものがない。というか、引っ越しの挨拶のことなんて、すっかり忘れていた！　だって、ご近所は、全部新築なんだよ？　ということは、全員、新しく引っ越してくるんだよ？　挨拶なんて必要ないと思っていた。だって、引っ越しの挨拶というのは、新しく来た人が元々住んでいるご近所さんに仁義を通す儀式のことでしょう？　ということは、全員新入りなら、そんな儀式は必要ないってことでしょう？

……それとも、必要なのかな？

＋

「奈緒子さん、さっきからなにを調べているの？　そんな深刻な顔して」

夫に言われて、奈緒子はようやく視線を上げた。

最寄り駅近くの商業施設、その中のイタリアンで遅めのランチをとっていたのだが、奈緒子はせっかくのピザもそのままに、スマートフォンと格闘していた。

「さっきいただいた、引っ越しの挨拶。あれ、いくらなのかな……って」

「なんで？」

「なんでって。だって、お返しするのに必要なデータでしょ？」

「でも、付箋のセットだったじゃん。そんなに高くないよ。せいぜい——」

「あ、あった！」

その価格に、奈緒子は目を疑った。

「どうしたの、奈緒子さん」

「一万円以上する……」

「またまた。エイプリルフールだからって、騙されないよ」

「嘘じゃなくて。マジよ」

奈緒子は、さらに検索を進めた。キーワードは、〝引っ越し〟〝挨拶の品〟〝相場〟。

「ほら、やっぱり、引っ越しの挨拶品の相場は千円前後だよ。……一万円なんて、高すぎるよ……」

「一万円の付箋か。さすがはS区だね。セレブだなぁ」夫が、他人事のようにケラケラと笑う。

「ちょっと、たっくんも真剣に考えて。挨拶品、なにがいいか」

「相場通りでいいんじゃないの？　千円前後のもので」

「でも、一万円以上するものをもらっちゃったのよ？」

「じゃ、こっちも一万円のものにすれば？」

「なに言ってんのよ。四世帯に配るのよ？」

「え？　他の人にもあげるの？」

「だって、一世帯にだけあげるわけにいかないでしょう？」

「まあ、確かにそうだね」

「それに、みんな同じものじゃないと。変に思われる」

「うん、うん、確かに」

「合計四万円よ？　そんなお金……。やっぱり、千円前後のものにしようか？　ううん、それだとやっぱり……。ああ、どうしよう！　あ。じゃ、一万円に見える千円前後のものにするとか？……そんなのあるかな。あ、そうだ。フリマアプリで格安のものをゲットするっていうのはどう？」

「でもさ」と、夫が、見たことがないような真剣な顔で言った。「最初にケチったら、あとあと変なことにならないかな？　人間関係とか」

「え？」

「だって、これから末長く付き合うご近所さんだよ？　ケチったことが原因でハブにされたりしたら、なんかイヤじゃん」

「そりゃそうだけど……」

「奈緒子さんはいいよ、仕事で昼間は家を空けているから。でも、僕は家にいることが多いから、ご近所とギクシャクしたら、なんか居心地《いごこち》悪いよ」

「そりゃそうだけど……」

「付き合いは、はじめが肝心なんだよ。四万円で人間関係のゴタゴタが回避できれば、安いもんだよ」

「そりゃそうだけど」

「よし。じゃ、予算はひとつ一万円ということで。……なにがいいかな？　やっぱり、日用品がいいと思うな。そう、消耗品が。……あ」

夫が、ピザをまじまじと見つめながら言った。

「オリーブオイルなんかいいんじゃない？　最高級品のオリーブオイル。これなら、好き嫌いもあまりないし、喜ばれると思うよ」

夫の提案に乗せられた形で、そのあとデパートの食品売り場に行き、一本（250ミリリットル）九千八百円するオリーブオイルを四個購入。……この世の中、こんな高い油があるんだ。目《め》眩《まい》がする。その目眩を抑えるように、

「いいネタじゃない。次の漫画はオリーブオイルネタでいこう」

と、心の中で呪文を唱える。

「よし、こうなったら、もう、破れかぶれだ。すべて、漫画のネタにしてやる」

奈緒子のタガがはずれた。そのあと量販店に行くと、間取り図とサイズを記したメモを片手に、あれもこれも購入。

総額、百五十万円。

店員に提示されたその額を見たときは、さすがに心臓が凍りついた。

……百五十万円。

………。

うん、大丈夫。漫画の取材費だと思えば。うん、大丈夫。口座にはまだ百八十万円あるんだから。うん、大丈夫。次の本が出版されれば――。

「では、配送の日時ですが。最短で、来週の八日金曜日になりますが、それでよろしいでしょうか？」ツーブロックの男性店員が、営業スマイルを全開にして、カレンダーを指さした。

「うーん、来週か……」

夫が、カレンダーを睨みつける。「もっと早くならないですか？」

「すみません。来週の金曜日が最短なんです」

「そうか。……ね、奈緒子さん？　配送は来週の金曜日でいい？」

「うーん」

そんなに先なの？　……せめて、カーテンだけは取り付けたい。ネットで買ったあの安っぽいやつじゃ、テンションが下がる。

「カーテンも来週ですか？」

「カーテンは、もっとお時間をいただきたく。なにしろ、特注品となりますので」

そうなのだ。このツーブロックの口車に乗せられて、特注品を注文してしまった。

「このサイズでしたら、既製品はありませんね……」なんて言われたから。しかも、「せっかくですから、イギリスから輸入されたこちらの布でお作りになりませんか？　カーテンは一生もの。いいものをお作りになることをお勧めします」なんて力説されたから。

そのカーテンの価格が、三十万円。

……カーテンが三十万円！

奈緒子の心臓が、改めて凍りついた。

今だったら、間に合うんじゃない？　カーテン、やめます。ネットで買ったやつがあるので、それで我慢します！　って。

「分かりました。特別に急がせます。家具と一緒に配送しますので、それでよろしいですか？」

ツーブロックの笑顔に、

「はい。それでお願いします」と、奈緒子はつい、頷《うなず》いてしまった。

「あー、さすがに、疲れたね。午前中は引っ越しで、午後からは買い物。一日中、動きっぱなしだ」

夫が、柴犬《しばいぬ》のように、休憩スペースにへたり込んだ。

「夕飯も、どっかで食べていこうよ」

一日のうち、二食も外食だなんて。でも、奈緒子も同じ気持ちだった。このあとご飯の支度をするなんて、とても考えられない。でも。

「じゃ、お弁当を買って帰ろう」奈緒子はやけくそ気味で言った。「引っ越しの片付けもあるんだし、それに、ヨネモトさんにお返しもしなくちゃだし。……だから、お弁当を買って、バスが混む前に帰ろう」

「バスか――」

「そう、バス」

奈緒子は、夫と一緒に脱力のため息をついた。

オリーブオイル四個とお弁当二個を持って、バスに二十分も揺られるなんて。

そう、あの家がS区にしては格安だったのは、その便の悪さが理由だった。最寄りの駅からバス便しかない。しかもバス停留場からさらに十分歩く。

まさに、陸の孤島。

引っ越し後、奈緒子の気持ちが沈んだのは、なにもインテリアだけのせいではなかった。都心とは思えないその静けさに、なんともいえない暗い予感を覚えたからだった。

3 （2022/4/2）

「お姉ちゃん、きちゃった」

妹の美歌が新居にやってきたのは、四月二日の午後一時過ぎ。引っ越しの翌日だった。

美歌は、いつだってそうだ。意表をつくのが大好きで、人が驚き困惑する顔を見るのが大好物なのだ。だから奈緒子はあえて感情を押し殺して、想定内とばかりに、冷静に対峙《たいじ》した。

「あんた、仕事は？」

美歌は、銀座《ぎんざ》のアパレルショップで働いている。聞けば誰もが「ああ、聞いたことがある」と頷く、ちょっとした有名ブランドだ。

「今日は、臨時休業」

「来未《くるみ》ちゃんは？」

来未とは、美歌の一人娘で今年三歳。

「今は、保育園。六時までにお迎えにいけばいいから、ゆっくりできるよ」

ゆっくりできるって……。ゆっくりされても困るんですけど。有休は今日で終わり。明日から仕事に行かなくちゃ。だから、今日中に色々と片付けてしまいたい。

そんな奈緒子の心の声を知ってか知らずか、美歌は家の中を歩き回りながら、

「建売の割にはおしゃれな家だね。作りもしっかりしている感じだし。……でも、ソファーはあれでいいの？　カーテンも、なんか……」

「あ、そのソファーは、二階にもっていくやつだから。カーテンも仮のやつ。新しい家具とカーテンは、昨日買った。届くのは来週」

「え？　買ったの、昨日なの？」美歌の眉毛が跳ねる。呆れ返ったときの癖だ。「……普通は、引っ越しまでに家具とかは揃えて、引っ越し当日には到着するように手配するもんじゃない？」

「……」

「まあ、お姉ちゃんは昔からそうだよね。行き当たりばったりというか、計画性なしというか。

だから、受験とかも失敗するんだよ」

美歌の毒舌には慣れているが、あの受験のことには触れてほしくない。奈緒子にとっては思い出したくもない黒歴史だ。怒りを含ませながら黙っていると、

「お昼買ってきたけど。もう食べた？」紙袋から次々と惣菜《デリカ》を取り出しながら、美歌。最寄り駅の中にある食品売り場で買ったのだろう。どれも美味しそうで、途端に怒りがひっこむ。……変に気がきくところは、美歌の数少ない長所の一つだ。

「助かる。実は、朝、チョコレートを食べたきり」

「朝から、チョコレート？」

「だって、それしかなかったんだもん」

昨日は夕食のことしか考えていなくて、お弁当しか買ってこなかった。だって、オリーブオイルがかさばって、これ以上買い物をしようという気にならなかった。無理してでもあれこれ買ってくるんだったと後悔したのは、朝起きたときだ。元のアパートから持ってきた冷蔵庫は、引っ越し前にその中身をすべて処分してしまったのでからっぽ。じゃ、コンビニに行くか……と最寄りのコンビニをネットで探すも、歩いて十五分もかかる距離。十五分か……と頭を抱えていたら、夫が「チョコレートがあったよ！」と、子供のようにそれを持ってきた。なんでも、上着のポケットの中に入っていたそうだ。綺麗にラッピングされた小さな箱。たぶん、バレンタインかなにかにもらったものをそのままにしていたのだろう。でも、誰にもらったの？　気になったが、まずは朝食にありつけたことに奈緒子は感謝した。

「で、旦那さんは？」シーフードサラダのパックを開けながら、美歌。

「今、買い出しに行ってもらっている」

でも、出て行ったのが、午前十時過ぎ。もう三時間になるのに、いったい、どこまで行ったのやら……。

「あれ？　これ、オリーブオイル？」

美歌がめざとく、それを見つけた。

「マジで？　これ、めちゃ高いやつじゃん！　一本、一万円ぐらいするやつでしょう？」

さすがは、ブランドには詳しい。

「なんで、そんな高いやつが、一、二……四本も？　っていうか、一本、もらってもいい？」

「ダメ。それは、引っ越しの挨拶品なんだから」

「引っ越しの挨拶品に、一万円⁈」

「だって、しょうがないでしょ。一万円以上するものを、すでにもらっちゃったんだから」

もらった相手に昨日までにお返ししたかったけれど、昨夜、戻ったのは八時すぎ。さすがにご迷惑かと思って、断念した。そして今朝、引っ越しの片付けで忙しいのかインターホンを押しても反応はなかった。だから、まだ渡せずにいる。

「で、その人からはなにをもらったの？」

「内緒」

欲しがり屋の美歌のことだ。見せたら絶対欲しがる。

「ケチ。……それにしても、引っ越しの挨拶に一万円って。洗剤とかお掃除セットとかちょっとしたお菓子とか……千円前後が相場なんじゃないの？」

「相場にも、地域差があるのよ。なにしろ、ここはS区だし」

〝地域差〟という言葉にカチンときたのか、美歌は、意地悪く肩を竦めると、

「しっかし、ここ、不便だね！　最寄りの駅が三つもあるのに、どの駅からもバス便だなんて。しかも、そのバスの少なさ！　私、仕方ないから、駅からタクシーで来ちゃったよ。その料金、二千二百円。なかなかの距離だよ。しかも、車窓に流れる景色ののどかなこと！　お店なんかひとつもないんだから。しかもこの辺り、なんだか年季の入った倉庫だらけじゃない。……だからなんだね」

「なにが？」

「ここが、S区にしては、お安いのは」

「は？」

「だって、この家、五千五百万円だったんでしょう？」

なんで知ってるの？　価格のことは、妹はもちろん、親にすら言ってないのに。

「今の世の中、ちょっと調べれば分かるんだよ。ネットがあるからね」

美歌が、ダンスを踊るようにバッグからプリントを取り出した。そして、

「ネットで見つけたやつをプリントアウトしてきちゃった」

あ、それは……！　ここの販売チラシ！　しかも、〝済〟のマークがひとつも入っていない、

販売初期のチラシだ！　はじめて見るチラシだ！

「ちょっと、見せて」

奈緒子は、美歌の手からそれを奪い取った。

A区画＝５５００万円
B区画＝５８００万円
C区画＝５１６０万円
D区画＝４９９０万円
E区画＝６１５０万円

「意外」奈緒子の口から、ふとそんな言葉が飛び出した。

「なにが、意外？」

「引っ越しの挨拶にエルメスの付箋セットをくれた人が、うちよりも安いなんて。てっきり、うちが一番安いんだと思ってた」

「え？　っていうか、エルメスの付箋セットをもらったの?!　うそ、あれ、日本ではもう販売してないんだよ。ずっと欲しかったんだ。……ね、一生のお願い、それちょうだい」

ほら、やっぱりこうなる。

「ダメ」

「お願い、お願い！　その代わり、面白い話を教えてあげるから」

「面白い話？」

「そう。この家にまつわる——」

インターホンが鳴った。もしかしたら、ガス屋さんかしら。昨日、ガス屋さんが来ることをすっかり忘れて買い物にでかけてしまった。そのせいでお湯も沸かせなかったし、シャワーも浴びられなかった。昨日はなんとかやり過ごしたが、今日こそはちゃんと料理もしたいし、お風呂にも入りたい。奈緒子は、インターホンに駆け寄った。

が、モニターに映し出されているのは、ガス屋さんではなかった。メガネをかけた、丸顔の女性だ。……誰？

「こんにちは。あたし、隣に越してきた、トイタと申します」早口で、よく聞き取れない。

「トエタさん？」

「いえ、トイタです」

「トミタさん？」

「いえ、違います、ト、イ、タ」

「ああ、トイタさん？」

「はい。D区画のトイタです。引っ越しのご挨拶に伺いました」

見ると、その手にはノシがかかった包み。もしかして、挨拶品か？

「あ、少々お待ちください！」

奈緒子は、オリーブオイルの包みを手にすると、玄関に駆け寄った。

「うちは、四日前の火曜日に引っ越してきたんです。本当は昨日のうちにご挨拶を……と思ったんですが、お出かけのようだったので」

そう言いながら、女性が包みを差し出した。ノシには〝戸井田《といた》〟と書かれている。

っていうか、ずいぶんと、軽い。……中身はなんだろう？　そう思いながら、奈緒子も包みを差し出した。

「あら、重たい！」

戸井田さんが、おちゃらけるように言った。

ああ、この人はきっと、小中学校の頃はお笑い担当だったのかもしれない。中学生の頃、うちのクラスにもいたわ。やたらとおちゃらけて、自身の容姿コンプレックスをなかったことにしようとする子が。

そう、あの子も、こんなようなワンピースをよく着ていた。ざっくりとしたラインに、なんだかよく分からない奇抜な模様。たぶん、体型隠しだろう。そして、あの子も早口だった。たぶん、それもコンプレックスの裏返しだったのだろう。自分の弱点を相手に指摘される前に、相手を圧倒して会話の主導権を握る。

「今日、お渡しできてよかったわ。うち、明日は子供の発表会の準備につきあわなくちゃいけないんですよ。この春小学六年生になった娘なんですけどね、バレエを習っていて。これがなかかなか筋がよくて、先生には本格的にバレエ留学をさせたほうがいい……なんて言われて。でも、お金がかかるでしょう？　どうしようかな……なんて悩んでいたら、娘が、バレエよりもフィギュアスケートをやりたい……なんて言い出して。で、バレエは今度の発表会で辞めることなったんですが、なんだか先生に悪くて。娘をあんなに買ってくれていたのに、それを裏切ることになってしまって。で、その罪滅ぼしに、発表会の準備を手伝うことになったんですよ。……ということで、明日の昼間はいないんですよ」

しかし、本当に早口だ。奈緒子もつい、早口になる。

「私もそうなんです。有休は今日までで、明日から仕事なんですよ」

「え？　そうなんですか？　明日は日曜日なのにお仕事なんですか？　お仕事は、なにを？」

「書店で働いています」

「あらま。書店員さん？　素敵。どこの書店？」

「三軒茶屋にあるチェーン店です」

「あら、素敵。もしかしたら、あたし、行ったことあるかも。パート？」

「いえ。正社員です」

「あら、素敵。旦那さんのお仕事は？」

「えっと」

銃弾戦のような早口の掛け合いが、ここで止まった。そして少しばかりの間を置くと、「ギグワークを」と、奈緒子はゆっくりと答えた。

「ギグワーク？」

「まあ、個人事業主……的な？」

「あらまあ素敵。うちの旦那なんて、ただのサラリーマン。そして私は派遣社員。個人事業主ってなんか憧れちゃいますね。でも個人事業主って、色々と大変じゃないですか？　聞いた話だとローンとかも組みにくいって。うちは旦那の会社が一応、一部上場の大手なんですんなり審査に通りましたけどね。それに――」

『お姉ちゃーん、なんか、電話が鳴っているよ！』

妹の声がリビングからしてきた。まさに、渡りに船。

「すみません。電話みたいなんで、これで……」

と、奈緒子はようやく、戸井田さんから解放された。


「美歌、ありがとう！　助かった」

「え？　なにが？」

「助けてくれたんでしょう？　あの早口の人から」

「は？　ってか、電話だって」

「え？」見ると、キッチンカウンターに置いておいたスマートフォンが光っている。画面に表示されているのは夫の名前。が、奈緒子がそれを持ち上げた瞬間、表示は消えた。

「……、たっくん、なんだったんだろう？」

かけ直してみたものの、充電切れなのか、繋《つな》がらない。

「ね、お姉ちゃん。それ、開けてみなよ」

妹の美歌が、奈緒子の左手を視線で差した。戸井田さんからもらった包みが握られている。

妹に言われて開けるのはなんだか癪《しゃく》に障るが、でも、自分も気になる。……やけに軽いけどなんだろう？

「うっそー」美歌が笑い転げる。

包みから現れたのは、ショッキングピンクのスポンジひとつ。たぶん、風呂掃除に使用するやつだろう。

「それ、千円もしないよ。せいぜい五百円」

「………」

「これも、地域差ってやつですかね？」

「………」

「ね、ね。そういえば、それをくれた人、D区画って言ってなかった？」

「うん。D区画って言ってた」

「じゃ、お姉ちゃんの勝ちだ」

「え？」

「ほら、このチラシ、見てみなよ」

美歌が、例のプリントを奈緒子の目の前に差し出した。そして、その部分を指さした。

D区画＝4990万円

「D区画は、この分譲地のパンダ物件だね」

「パンダ物件って？」

「だから、人寄せパンダってこと。つまり一番安い物件。だって、ほら。このチラシにもあるじゃん。『4990万円で、S区の閑静な住宅地に住まう。』って」

美歌が、ニヤつきながらそのコピー部分を指さした。……本当だ。でもこんなコピー、私が見たチラシにはなかった。

「たぶん、パンダ物件が最初に売れて、それ以降はチラシの内容を変更したんだと思うよ。不動産って、お安い物件から売れるものだからさ」

「でも、私が見たチラシでは、一番高いE区画にも『済』がついていた」

「それも、不動産あるある。安い順に売れる一方、一番高値のやつも真っ先に買い手がつく」

「どうして？」

「だって、一番立地がよくて一番条件がいいからだよ。例えばE区画は、南向きだし広い道路に面しているし、その道路向こうは公園。土地面積も百平米を超えているから、かなり快適な生活環境が期待できる。転売《リセール》するときも、高値で売れると思う。一方、パンダ物件のD区画は、奥まったところにある旗竿地《はたざおち》だし、北向きだし、なにより裏が古い倉庫。四方をなにかしらの建物で囲まれているから、かなり窮屈な感じ。窓からの景色も期待できないだろうし、なんなら日当たりもちょっと難あり。土地面積も七十五平米と、他より少し狭め。言ってみれば、E区画とD区画は、天国と地獄」

「天国と地獄って。さすがに、そこまでの差はないでしょう……」

「いやいや、あるって。値段にして、一千万円以上違うんだよ？　都心の一千万円の違いは誤差だけど、この辺りの一千万円の違いは、天国と地獄ほどの差があるよ」

なんか、いちいち癇《かん》に障る。奈緒子は無言のまま「納得がいかない」とばかりに首を傾げた。そんな奈緒子を見て楽しむかのように、美歌は続けた。

「いずれにしても、D区画を買った人は、これから色々と大変だと思うな」

「どうして？」

「だって。……気がつかなかった？　バレエだのフィギュアスケートだの。お金がかかる習い事の定番。それをことさら自慢していたでしょう？　つまり、コンプレックスの裏返し」

「ああ、なるほど」

「お姉ちゃんも、自分の家のほうが高いからって、D区画の人に変なマウントをとるんじゃないよ。トラブルの元だから」

あんたに言われなくても、分かっている。っていうか、トラブルを生みそうなチラシをもってきたのは、あんたのほうじゃない。……奈緒子は、プリントを裏返した。

「うちのタワマンも、色々大変なんだよ。階数マウントがさ」

美歌が、珍しくため息混じりで言った。「うちは、あえて三階を選んだんだけどさ。……だって、高層階ってなんだか怖いじゃん？　火事とか。あと、ほら、水害も。何年か前に、台風で地下の電気設備が水浸しになったタワマンがあったじゃない。悲惨だったみたいよ。エレベーターも止まって、何十階も階段で上がらなくちゃいけなかったみたいで。これだから、タワマンの高層階って怖いよね」

じゃ、なんでタワーマンションなんか選んだのよ。タワーマンションの醍醐味《だいごみ》は高層階でしょうが。

「なのに、高層階に住むママ友の一人がさ、なんだかんだマウントとってくんだよね。うざいったらありゃしない」

「だったら、無視すればいいのに」

「できるわけないじゃん！　だって、ママ友だよ？　ボスママだよ？　あの人に睨まれたら、子供が心配だよ。それに、あのマンションにも住めないよ……」

「そしたら、引っ越せばいいじゃない。どうせ、賃貸でしょう？」

痛いところを突かれたのか、美歌の眦《まなじり》が釣り上がった。

「そうだよね。賃貸だもんね。嫌になったら引っ越せばいいだけだよね。……その点、お姉ちゃんはもう、引っ越せないね。どんなに嫌なことがあっても、ここにいるしかないんだね」

そんな嫌味を言いながら、美歌がもう一枚のプリントをバッグから引き抜いた。そして、それを奈緒子の前で広げると、

「さっき言いかけた、この家にまつわる面白い話、知りたくない？」

「なに？　これ？」

それも、ネットのページをプリントアウトしたものだった。……もしかして、動画サイトのコメント欄？

「お姉ちゃん、知らない？〝オカルトカリスマ・恐児〟というユーチューバー」

オカルトカリスマ？　……なにそれ。

「ママ友に教えられて、見はじめた動画なんだけど。なかなかの人気でさ。特に人気なのが、視聴者のリクエストに応えて、日本各地の事故物件を突撃する……という企画でね」

「あんた、そんなの見てんの？」

「だって、本当に面白いんだって。お姉ちゃんも見てみなよ。ハマるから」

「で、このプリントはなに？」

「それは、恐児さんの動画に投稿された、視聴者からのリクエスト。ちょっと、読んでみて」

言われて、奈緒子はそのプリントに視線を走らせた。

――私は、東京都S区の〝畝目〟というところに住んでいるのですが、うちの近くにも、事故物件だという噂の建物があります。昭和三十年代に建てられた、築六十年ぐらいの建物です。「末唯紗アパートメント」という名前です。ネットで検索すれば、すぐにヒットします。

往年のスター、末唯紗英子が建てた高級賃貸物件で、当時は、女優や小説家などの著名人が多く住んでいたといいます。

今はその面影はなく、一見、お化け屋敷のようです。とはいえ、人は住んでいるようで、エントランスには宅配の車がよく停まっています。

その未唯紗アパートメントがどうして「事故物件」と言われているのか。それは、ここで、大量殺人事件があったというのです。

ですが、ネットでどんなに検索してもそんな事件は見当たらず、さらに、例の事故物件サイトにも掲載されておりません。

とても気になっています。

「で、そのコメントの続きが、これ」

美歌は、もう一枚プリントを取り出した。

――先日、未唯紗アパートメントの前を通りましたら、建物全体が幕で覆われていました。解体されるようです。解体現場には立て看板があり、分譲住宅の案内がありました。どうやら、解体後は一旦更地になり、その後、建売住宅が建てられ分譲されるようです。分譲地は五つの区画からなり、AからEまでありました。

……建物が解体されたからといって、「大量殺人」の記憶は、この地に残るんではないか。そんな気がしてならないのです。

「そして、ありし日の未唯紗アパートメントの地図が、ここ」

美歌はさらにもう一枚、プリントを取り出した。

その地図は——

「うそ、まさに、ここじゃない！」奈緒子は思わず声を上げた。

「ね？　面白いでしょう？」

は？　全然、面白くない！　むしろ、不愉快な話だ。だって、ここはかつて、大量殺人の現場だった……ということでしょう？

「でもさ、どんなに検索しても、未唯紗アパートメントで起きた大量殺人のニュースなんて見つからないのよ。だから、たぶん、フェイクだと思う。だって、最初の投稿が、四月一日。エイプリルフールだもん」

「フェイク？　いやだ、よかった……」

なら、なんでこんなプリントなんか持ってきたのよ？　人騒がせな。

「お姉ちゃんの漫画のネタになるかな……と思って。だって、ここが元々は未唯紗アパートメントだったのは確かなんだよ？　そのアパートメントを建てた未唯紗英子っていったら、かなりの有名人じゃん。歯磨きのコマーシャルに出ていた人でしょう？　ほら、『輝く歯、輝く日々、輝く愛』とか言いながら、にかっと笑うコマーシャル、覚えてない？」

「ああ、そういえば、あったね、そんなコマーシャル。そうか、あのおばちゃん、未唯紗英子っていうんだ」

「えー、マジでお姉ちゃん、知らなかったの？　未唯紗英子っていったら、往年のスターじゃん。テレビでもよく見たよ」

　まあ、あんたはテレビっ子だったからね。でも、私は本の虫。テレビにはあまり興味はなかった。

「未唯紗英子、がっぽり儲《もう》けたんだろうね。二十七歳のときに、未唯紗アパートメントを建てたみたい。当時は、プールまであるかなり高級なマンションだったみたいだよ。住んでいる人も、有名人ばかりだったって」

　美歌は、さらにプリントを取り出した。それは、未唯紗アパートメントに関する記事だった。そこには、未唯紗アパートメントに住んだことがある著名人の名前がずらずらと並んでいた。どれも聞いたことがある名前だ。

「へー、セレブ御用達のマンションだったんだ。……でも、こんな僻地に？」

　つい本音が出て、奈緒子は唇を噛み締めた。そんな奈緒子を横目に、美歌は続けた。

「たぶん、郊外の隠れ家的な感じで使われていたんじゃないのかな？　当時の地図を見ると田園風景が広がっていたみたいだから、ちょっとした田舎気分《カントリー》を味わうためのマンションだったんじゃない？　それに、セレブが移動に使うのは電車でもバスでもなくて、車だもん。交通の便は関係なかったんだよ。それに――」

　聞き覚えのないメロディーが、美歌の話を断ち切った。美歌が慌てて、バッグの中からスマートフォンを取り出す。

「あ、ショートメールだ」その内容を読み終えた美歌は、そそくさと上着を着込んだ。「なんか、来未が熱を出したみたい。保育園にお迎えに行かなくちゃ」

「え？　熱？」

「なんか、朝から熱っぽいな……とは思ったんだけど」

ちょ、ならなんで、保育園に預けたのよ！

「ごめん、私、もう帰るね」

「タクシー呼ぼうか？」

「とりあえず、バス停まで行ってみる。……あ、そうだ。今日、荷物が届くはずだから、よろしくね」

「荷物って？」

「だから、引っ越し祝い」

「なに、引っ越し祝いって」

「見てのお楽しみ。……あ、それと、明後日の更新、楽しみにしているからね」

「更新？」

「だから、漫画だよ。明後日は、更新の日だよね？」

あ。

はじめは、気ままに自分のSNSにアップしていた漫画。でも、本を出版したときに版元のB出版社と契約した。月曜日と木曜日に、新作をアップすること……と。週二回の連載なんて、簡単だ。はじめはそうタカを括っていたが、最近になってちょっと負担を感じている。締め切りを設定されると、これほどまでに心が縛られるものかと。そう、忘れていたわけではない。昨日からずっと考えていたのだ。……ネタ、どうしよう？　と。

「じゃね」

そして、美歌は嵐のように去っていった。

……はあ、やれやれだ。いったい、何しにきたんだか、あの子は。

美歌が残していったものを見ながら、奈緒子は大きなため息をついた。

デリカはありがたいけれど、この情報はいらなかったよ。

奈緒子は、ソファに散らばるプリントを見つめた。

4 （2022/4/6）

「月曜日の漫画、面白かったですよ」

そう言われて、奈緒子は複雑な笑みを浮かべた。

三軒茶屋駅近くのカフェ。奈緒子の前に座るのは、B出版社の担当編集者、根川《ねがわ》史子《ふみこ》だ。奈緒子より一つ上の三十九歳の女性。でも、もっと年上にも見える。老けているというのではなく、頼りになるのだ。面倒見のいい親戚のおばちゃんに接しているような安心感もある。

根川さんから電話があったのは、昨日だった。明日の昼間、会えないか？　と言われ、仕事だから無理だと答えたが、結局は、彼女の圧に負けてしまった。

そして今、昼休憩を利用して、こうして彼女と会っている。

「引っ越しの挨拶品のくだり、あれ、めちゃ笑っちゃいました」

根川さんが、ピザトーストをつまみながら豪快に笑った。

そうなのだ。奈緒子は、例の引っ越しの挨拶品をネタにしてしまった。禁断のネタだ。エッセイ漫画を描きはじめたとき、自身に課した。「夫のことだけをネタにしよう」と。夫なら、どんなにネタにしても許してくれる。というか面白がってくれる。が、他の人をネタにしたらどうなるか。家族でも親しい友人でも、きっとトラブルの元になる。書店員である奈緒子は、そんなトラブルをいくつか目撃していた。発売直前に発売中止になったエッセイ本。売れていたのに自主回収になった自叙伝。どれも、本の中で〝ネタ〟にされた人たちからのクレームが原因だ。

だから、自分は同じ轍《てつ》は踏むまい。そう誓っていたのだが。ネタにつまって、つい、その誓いを破ってしまった。

でも、かなり脚色はしている。オリーブオイルではなく醬油《しょうゆ》にしたし、エルメスの付箋とはっきりは書かず「某ブランドの文具」とぼやかしたし、ショッキングピンクのスポンジも、タワシに変更した。新居の場所も神奈川県とし、ご近所さんたちの造形もかなり加工した。……もはや、フィクションの域だ。だから、たぶん、バレないだろう。

うん、大丈夫。と自分に言い聞かせてはいるが。

本当に大丈夫かしら？　という不安がここ数日、胃を重くしている。今もそうだ。せっかくのクロックムッシュにも、なかなか手が出ない。

「で、結局、挨拶品はすべて配り終えたんですか？」

「ところが、まだなんです」

D区画の戸井田さん、B区画の田上《たがみ》さん以外、まだ配り終えていない。

そう。妹の美歌が慌てて帰っていったあと、挨拶品を配ってしまおうとそれぞれの家を訪ねた。が、C区画の米本《よねもと》さんは相変わらず留守で、E区画の藤倉《ふじくら》さんもインターホンに出なかった。唯一つかまったのはB区画の田上さんの奥さんだ。

田上さんはおっとりとした雰囲気の人で、人当たりもよく、そして料理上手だった。奈緒子が持っていったオリーブオイルで、ちゃっちゃっと三品も料理を作ってくれた。それはどれも美味しくて、気がつけば、なんだかんだ一時間以上、長居してしまった。ちなみに、田上さんからいただいた挨拶品は、ハムとピクルスの詰め合わせ。あとで調べたら自由《じゆう》が丘《おか》の有名レストランのものらしく、九千五百円ほどの品だった。

「米本さんに結構なものをいただいちゃったので、それに見合うものを……と思って。私、引っ越しは初めてなんで、挨拶品の相場とかよく分からなくて」

田上さんが、はにかむように言った。そうか、この人も私と同じだ！　エルメスの付箋でびびって、慌てて挨拶品を用意したんだ！

「私もそうなのよぉ」

旧知の友と接しているときのように、ついタメ口になる。きっと、この人とならいい友達になれそうだ。奈緒子は、高校デビューをした少女のように、期待に胸を膨らませた。

「でも、そういう人ほど、曲者《くせもの》だったりしますよ」

根川さんが、ピザトーストを頬張りながらにやりと笑った。そして、

「で、ガス屋さんはどうなりました？」

「え？」

「漫画では、ガス屋さんとすれ違いになって……というくだりがありましたが」

そうなのだ。田上さんの家に長居をしてしまったせいで、自宅に戻ったのは夕方五時過ぎ。ポストに、ガス屋さんが書いたメモが挟まれていた。『不在だったので、また出直します』と。

ええ！　今日もお風呂、入れないの？　と珍しく怒気を含んだ声で駄々を捏ねたのは夫だった。

夫はその日、夜の十時に帰宅した。なんでも、道に迷ってしまったらしい。しかも財布をなくし、奈緒子に電話をかけた途端スマホの電源も切れてしまったんだとか。途方に暮れていると、犬を連れた少年に出会った。そしてその少年に家まで送ってもらったという流れだ。

もちろん、そのことも漫画のネタにした。

「ガス屋さんは、翌日に来てもらいました。今は、ちゃんとお風呂にも入れています」

奈緒子は、どこかばつの悪さを感じながら答えた。というのも、その漫画を見て、夫が大激怒したからだ。なんでそんなことをネタにするんだよ！　と。何度も謝って許してもらったが、こんなことは初めてだ。

「そういえば、妹さんからの引っ越し祝いはどうなりました？　ガス屋さんのメモと一緒に、宅

配便の不在票もポストに挟まれていたんですよね。差出人の欄には、妹さんの名前が」

ああ、そうだった。再配達の手続きをとらなくちゃいけなかったんだ。すっかり忘れていた。明後日の金曜日は仕事が休みだから、明後日届けてもらおう。……あ、そうだ。明後日といえば、家具とカーテンが届く日だ。

「で、三浦さん」ピザトーストをすべて食べ終えると、根川さんが姿勢を正した。「今日、お呼びしたのは、次回の本の件なんです」

「はい」奈緒子も、姿勢を正した。

「『ダーリンは小学三年生』はお陰様でヒットいたしました。ですから第二弾を……と思っていたのですが。……実は、先日、編集長が変わりまして。その人はなんていいますか、……どぎついものが好みでして。元々、男性向けの週刊誌を担当していたものですから。あと、女性差別がひどい人なんです。時代錯誤もいいところなんです。それでも、その人が編集長であるかぎり、彼を無視するわけにはいかず……。なにしろ、出版の決定権を持つ人物ですので……」

根川さんにしては珍しく、奥歯に物が挟まったような物言いだ。……いったい、何が言いたいのだろう？

「率直に言えば。……女性が書いたエッセイをバカにしているところがありまして。もっと言えば、漫画もバカにしているところが……」

「つまり、『ダーリンは小学三年生』が気に入らないと？」

「でも、私は大好きです。大大大好きです！　このままシリーズ化したいとも考えています。でも、エッセイの場合、シリーズ化は難しいのも事実です。一作目が売れたからと言って、二作目も売れるかといったら、それはギャンブルのようなところがありまして……」

根川さんが言わんとすることは、痛いほど分かる。一作目が売れたからといって、第二弾、第三弾が売れるとは限らない。というか、先細りする例のほうが圧倒的に多い。ヒットした映画の続編がそれほどヒットしないのと同じだ。

「……じゃ、二作目はなしってことですか？」

「いえいえ、それはありません。ぜひ、二作目も出版させてください。ただ、『ダーリンは小学三年生』シリーズではなくて、方向性を変えたもので――」

「方向性を変える？」

「そうです。というか、すでに方向性を変えてらっしゃいますよね？」

「は？」

「今回、更新された漫画、あれ、本当に面白かったです。あの編集長も、『これ、面白いじゃん』って」

「それは、……どうも」苦し紛れに描いたものを褒められて、奈緒子は複雑な気持ちで笑みを浮かべた。

「ですから、今後は、この路線でいきませんか？」

「え？　どういうことです？」

「タイトルも考えてきました。『実録！　ご近所さんを見た！』」

「は？　は？」奈緒子は、身を乗り出した。

「ご近所さんたちを観察して、それをエッセイ漫画にするんです」

いやいやいや、それはダメ、絶対、ダメ！　描いているのが私だってバレたら、大惨事だ！

あれは、今回限りなのだ。一回限りにしなくちゃいけないんだ！

「今まで通り、夫をネタにしたものじゃダメですか？」

言ってはみたが、それにも不安要素がある。なにしろ、夫を怒らせてしまった。いったい何がいけなかったのかさっぱり分からないが、地雷を踏んでしまったのだ！

どうする？　もう、漫画やめる？　次の本は諦める？　そうだ。一発屋で終わっていいじゃないか。そもそも、漫画家にもエッセイストにもなる気はないんだから。本職の書店員を続けられればそれでいいんだから。なのに、

「あ、そうだ。他にいいネタがあるんですが」と、奈緒子は、クロックムッシュをフォークで突き刺した。「私が今住んでいる家、元々は『未唯紗アパートメント』という高級賃貸マンションだったんですが――」

＋

その日、奈緒子が家に辿《たど》り着いたのは午後八時過ぎだった。

あーあ、お腹すいた。今から、ご飯作るの、面倒だな。あ、そうだ。田上さんにいただいた、

ハム。あまりに立派だから、そのままとってある。あれでなにか作ろうか——。

「あれ？　家の電気がついてない。たっくん、いないの？」と、鍵を取り出したところで、「三浦さん」と、後ろから声をかけられた。戸井田さんだった。その丸い顔が、どこか恐ろしげに青ざめている。「ね、三浦さん、E区画の藤倉さんに会ったことある？」

「ううん。まだご挨拶できてないの。いつもお留守で……」

「そうなのよ。あたしも同じ」

「藤倉さんがどうしたの？」

「電気、ついてなかったのよ。ずっと」

「確かに。まだ引っ越してないのかしら？」

「ううん、それはない。だって、うちの娘が見たって。それに、犬の鳴き声も」

「犬を飼っているの？」

「うん、たぶん」

「でも、私は犬の鳴き声は聞いてないけど」

「そう。あたしも、最近は聞いてないのよ」

「……どういうこと？」

「実は、あたし。……気になっていることがあって」

「なにを？」

「臭い。……臭いがするのよ」

「どんな臭い？」

「なにか腐ったような臭い。気がつかなった？」

「ううん、特には……」

「うちは、藤倉さんちの後ろに位置しているんだけどね。うちの玄関向こうに、藤倉さんちのお勝手口があるの。……そこから臭いがするのよ。最初は気のせいかしら？　と思ったんでけど、夫も娘もなにか臭いって。で、昨日あたりから我慢できないぐらい臭ってきて。いったい何が原因なのか。藤倉さんの家から臭ってくるのは間違いない。で、さっき、藤倉さんちをのぞいてみたら、珍しく電気がついていたのね。たぶん、キッチンの照明。あ、いらっしゃるんだ……と思って、お勝手口から声をかけてみたんだけど、やっぱり反応がなくて。それで、悪いな……と思いながら、ドアノブに手をかけたら、開いちゃったのよ、ドアが」

「藤倉さん、いたの？」

「うん。……ううん」

戸井田さんは一瞬頷いたが、すぐに頭を横に振った。噛み締めた唇は、青を通り越してもはやどす黒い。……その様子は明らかに、普通ではない。

「戸井田さん、どうしたの？」

奈緒子は、思わず、戸井田さんのがっしりとした二の腕を摑《つか》んだ。

「戸井田さん？」

「見ちゃったのよ」

「なにを？」

「死体を。……ぶくぶくに膨らんだ真っ黒な死体を！」

そして、戸井田さんは、その場で胃の中身をすべて吐き出した。

Chapter

2.

D区画 戸井田邸

5 （2022/3/28）

「え？　風香《ふうか》、引っ越すの？」

友人のあっちゃんに訊《き》かれて、戸井田風香は小さく頷いた。そして、

「明日、引っ越し屋さんが来る予定」

「え、明日⁈」

電車が速度を落とす。そろそろ、目的の駅だ。

「なんだか、急だね。学校は？」

「学校はそのまま」

「あ、じゃ、転校はしないんだね」

するはずがない。あんなに苦労して入った学校だもの。……ママが転校を許すはずがない。

「新しい家はどこなの？」

えっと、どこだったっけ。……えっと。そうそう、

「畝目。S区の畝目」

「うねめ？」

あっちゃんが首を傾げる。クラスでも成績上位のあっちゃんも、さすがに知らないか。

「ああ、畝目ね！　S区のチベットといわれている、あそこね！」

「チベット？」

「あ、ごめん。悪口じゃないから」

……つまりそれは、悪口ってことだよね。

「ほんと、ごめん」

あっちゃんは、いい子だ。優しいし頭もいい。でも、ちょっと無神経なところがある。考えるより前に、言葉が先走ってしまうのだ。それで、毎回、失敗している。だからクラスでも、浮いている。でも、それは裏表がないという意味でもある。

風香は、そんなあっちゃんが嫌いではなかった。むしろ、一緒にいて居心地がいい。他の子と違って、言葉の裏に隠れた本心を読む必要もないし、変な気兼ねもいらない。

「S区のチベットか」風香は、引っ越し先の風景を思い浮かべた。「……うん、確かに、あそこはチベットかも」

「チベットっていえば、チベットスナギツネって知ってる？」

あっちゃんが、自分の失言を撤回しようと、無理やり話題を変えようとしている。

……こういうところも、クラスで浮いちゃう原因のひとつだよね。失言して撤回しようとして、ますますドツボにはまる。チベットスナギツネ？　もちろん、知っているよ。クラスの一部の子がわたしにつけたあだ名だもん。もちろん、表立ってはそう呼ばないけれど、陰でこそこそそう呼んでいるのを、わたしは何度か聞いている。

『戸井田さんのチベスナ顔、なんか笑っちゃうよね』

いつだったか、帰り際、そんなことを陰で言っていた。しかも、わたしに聞こえるようにね。

風香は、意味もなくため息をついた。そんな風香を励まそうとでも言うのか、

「私、チベットスナギツネ、めちゃ好きなんだ。ほら、ストラップも持っているよ」

あっちゃんが見せてくれたのは、百均で売っているような安っぽいストラップ。チベットスナギツネのイラストがプリントされている。

それからあっちゃんは、自分がどれだけチベットスナギツネを好きなのかを熱く語った。

一通り語り終えると、

「えっと、なんの話してたんだっけ？」

こういうところも、あっちゃんだ。会話がどんどん脱線して、最初の話題が遥《はる》か彼方に行ってしまう。

……なんとなく、うちのママと似ている。昨日だって、新しいカーテンの話をしていたのに、気がつけば引っ越しの挨拶品は何にしよう？　って話になり、ついには『風香はバレエよりフィギュアスケートのほうが向いてると思う。はじめたら？』なんて言い出す始末。

そう、風香たちは、今、バレエ教室の帰りだ。私鉄電車に揺られている。隣でチベットスナギツネのストラップを眺めるあっちゃんはクラスメイトであり、バレエ教室の仲間でもある。お稽古日の月水金は、こうして二人で同じ電車に揺られて、教室に向かう。

よくも二年も続いたものだと、風香は思う。バレエにはさほど興味はなかったが、習い出したのは、このあっちゃんの影響だ。あれは二年前の冬、ママがいきなり言った。『バレエ教室の手

続きしてきたから。来週から行きなさい』と。

六年前もそうだった。

『お受験の教室に通うわよ。池袋《いけぶくろ》にいい教室があるのよ』

そうして、自宅から一時間半もかけて週に三回、お受験教室に通った。その甲斐《かい》あって、渋谷《しぶや》にあるT館初等科に合格した。一応は、名門学校だ。

三年前もそうだった。

『バイオリン教室、行きなさい。近所に評判の教室があるのよ』

お受験もバイオリンもそしてバレエも、どれもママが選んだものだ。風香が望んだものはひとつもない。バレエに至っては、できれば関わらないでおきたかった。運動神経はいいほうではない。リズム感だってないし、体も硬いし、なにより体を動かすのは好きではない。でも、二年前、あっちゃんが通っているバレエの発表会に招待され、中央で踊るあっちゃんを見て『なら、うちの子も!』と、ママが言い出したのだ。発表会の帰り道、ママはこんなことを言った。

『バイオリンもいいけど、やっぱりバレエね。ママね、ずっとバレエを習いたかったの。でも、うちは貧乏だったから、習わせてくれなかった。だから、うわ靴の先にティッシュをつめてトゥシューズにして、一人でバレリーナごっこをしたものよ。……で、思った。娘が生まれたら、絶対、バレエを習わそうって。……あっちゃんの踊りを見て、そのことを思い出したのよ。ああ、そうだ。あたしの夢はバレリーナだったんだって!』

ママはよく、〝夢〟という言葉を使う。一日に五回は聞く。それをこの十一年間毎日聞かされてきた。赤ん坊の頃のことは覚えてないが、たぶん、その頃から聞かされていたのだろう。

「はぁ」風香の唇から、再びため息が漏れる。

「ね。風香、どうしたの？　今日はちょっとなんか変。なんか、あった？」

変？　そうかな。いつものわたしだけど。でも、あっちゃんがそう言うなら、今日のわたしはどこか変なんだろう。なにか理由をつけておかないと。あっちゃんにあれこれと勘繰られるのは、面倒だ。

「バレエ教室」風香は言った。「たぶん辞めるかも。今度の発表会を最後に」

「え？　そうなの？　なんで？」

「ママが、フィギュアスケートをやれって」

「ええ、そうなの？」

「なんでも、今度引っ越すところの近くに、アイスリンクがあるみたいなんだ」

「そんな理由で？」

そう、そんな理由で。

でも、本当の理由は、たぶん、お金だ。バレエ教室は、とにかくお金がかかるらしい。発表会があるときはなおさらだ。それでも、わたしに才能があって主役を張れるようなら、あのママだもん、お金をじゃぶじゃぶ遣うだろう。でも、わたしに回ってくるのは、モブキャラばかり。その他大勢すら回ってこない。前の発表会では、ただ、ずっと椅子に座っている役だった。そんな役しか貰《もら》えない子に、お金をかけるのはさすがに馬鹿馬鹿しいと思ったのだろう。

「だからって、フィギュアスケート？」

あっちゃんが、風香の顔を覗《のぞ》き込んだ。

きっと、今、自分はチベットスナギツネのような顔をしているんだろう。そう、あっちゃんのストラップに描かれたこのイラストのような顔。

「はぁ」風香は、続けてため息を吐き出した。

＋

風香が自宅マンションのエントランスに辿り着いたのは、夜の八時すぎだった。バレエの発表会の準備でなんやかんや残されてしまい、こんな時間になってしまった。

部屋の前まで来ると、引っ越し屋のマークが入った段ボールの束が山と積まれている。引っ越し屋が届けてくれた段ボール箱で、大小中合わせて百個分。届けられたのは一週間前で、でも、ほとんど手付かずのままだ。

明日、引っ越しなのに。間に合うの？

「ただいまー」

玄関ドアを開けると、ママが青い顔をしておろおろと部屋の中を徘徊《はいかい》している。

「ママ、どうしたの？」

「引っ越しの挨拶品、午前中に買ったやつがどっかに行っちゃったのよ」

そんなことか。

「そんなことより、ママ。明日、引っ越しでしょう？　準備、全然じゃん。大丈夫なの？」

「ああ、たぶん、大丈夫」

〝大丈夫〟も、母親の口癖だ。大丈夫でないときに、飛び出す言葉だ。

「手伝おうか？」

「風香ちゃん、自分の荷物は？」

「うん、自分の分はほとんど終わっている。昨日のうちに、箱詰めした」

「あら、そう。だったら、手伝ってもらおうかしらね」

ママは軽くそう言い、風香も「うん、いいよ。とりあえず、段ボール箱を組み立てるね」と安請け合いしたが、なにしろ七十平米３ＬＤＫの部屋だ。収納だってたんまりある。……明日の朝までに、これ、全部、箱詰めできるんだろうか？

夜の十時に父親が帰ってきて参戦したが、荷物はなかなか減らなかった。そして、午後十一時。段ボール箱をひたすら組み立てていた風香も、そろそろ限界だった。

あ、そういえば、あれからなにも食べてない。バレエ教室の帰りに、近くのコンビニで買ったおでんのコンニャクを食べたきりだ。

冷蔵庫のドアを開けると、「ああああ」という変なため息が漏れた。冷蔵庫の中はパンパンにものが詰め込まれて、これを今から荷造りするのかと思うと、逃げ出したくなる。

っていうか、冷凍食品もこんなにあるじゃん。どうすんの、これ。

冷凍の焼きおにぎりを取り出したところで、包みを見つけた。

それは、駅前のインテリアショップの包みで、合計四つある。『戸井田』と書かれたのし紙も巻かれている。そのひとつを手にしていると、

「あ、こんなところにあった！」と、ママの声。

「これよ、これ。引っ越しの挨拶品！　ずっと探していたのよ、これを！　なんで、こんなところにしまったのかしら、あたしったら！」

これも、ママの悪い癖だ。しまった場所を忘れて、右往左往する。まるで、いつかテレビで見たリスみたい。どんぐりを土の中に隠すんだけど、その位置をすっかり忘れてしまう。それにしたって。なんで冷凍室にしまったんだか。

ママを横目で見ながら、風香は冷凍焼きおにぎりを皿に並べた。

「そんなの、夜に食べたら太るわよ？」ママが、ちらちらこちらを見ながらそんなことを言う。

「もう、そういうの気にしない。だって、バレエだってもうすぐ辞めるんだし」

「まあ、それはそうだけど。でも、フィギュアスケートが――」

分かっているよ、ママ。フィギュアスケートなんて、本気で習わせる気はないんでしょう？

きっと、無料お試し期間だけちょろっと通わせて、あとは有耶無耶《うやむや》にするんだろう。そのくせ、「うちの娘はフィギュアスケートをやっていたんです」って、自慢しまくるんだ。間違いない。

ママが、バイオリンだバレエだフィギュアスケートだと娘にやらせるのは、ただ、人に自慢したいため。体裁のため。ママ友にマウントをとるため。

そういうの、毒親っていうんだよ。知っている？　ママ。

風香は、無言の罵声を母親の背中に浴びせながら、冷凍焼きおにぎりを皿に並べていく。

「あ、あたしの分も、チンして」

ママが、椅子にどっかりと座りながら、顎だけで指示する。その手にはスマートフォン。きっと、いつもの匿名掲示板を覗いているんだろう。悪口と誹謗中傷《ひぼうちゅうしょう》だけが並ぶ、あの掲示板を。

その後ろでは、パパが汗を拭き拭き、荷物を梱包《こんぽう》している。

パパは今日も残業で、一時間前に帰ってきたばかりだ。たぶん、夕飯もろくなものを食べてないんだろう。風香は、冷凍焼きおにぎりをもうひとつ皿に並べた。

それにしても。なんだって、引っ越しなんか。このマンションでいいじゃないか。このマンションだって、五年前に買ったばかりだ。三人暮らしで七十平米、そんなに広くはないけれど、狭くもない。五階建ての最上階で角部屋、南向きの部屋で、見晴らしも最高だ。天気のいい日は富士山も見える。ママだって気に入っていたはずだ。でも、ママは不満を隠さなかった。年賀状が来るたびに、その差出人の住所を見ながら、

『あら、あの人、目黒区だったのね』

『いやだ、高校時代の同級生が、豊洲《とよす》に引っ越したって』

『信じられない、元職場の同僚の住所が、いつのまにか文京区になっているわ！　でも、どうせ、社宅なんでしょ』

なんて言いながら、その住所をネットで検索して、ストリートビューで確認する始末。

つまり、ママは、住所マウンティングに敏感なのだ。どこに住んでいるかで、その人の価値が決まるとすら考えている。だからママにとっては、今住んでいるマンションの住所は不満の種でしかない。コンプレックスでしかない。

富士山も見える、いい部屋なのに。なんで、〝住所〟なんかにそんなにこだわるんだろう？なんで、今の住所に不満があるんだろう？

そんなことを思っていたある日、ママはチラシをテーブルの上で広げると言った。

「S区に住むわよ」

それは、分譲住宅のチラシで、

『4990万円で、S区の閑静な住宅地に住まう。』

という文字が軽快に躍っている。まず反応したのは、パパだった。

「S区で五千万円を切る？　しかも、一戸建て？」

「そう、お買い得よ」

「まあ、確かに、S区にしてはお買い得だけど。……俺の給料からしたら、ちょっと高いよ。このマンションは三千五百万円だったけど、それでも住宅ローンの返済、結構、ぎりぎりじゃん。四千九百九十万円の家なんて、とてもとても……」

パパは、川崎にある自動車メーカーに勤めている。会社では係長だか課長だかの役職にはついているが、給料はそれほど多くない……というのも、ママの不満のひとつだ。

「あら、大丈夫よ。ローンの支払いシミュレーションしてみたけど、今より三万円ほど上がるだけよ。それに、あたしも働くし。派遣の仕事も見つけてきた。市役所の受付係。週に三日だけど、フルタイムだから、月に十万ちょっとにはなる。楽勝よ」

「でも、S区だろう？　会社から遠くなるよ」

「急行に乗れば、十分ぐらいしか変わらないわよ。それに、風香の学校からは近くなるわ。ね、風香、近いほうが嬉しいでしょう？」

強い圧で言われて、風香はこくりと頷いた。

「でも、バレエ教室は？　バレエ教室からは遠くなるだろう？」パパも引き下がらない。

「ああ。バレエ。……バレエはやめたいって。そうでしょう？　風香」

再び強い圧で言われて、風香はこくりと頷いた。

「風香、本当なのか？　もしかして、お金のことを気にしているのか？」

パパが、心配顔で訊いてきた。というのも、いつだったかママが、バレエはお金がかかる！このままじゃ破産だわ！　と、家族の前で切れたことがあった。

実際、お金がかかるのだろう。月謝のほかに、半年に一度行われる発表会ごとに、衣装代や設営費や会場費やそしてチケットノルマも課せられる。その具体的な金額は分からないが、ママがそのたびに死にそうな声をあげるので、そうとうな出費なのだ。

だから言ったのだ。あっちゃんちに張り合っても無駄だって。あっちゃんちは誰が見てもお金持ち。いわゆる富裕層で、上級国民だ。そんなあっちゃんちの真似をしてバレエなんかはじめても、長続きしないって。

それに、あっちゃんは本気でプロを目指している。宝塚歌劇団に入団するのがあっちゃんの夢だ。その夢のために、努力を欠かさない。一方、わたしなんて、ママに言われるがまま、なんとなくはじめたに過ぎない。将来の夢もない。

そう、夢なんてない。

ママの口癖は〝夢〟だけど、ママから〝夢〟という言葉を聞くたびに、なんだか萎えてしまう。〝夢〟って結局、ただの〝見栄〟でしょって思ってしまう。あっちゃんが語る〝夢〟とはまったく違う別物だ。ママが言う〝夢〟は、どこまでも俗っぽい。

「一戸建てに住むのが、あたしの小さい頃からの夢だったのよぉ」

ママが、糸を引くような声でパパにもたれかかった。おねだりがあるときは、いつでもこうだ。ママは、こういうおねだりがずば抜けて上手い。そしてパパは、ママのおねだりに弱い。

「そうだな。一戸建て、いいかもな。考えてみるか。ママが働きに出てくれるなら、家計にも余裕が出るだろうし」

それからは早かった。その週末、不動産屋に行き、家が建つ予定の土地も見学し、申し込みをし、翌週からは、今住んでいるマンションの売却話もとんとん拍子に進んだ。その間、パパとわたしの希望が反映されることは一切なかった。建売住宅とはいえセミオーダーが可能な時期だったため家のデザインや間取りを変更することができたのだが、外壁の色も、壁紙も、間取りも、そしてオプションの設置もすべてママの独断で進められた。ことあるごとにママは言った。「こういう色の家に住むのが夢だったのよ」「こういう壁紙にするのが夢だったのよ」「こういう間取りにするのが夢だったのよ」「こういう設備をつけるのが夢だったのよ」

いよいよ引っ越しという段になってもだ。ママは勝手に三月二十九日に引っ越すことを決めた。この日は火曜日でいうまでもなく、平日だ。風香は絶句した。

……わたしは春休みだからいいけれど。パパは？

年度末だから休めないというパパの言い分をまったく無視し、

「あら、あなたはいいわよ。あたしたちでやるから」

なんて言っていたくせに、結局は、引っ越し当日は、パパを休ませることになった。

一事が万事、この調子だ。

うちの家族の原動力はママの〝夢〟で、ママの都合によって、なにごとも決定する。

まさに、かかあ天下だ。なんで、パパはママと結婚したんだろう？ 風香は時々思う。

ママは美人でもないし、スタイルもよくない。ネットスラングでいうところの、〝デブス〟だ。特に性格がいいわけでもなく（むしろ性格はねじ曲がっていて、嫉妬深い）、料理が得意とか家事の能力が優れているとか、そういうことも一切ない。

一方、パパはまあまあイケメンで背も高く、性格も穏やかで優しく、酒もタバコもギャンブルもしない。そして、働き者だ。もっといえば、高学歴で、一応は私立の最高峰と言われている大学を出ている。ママはあまりよく知らない短大卒。

パパほどのスペックなら、それに見合った高スペックの女性とだって結婚できていたはずだ。なのに、なんでママを選んだんだろう？ ママが若いときはそれなりにイケていたのかな？ と、ママとパパの結婚式のときの写真を見たこともあるが、ママは、若い時もママだった。むしろ、今より太ってた。その横のパパは、今よりもっとしゅっとしていてイケメンで、なんでママと結婚したんだろう？　という疑問が深くなるだけだった。

わたしがパパだったら、絶対、ママなんか選ばない。

「でも、ママとパパが結婚したから、風香が生まれたんじゃない。感謝しなくちゃ」

あっちゃんはそんなことを言うけれど。

でも、わたし、別に生まれてこなくてもよかったなって。まだ十一年とちょっとしか生きてないけど、可もなく不可もなく。きっとこれから先もこんな人生なんだろう。ママが選んだ学校に進んで、ママが選んだ会社に勤めて、ママが気に入った人と結婚して。……って、結婚できるかな？　だって、わたし、完全にママ似だ。ママにそっくりの細い目、ママにそっくりの丸い顔、ママにそっくりの愛嬌《あいきょう》のない顔。そう、まさにチベットスナギツネ。いや、チベットスナギツネのほうが百倍は可愛い。

せめて、パパに似ていれば。わたしの人生も、もっと可能性があったかもしれない。

「そんなの、贅沢《ぜいたく》だよ。世の中には、もっと可哀想な子だっているんだから」

あっちゃんが言う〝可哀想な子〟がどういう子なのかは分からないが、でも、確かにそうかもしれない。ママに手綱は握られているけれど、ドラマやニュースで見るような虐待を受けているわけでもなければ、ひもじい思いをしているわけでもない。なんだかんだ言って、ママは教育熱心で、自分のお小遣いを削っても、娘の習い事費や教育費を優先してくれている。流行りの服だって買ってくれるし、希望すれば、旅行にだって、テーマパークにだって連れて行ってくれる。夫婦仲だって悪くない。ママの尻に敷かれっぱなしのパパだけど、だからといって、それが理由で喧嘩をするわけでもない。むしろ、ママにあれこれと指示されているパパは、どこか嬉しそうだ。パパは、ちょっと優柔不断なところがあるから、ママみたいな姉御タイプとは馬が合うのかもしれない。

そう、うちの家族は割とうまくいっている。運もいいほうだと思う。だって、なんだかんだで、S区の住民になろうとしている。

クラスで、川崎市からわざわざ渋谷まで通っているのは、風香だけだった。それがなにかちょっと気まずい感じもしていて。近所を制服姿で歩いていると変な目で見られるし、学校では、「どこに住んでいるの?」と訊かれるたびに、はっきりと答えられなくて有耶無耶にすることも多かった。ときには「ムサコのあたり」と、まったく関係ない人気のエリアを出すこともあった。だから、せめて、多摩川を渡って、東京都に住めたらな……と。なんなら、あっちゃんも住んでいるS区がいいな……と。

こういうところ、ママと似ている。……いやんなる。

風香は、胸の奥にもやもやを隠したまま、電子レンジのダイヤルを回した。

いずれにしても、明日、引っ越しだ。S区に引っ越しだ!

そう思うと、なんだか胸が高鳴る。

でも、現実はそうは甘くない。

ママは相変わらずスマートフォンに夢中だし、パパは顔じゅうを汗だらけにして、パニクりながら、荷物を梱包している。

部屋の中は、まさにゴミ屋敷のそれ。カオス。

修羅場っていう言葉、こういうときに使うんだろうな。

そう思いながら、風香は電子レンジのスタートボタンを押した。

6 (2022/3/29)

しかし、引っ越しは、意外なほどスムーズに進み、予定より一時間早く終了した。

さすがは、プロだ。引っ越し業者の手際のよさに、風香は感嘆のため息を漏らした。ゴミ屋敷があれよあれよというまに空っぽになり、そしてあれよあれよというまに、新居に物が詰め込まれた。

よし。わたしも頑張ろう！

風香はエンジンをふかすと、新しい自分の部屋のドアを開けた。

風香の部屋は二階の奥にある。二階は三部屋あって、その中でも一番見晴らしがいい場所を与えられた。

とは言っても、窓の外は、隣の家だ。

「まあ、仕方ないか。この分譲地では、うちが一番安い家だもん」

ママはそんなことは一度も口にはしていないけれど、その態度で風香は薄々と感じ取っていた。五軒の家の中で、うちが一番下だということを。

大丈夫かな？

負けず嫌いのママのことだもん、それがあとあと、変な事件を呼ばなきゃいいんだけど。前のマンションだって、階数マウントでいざこざがあった。前のマンションでは、うちは最上階。つまり、妬まれる側にいた。でも、ここではその逆だ。きっと、ママが他の家を妬むことになるんだろう。

ああ。面倒くさいことにならなきゃいいけど。

まあ、そんな心配は、あとあと。とりあえずは、この段ボール箱を開梱して、中身をすべて取り出さなくちゃ。……と、小一時間、ああでもないこうでもないと荷物を整理していると、なにやら犬の鳴き声が聞こえてきた。

きゃんきゃんきゃん。たぶん、小型犬だ。

窓の外を覗き込んでみると、隣の家の勝手口前に、一匹の犬が見える。プードルのようにも見えて、ヨークシャーテリアにも見えて。ミックス犬だろうか。

「ジュリー、ジュリー、うるさいわよ、御近所迷惑よ」

そう言いながら現れたのは、生成りのワンピースをすらっと着こなした、背の高いおばさんだった。年齢はママよりもちょっと上だろうか。それとも下だろうか。いずれにしても、ママよりも格段に綺麗で上品そうなおばさんだ。……ああ、なんとかという女優さんに似ている。えっと、あの人の名前はなんだったっけ？　コマーシャルにも出ていて、医療ドラマでかっこいい女医さんを演じていて。思い出していると、おばさんと目が合った。おばさんは一瞬、躊躇《ためら》った様子だったが、

「あら。今日引っ越してきたの？」

と、下から声をかけてきた。咄嗟《とっさ》に体を隠した風香だったが、相手はお隣さんだ。これからも末長く付き合わなくてはいけないご近所さんだ。ここで悪い印象を持たれたらまずい。そう思い直し、風香はゆっくりと体を伸ばすと窓からひょっこりと顔を出した。

「はい、今日、引っ越してきました。戸井田と申します」

「といた？」

「はい。網戸の〝戸〟に井戸の〝井〟に田んぼの〝田〟です」

「戸井田さんね。しっかりとしたご挨拶ね。中学生？」

「いいえ、この春、小学六年生になります」

「そうなの。じゃ、畝目小学校？」

「いいえ、違います。T館初等科です」

「あら、うそ。私もそこ出身なのよ」

「そうなんですか？」

「うん。中等科までそこだったの。いやだ、後輩がお隣さんだなんて。よろしくね。私は、……えっと。……そう。藤倉っていいます」

「フジクラ……」

「そう。藤の花の〝藤〟に、倉庫の〝倉〟で、藤倉。そして、この子は、ジュリー」

言いながら、藤倉さんが犬を抱き上げた。

「おばあちゃんワンコだけど、とっても頼り甲斐のあるワンコなの。わたしの、……うん、そう、たったひとりの家族。……一応《いちおう》ね」

たったひとりの家族？　ということは、藤倉さんと犬で暮らしているの？

こんな大きな家に？

風香は、頭の中に、いつかネットでみつけたこの分譲地の地図を思い描いた。

A区画＝5500万円
B区画＝5800万円
C区画＝5160万円
D区画＝4990万円
E区画＝6150万円

藤倉さんちはE区画で、この分譲地では一番の高値だ。そして、敷地も一番広くて、家も一番大きい。

ママが知ったら、どう思うだろう？　きっと、根掘り葉掘り訊くんだろう。

『ご職業は？　今まで結婚したことはないんですか？　もしかしてご実家が裕福なのかしら』

あっちゃんのママに根掘り葉掘り訊いたように。ほんと、あのときは恥ずかしかった……。

「さあ、ジュリー、散歩の時間よ。いつものやつ、持ってきて」

藤倉さんがそう言うと、犬がどこからかリードを咥えてきた。

へー、なんて賢い。

「じゃね、後輩ちゃん」

藤倉さんはそう言うと、そのまま犬のジュリーとともにくるりと背を向けた。

「なんか、かっこいいな」

風香は、その後ろ姿をいつまでも見送った。

「藤倉さんって、どういう人なんだろう？　なにをしている人なんだろう？　いわゆる、おひとり様ってやつ？　おひとり様で、犬と一緒に暮らしていて、……こんな平日の日中に家にいて、優雅に散歩？　めちゃ素敵じゃん」

風香はそのとき、はじめて将来の〝夢〟を思い描いた。

「わたしも、ああいう大人になりたいな」

＋

その日の夕方。ガス屋さんが来て、電気屋さんが来て、水道屋さんが来て。

インフラ関係は整ったが、リビングにはまだ段ボール箱が山と積まれていた。

パパもママも、ぐったりとソファーに倒れ込んでいる。

「夕飯、なにかとる？」そう言ったのはママだった。「うん、そうしよう」パパが棒読みで応える。

「風香、何食べたい？」

ママに訊かれて、

「そんなことより、引っ越しの挨拶はいいの？」と、風香。

「え？」ママのだらんとした目が、途端に釣り上がる。

「そうだった。挨拶。しておかないと！」

目にも留まらない早技でソファーから飛び退くママ。気がつくと、その手にはいつものトートバッグ。中には、例の四つの包み。

「じゃ、みんなで行きましょう」

「え？　わたしも？」

「俺も？」

「そうよ。最初の挨拶なんだもん。家族全員で行かなくちゃ。こういうのは最初が肝心なの。さあ、行くわよ！」

が、その日はすべて空振りだった。隣の藤倉さんはまだ犬の散歩中なのか留守で、他の家も、そもそもまだ引っ越してきてないのか、外出中なのか、すべて留守だった。

「なんだか、調子狂っちゃう」ママが、トートバッグを乱暴に振り回した。

「まあ、いいじゃない。もう夕飯にしようよ」パパが、げっそりした顔で言う。

確かに、おなかぺこぺこだ。お昼に菓子パンを食べたきり。

家に戻ろうとしたとき、

「あ」ママが、重大なことに気がついたとばかりに、振り返った。

「ここって、想像以上に、過疎ってない？」

「え？」

ママに言われて周囲を見渡すと、広がっていたのは暗闇だった。街灯はところどころにあるが、暗闇を打ち消すほどの威力はない。

二年前に行った林間学校を思い出す。まさにこんな感じだった。そう、あれは富士山麓。樹海にほど近い場所だった。あのときの心細さが蘇《よみがえ》る。

まるで、世の中に自分だけがぽっかり浮いているような、あるいは、自分の体を見失うような、圧倒的な暗闇。

風香は、とっさに、パパの腕にしがみついた。

そうか。昼間しか来たことがなかったから、今まで知らなかったけど。ここ、夜になると、こんななんだ。震えていると、

「でも、星空はきれいだよ」

と、パパが、空を見上げた。風香も、それを真似る。

あ、本当だ。

風香の震えが、少しだけ消えた。

7 (2022/4/4)

「で、風香、新しい家にはもう慣れた?」

友人のあっちゃんに訊かれて、風香は小さく首を傾げた。そして、

「うーん、まだ、なんか違和感あるかな……」

電車が速度を上げる。目的の駅まで、まだ十五分ほどある。

今日はバレエ教室はおやすみで、あっちゃんと、プライベートの買い物に行くところだ。もうすぐはじまる新学期に備えて、本と文具用品を買いに三軒茶屋に向かっている。

「新しい家といえば。なんかね、すっごい嫌なやつがいるの」風香は、今朝の出来事を思い出して、唇をひん曲げた。

「嫌なやつって?　ご近所さん?」

「そう。同じ分譲地に住むC区画の――」

「なに?　C区画って?」

「えっと。うちの分譲地ね、A区画からE区画まで五戸の家があるんだけどね――」

「風香んところは？」

「うちは、Ｄ区画」

「ＡからＥまであって、そのうちのＤか。下から二番目ってことだね。そのアルファベットにはなにか意味あるの？」

「うーん、よくわからない」

「価格が高い順とか？」

これだよ。あっちゃんの無神経ぶりは相変わらずだ。

「価格とは関係ない。だって——」

価格順だとしたら、うちがＥ区画のはずだ。でも、実際は、Ｅ区画は一番高い。

「じゃ、位置？」

「それも関係ないと思う」

「ふーん、じゃ、アルファベットにする意味ないじゃんね」

そんなことはないでしょう。ただの記号に過ぎないでしょう。……思ったが、それは口にはせず、

「で、先週の金曜日、Ｃ区画に米本さんって家族が引っ越してきたんだけどね——」

「先週の金曜日っていったら、四月一日？　エイプリルフールじゃん。そうそうエイプリルフールっていえば——」

あっちゃんお得意の、話の脱線がはじまった。このままでは話が進まない。「で、Ｃ区画の米

本さんちが、なんか、スカしているんだよね」風香は強引に話を戻した。

「スカしてる？」

「あ、わたしがそう思っているんじゃなくて、ママがそう言っただけなんだけど」

「じゃ、風香はどう思っているの？」

「うーん」

風香は、先週の金曜日、引っ越しの挨拶品を持って玄関先に現れた米本さんの奥さんを思い浮かべた。

「まあ、一言でいえば、美人。スタイルもしゅっとしていて、なんか、モデルさんみたいな人かな。あと、いい香りもした。たぶん香水。……うちのママとは正反対」風香は、自嘲気味に笑った。そして、

「ママが言うには、米本さんの奥さんは昔、タレントをしていた人じゃないかって。見たことがあるって。朝の情報番組のアシスタントをしていたはずだって」

「じゃ、うちのお母さんと同じだ」

あっちゃんが、どこかばつが悪そうな感じで笑った。

「全然違うよ」風香は言った。「あっちゃんのお母さんは、誰でも知っている国民的アイドルだったけど。……米本さんはたぶん、違うと思う。だって――」

米本さんが帰ると、ママは速攻でパソコンにかぶりついた。米本さんのことを調べるためだ。

そして、

「ほら、やっぱり！　あの情報番組のアシスタントをしていた人だ！」「あら、いやだ。この人、グラビアの仕事もしてたんだ」「……あら、いやだ、いやだ！　この写真、おしりがモロに出ているじゃない！」「いやだわ……、この画像なんて乳首まで……」「ああ、なるほど。際どいグラビアの仕事をしてもあんまり売れなくて、広告代理店の社員と結婚、そして芸能界引退か。……よくあるパターンね」

ママの独り言は大きい。二階にいても、聞こえるほどだった。

そのときのママの様子を思い出して、風香は、ふと笑った。そして、今朝のことを思い出して、改めて唇をひん曲げた。

「問題なのは、米本さんところの息子。あれは、かなりヤバいと思う。だって、今朝だって、ゴミを漁ってたんだよ」

「ゴミを？　マジで？」

「マジよ、マジ。今日は燃やせるゴミの日だったから、ゴミを集積場に持って行ったのね。そしたら、あの子がいてさ。ゴミ袋を開けて、ゴミを漁ってたんだよ」

その光景がまざまざと蘇り、風香は小さく身震いした。続けて、

「なんか、めちゃ慣れた手捌《てさば》きだったから、あれが初めてじゃないかも」

「常習犯ってこと」

「たぶん」

「なんで、そんなことを？」

「分かんない。……わたしが見たときは、ゴミの中からクッキーを探し出してそれを食べていたから……もしかしたら、お腹空いてたのかも？」

「え。どういうこと？　ってか、その人、何歳ぐらいなの？」

「たぶんだけど。わたしよりひとつかふたつ、年下だと思う」

「じゃ、小学生？」

「うん。小学四年生とか五年生とか？　もしかしたら、もっと下かも。とにかく、なんか気持ち悪い子。わたしと目があったら、唾を吐いてきた」

その唾が、スカートの端を掠《かす》った。思い出すだけでも、さぶいぼが立つ。

「ほんと、いやな子だった。あんな子が近所だなんて……」

「もしかして、ネグレクトってやつじゃない？」

「え？」

「ほら、最近、よくニュースになってるじゃん。育児放棄ってやつ」

「育児放棄？　まさか。だって、あの子、いい服着てたよ？」

あ、でも。あの子、歯はぼろぼろだった。たぶん、あれは虫歯だ。

風香は、また身震いした。あの子の笑い顔を思い出したからだ。唾を吐きかけたあと、あの子はどういうわけか、ニターと笑った。そして、ゴミ袋の中から取り出したクッキーを手に、こちらに近づいてきた。あまりの薄気味悪さに、ゴミ袋を持ったまま全力疾走で家に戻った。

「だからさ、結局、ゴミを捨てられなかったんだよね」風香は、あからさまにため息をついた。

「今日こそは、部屋の中を少しは片付けたかったのにさ。ゴミぐらいは捨てておきたかったのにさ」

「部屋、まだ片付いてないの？」

「うん。片付いてないどころか、家具も全部揃ってないし、なんなら、段ボール箱も全部開けてないんだよ」

風香は、リビングの大部分を占めるように鎮座している段ボールの山を思い描いた。引っ越してから一週間経つというのに、いまだに手付かずだ。段ボールの箱をテーブル代わりに食事をする有様。見兼ねて、風香が段ボール箱を開梱しようとするのだが、「あ、ちょっと待って、それはママがあとでするから」と、いちいち止められる。ママはいつでもそうだ。自分自身の手でやらないと気が済まない。そのくせ、その手は全然動かない。しかも、忙しい忙しいと、そればかり。

「ほんと、いやんなる。うちのママったら、働きにでちゃってさ。そのせいで、全然片付かないんだよ」

「風香ちゃんのお母さん、働いているの？」

「そう。住宅ローンを払うためにね」

「住宅ローン？」

今度は、あっちゃんが小さく首を傾げた。

まあ、そうだよね。本物のお金持ちのあっちゃんにとって、〝ローン〟なんて一生、縁がないだろう。

一方、我が家は。家はもちろん、車もパソコンもローンだ。そして、新しく買った家電と家具も、そのほとんどがローンだ。いったい、うちにはいくらローンがあるんだろう？　というか、貯金ってあるのかな？　このまま、私立の学校に通っていていいのだろうか？　いつか見たテレビのドキュメンタリー番組で、奨学金返済地獄を紹介していたけれど。もしかして、わたしもこれから先、奨学金とか借りなくちゃいけなくなるのかな？

はぁ。……はぁ。

風香は、立て続けにため息を吐き出した。

「で、ご近所さんとは、どんな感じ？　そのヨネモトさんって人以外とは、もう挨拶したの？」

あっちゃんがそんなことを訊いてきた。意外な質問だったので、

「なんで？」と、風香は質問で返した。

「だって、ご近所付き合いって大変じゃん？　はじめが肝心というか。うちも、ご近所付き合いで色々とさ……」

今度は、あっちゃんが小さなため息をついた。珍しい。あっちゃんはどちらかというとおおらかで、悪くいえば鈍感なほうだ。ため息なんてつくタイプではない。実際、今までため息をつくあっちゃんなんて見たことがない。

「そうだよね。ご近所付き合いって、大切だよね。はじめが肝心だよね」

そんなつもりはなかったのに、風香は、再びため息をついた。そして、

「うちのママがね、引っ越しの挨拶っていうの？　お近づきの印みたいなやつを買ったんだけどさ——」

「なにを買ったの？」

「スポンジ。お風呂掃除のやつ」

「スポンジ？　へー、そんなんでいいんだ」

なんとなく、カチンときた。でも、それは顔には出さず、

「そう、スポンジ。五百円のやつ」

「五百円⁈　そんなんでいいの？」

またまたカチンときた。

「でも、かわいいやつだよ？　ピンク色のやつで、クマの形をしていて、……汚れだってしっかり落とすんだから！」

風香は、いつだったかママが言った言葉をそのままトレースした。

「モノはいいんだよ！」つい、声が大きくなる。あっちゃんの顔が引きつる。

「うん、わかった。五百円だけど、モノはいいんだね、そのスポンジ」

「そう。……でもさ」風香は、またもやため息をついた。

「他の人がくれたお品がね、明らかにお高いものなんだよ。A区画の三浦さんは高級オリーブオイル、B区画の田上さんはどっかのレストランのハムとピクルスの詰め合わせ。ママがネットで調べたら、どちらも一万円前後するものだった。そして、極め付けが、さっき話したC区画の米

本さん」

「ヨネモトさんはなにを？」

「付箋」

「付箋？　付箋って高くないよね？」

「それがさ、ママがネットで調べたら、一万円以上するブランド品だったんだよ」

「え？　もしかして、エルメス？」

「うん、そう。そんなような名前」

「うちのお姉ちゃんが持っていたよ、それ。そうか、あれ、一万円なんだ。……で、風香んところが、五百円？」

「そう。いくらなんでも、格差ありすぎ」

「だね……」

「で、ママがなんかいじけちゃってさ。陰謀だーって」

「なんで、陰謀？」

「普通、引っ越しの挨拶品の相場って千円ぐらいなんだって。一万円もかけるのはおかしいって。だから、他の人は示し合わせたんじゃないかって、自分抜きで」

「なんか、それと似たこと、去年あったね、うちのクラスでも」

「ああ、クリスマス会事変か」

去年の暮れ、終業式の前日に行われたクラスのクリスマス会。プレゼント交換用のプレゼントの予算は五百円まで……と決まっていたのに、みんな競うように高価なプレゼントを持ち寄った。カースト上位のグループが示し合わせた結果だ。そのグループに属していない少数派だけが、五百円という予算を守ったのだが、その中には風香とあっちゃんも含まれていた。風香は、五百円のガーゼハンカチを用意したが、風香がもらったのは、どこからどう見ても高そうな某ブランドの手袋。ガーゼのハンカチを手にした相手の苦笑いに、風香は穴があったら入りたい気分だった。

そんな屈辱を味わったのは他にもいて、中には、泣き出す子まで。

「あのクリスマス会は、地獄だったよね」風香は、肩をすくめた。「先生からたっぷり説教をくらってさ。予算内におさめた私たちまで怒られちゃってさ。あんな理不尽ないよ」

「ほんとうだよ！」あっちゃんの丸い目が、きりきりと釣り上がる。そして、

「私、あのときもらったシャープペン、捨てちゃった」

「え？　捨てたの？」

あっちゃんがもらったシャープペンは、キラキラとしたクリスタルがたくさんちりばめられた素敵なものだった。……あれ、捨てちゃったんだ。もったいない。

「だって、あのシャープペンを見るたびに、あの地獄がフラッシュバックして冷や汗が出るんだもん。メンタルヘルスによくないから、処分した」

「うちのママも、同じ」

「え？　どういうこと？」

「ママも、ハムとピクルスの詰め合わせとオリーブオイルと付箋、処分しちゃったんだ」

「うそ！　もったいない！　特に付箋は、貴重だよ？　日本では売ってないって、お姉ちゃんが言ってた」

「でしょう？　もらっておけばいいのにね」

「でも、風香のママの気持ちも分かるなぁ。きっと、ちょっとしたトラウマになっちゃったんだよ。……うん、あのときの私もそうだった」

鈍感だと思っていたあっちゃんだけど、案外、繊細なのかもしれない。風香は、友人の横顔をまじまじと見つめた。

「ところで、ご近所さんは、三軒なの？　A区画にB区画にC区画に――」あっちゃんが、右手の指を折っていく。

「ううん、うちを含めて五つ家があるから、ご近所さんは四軒」

「じゃ、あと一軒は？　どんな挨拶品を？」

残りのあと一軒は、E区画の藤倉さんだ。

「なんか、いつ行っても留守なんだよね。人はいるような気配はするんだけど。……ライトバンがとまっていたり。でも、ピンポン押しても誰も出ないの。だから、まだ、挨拶品は交換してないんだ」

「まだ、引っ越して来てないとか？」

「ううん、それはない。一度、会ったもん」

そうだよ。うちが引っ越してきた当日、藤倉さんに会った。飼い犬のジュリーにも。あれから数日経つけど、藤倉さんがあの家にいる気配はない。犬の鳴き声もしない。……どこに行ってしまったんだろう？

電車のスピードが落ちる。次が三軒茶屋だとアナウンスがあった。目的の駅だ。風香はポシェットの中からＰＡＳＭＯを取り出すと、先に立ったあっちゃんの後を追うように、席から腰を浮かせた。

＋

「あ」

あっちゃんに誘われて、三軒茶屋駅近くの大型書店に入ったときだ。見た顔に出会った。

「あの人は、確か……」

そうそう、Ａ区画の三浦さんの奥さんだ。書店の制服を着て、本を並べている。……そうか、あの奥さん、この本屋の書店員さんなんだ。挨拶しようかと思ったが、あちらは風香の存在には気がついていないようだった。そうこうしているうちに、お客さんに声をかけられ、どこかに行ってしまった。

「あ、この本！」

あっちゃんが、急に駆け出す。駆け寄った場所は、『売れています！』のポップが賑やかな、レジ前の平台だった。いつだったか、小説家の父親を持つクラスメイトから聞いたことがある。

平台に置かれた本は、書店がプッシュしている売れ筋の本だと。

「これこれ、面白いんだよ！」あっちゃんが、一冊の本を手にした。

表紙を見ると、

『ダーリンは小学三年生』

漫画？　ラノベ？　それとも——

「エッセイ漫画だよ。ＳＮＳで連載してて ね、とっても面白いんだ」

「ＳＮＳ？」

ふーん、そうか。あっちゃんところはネット閲覧自由なんだっけ。確か、スマートフォンも持っていた。

一方。自分はキッズ携帯のみ。電話とショートメールはできるけど、ネットを見ることはできない。もちろん、家にはパソコンがあるからそれを使ってネットを閲覧することもできるけど、パスワードはママとパパしか知らない。わたしには教えてくれない。

ほんと、いつまでも子供扱いしてさ。

何度も何度もスマホが欲しいと言っても、「学校で禁止されているものを持ってどうするの？」と取り合ってくれない。

確かに、学校では禁止されているけど。でも、みんな隠れて持っているんだから。このあっちゃんだって。風香は、前のめりで本をぺらぺら捲《めく》るあっちゃんを見つめた。そして、

「買うの？」

「もちろん、買う」

「でも、SNSで連載しているの、見ているんでしょ？　それと同じ内容なんでしょう？」

「そりゃそうだけど。でも、画面で見るのと紙とじゃ、やっぱり違うんだよ」

そういうもんかな？　わたしにはさっぱりわからない。

「それに、一冊でも多く売れたら、作者にお金が入るでしょう？」

「え？　そんな理由？」

「そう。応援したいんだ。だって、この作者の旦那さん、〝ヒモ〟なんだよ。生活、大変みたいなんだ」

「ヒモ？」

「そう。定職についていないで、ぶらぶらしている旦那さん。奥さんの稼ぎに頼っている旦那さん。ほら、見てみて。サロペットを着ているこの男の人がそう」

あっちゃんが、本の表紙を指さした。……確かに、なんだか頼りなさそう。

「なんで、そんな人と結婚したんだろう？」

「うちのお母さんが言うには、昔からそういうダメな男の人が好きな女性って、一定数いるんだって。で、そういうヒモのことを髪結いの亭主とも呼ぶんだって」

「髪結いの亭主？」

「今で言えば、美容師の奥さんを働かせて、自分は遊んで暮らしている男の人って意味みたい」

「へー。でも、案外、それって新しいかも？」

「どういうこと？」

「だって、今の時代、男が稼いで妻を養う……なんていう考えは古いらしいよ。女が稼いで男を養う……というのもアリな時代なんだって」

「ふーん。男女平等《ジェンダーフリー》ってやつだね」

「そう。人生いろいろ、家族の形もいろいろ。それがこれからの時代なんだって。テレビでコメンテーターが言ってた」

＋

人生いろいろ、家族の形もいろいろ……か。

買い物を終えて家に戻った風香は、キッチンカウンターに置きっぱなしになっているノートパソコンの電源を入れてみた。

ママもパパも絶対にパスワードを教えてくれないけど、でも、実は、風香はそれを知っている。

パスワードはママの誕生日だ。

いつだったか、両親がいないときに色々とパスワードを試したら、四度目であっさりと解除された。たぶん、パスワードを設定したのはママだろう。こんな簡単なパスワードにするなんて、ほんと、ママは迂闊《うかつ》だ。

「誕生日や電話番号などをパスワードにしないこと。これは基本中の基本です」

って、パソコンの授業のとき先生が教えてくれたけど、その基本中の基本を守れないのが、ママという人間だ。我が親ながら、おっちょこちょいというか、単純というか。そのおかげで、こうやってパソコンを使えるのだから、ママの迂闊さに感謝しなくてはならないのかもしれないが。

今、家には誰もいない。パパは仕事で、ママも派遣の仕事だ。パパが帰ってくるのは夜八時頃。ママの仕事は夕方四時に終わって家に戻るのは五時前だけど、でも、たぶん、今日もB区画の田上さんのところに寄って一時間ぐらいおしゃべりしてくるだろうから、帰宅するのは六時頃だろう。ここ最近、ママは田上さんの家によく行く。よほど、話が合うのだろう。

うん。今はまだ午後の四時。二時間はネットサーフィンを楽しめる。

風香は、キーボードに両手を置いた。そして、検索サイトにアクセスすると、『ダーリンは小学三年生』と入力、［エンター］キーを押す。

「へー。あっちゃんの言う通りだ。結構、人気あるんだ、この漫画」

表示された大量の関連項目に、風香は圧倒される。そして、トップに表示されていた項目をクリック。表示されたのは、作者のＳＮＳだった。エッセイ漫画がずらりとアップされている。

「え？　これって、もしかして？」

閲覧して十五分ほどが経った頃だった。風香は、なんとなく既視感を覚えていた。

さきほどアップされたばかりのエッセイ漫画のタイトルが、『引っ越しの挨拶品』。ある人が持ってきた高価な文房具のせいで、高価な調味料……醤油を購入する羽目になった……という内容だ。さらに、そのオチは、早口のお隣さんが持ってきた、タワシ。

「え？　これって、ママのことじゃない？」

微妙に地域や品物を変更してはいるが、その流れは、まさに、ここ数日でうちも経験したことだ。

「ということは、このエッセイ漫画の作者って……この分譲地に住む人だったりする？　挨拶品に高価な調味料を選んだ人といえば――」

風香は、すぐに思い当たった。

「A区画の三浦さんだ！」

そうだ、そうだ、間違いない。なにより、あの旦那さん、いつ見てもサロペットを穿いている。

『ダーリンは小学三年生』のダーリンそのものだ。

それに、三浦さんの旦那さん、なにをしている人なのかよくわからない。ママは、「個人事業主」だと言っていたが。でも、昼間も家にいる。今日だって、さっき、ばったり会った。

「え？　だとしたら、作者は、あの書店の店員さんてこと？」

なるほどね。自分の本だから、あんなに大々的に売り出していたのか。

へー、奇遇だな。

あっちゃんに言ったらなんていうかな？　羨ましがるかな？　もしかしたらがっかりするかな？　だって、応援したいぐらい生活に困っていたはずなのに、新築の一戸建てを買っているんだもん、実際は。しかも、A区画は、五千五百万円。この分譲地で三番目に高い。

「きっと、『ダーリンは小学三年生』が馬鹿売れして、印税がっぽり入ったのよ。で、家を買ったのよ。ラッキーだったのよ。でも、いやーねー、こんな身近なことをネタにして。トラブルの元じゃない。しかも、あたしがあげた挨拶品をオチにするなんて！　笑いもんにするなんて！　信じられない！」

ママがここにいたら、絶対、そんなことを言うのだろう。

ママには、このエッセイ漫画は絶対に秘密にしておかなくちゃ。ママが知ったら、ろくなことにならない。

おっと、いけない。ママといえば、もうそろそろ帰ってくる時間だ。

風香はいつものように閲覧履歴を削除すると、パソコンの電源を切った。

8

（2022/4/6）

「ママ、何しているの？」

朝。リビングに行くと、ママが冷蔵庫の中に頭を突っ込んでいる。

「ね、ママったら！」

「え？」ママが、のっそりと顔をこちらに向けた。

「ああ、風香、おはよう。早いわね。……ああ、そうだ、ゴミ、出しておいてくれる？　玄関先のやつ。あんた、月曜日、出し忘れたでしょう？　今日は忘れないでよ」

今日は、燃やさないゴミの日だ。

でも、ゴミ集積所に行くのはなんかいやだ。だって、もしかしたらまたあの子がいるかもしれない。

「そんなことより、ママ、なにしてるの？　冷蔵庫に頭つっこんで」

「パパがね、なんか臭うっていうのよ。だから、もしかしたら、冷蔵庫の中が原因かな？　って」

「冷蔵庫より、段ボール箱なんじゃない？　ママ、冷蔵庫の中身を適当に段ボール箱の中に入れてたじゃん」

リビングには、相変わらずの段ボール箱の山。

「それはないわよ。ナマモノは引っ越し初日に全部出したもん」

「忘れているものもあるかもよ？　冷凍食品とか」

そうだよ。あんなにあった冷凍食品、いったいどこに行ったのさ。この家に来てから、まったく見当たらない。冷凍唐揚げに冷凍たこ焼きに冷凍コロッケに、そして冷凍焼きおにぎり。

「冷凍食品は、全部処分した」

「え？　なんで？」

「だって、いたんじゃったから。たった一日放置しただけなのに。案外、足が早いのね、冷凍食品も。……そんなことより、臭いの原因よ。いったい、なにが原因なんだろう？」

実は、風香もここ数日ずっと気になっていた。なんとなく、臭う。はじめは、どこかの家が癖の強い料理をしているのかと思った。または、すぐ側を流れる多摩川のせいかもしれないとも思った。

でも、日に日に、臭いは強くなる。今も、臭い。昨日より、強くなっている。今朝、学校はまだ休みなのにこんなに早く起きてしまったのは、この臭いのせいだ。

「もしかしたら、これが原因かな？」

ママが、冷蔵庫の奥からキムチの容器を取り出した。

……それ、いつかのお中元でもらったやつじゃない？　でも、それ、かなり昔の話だ。……なんでそんなもの、ご丁寧にここまで運んできたんだか。

ママが、恐る恐る容器の蓋をあけた。ぷわーと、あの独特な発酵臭が漂う。……これじゃない。この臭いじゃない。

「もしかしたら、排水口になにか問題があるのかも」

歯ブラシを口の中に突っ込んだ状態で、パパが洗面室から小走りでやってきた。

「あら、いやだ、パパ。そんなに慌てて。どうしたの？」キムチの容器を抱えながら、ママ。

「洗面室が、めちゃ臭いんだよ！　いいから来てみて」

キムチの容器を抱えたママがパパの後を追いかける。風香もその後を追った。

洗面室に行くと、むわぁっと濁った空気が充満していた。

「やだ、なにこれ」ママが、キムチの容器で鼻を覆う。

風香も我慢がならず、パジャマの裾をたくし上げるとそれで鼻を覆った。

が、それでも足りず、吐き気がせり上がってきた。風香はトイレに駆け込んだ。

トイレもまた、悪臭が漂っていた。

吐き気が加速し、風香は便器めがけて、胃の中身をぶちまける。

しかし、出てきたのは胃液ばかりで、喉がひりひりと焼けつくように痛い。

「風香、大丈夫？」

キムチの容器を片手に、ママが駆けつける。と、その瞬間、ママも激しくえずき、キムチの容器の中めがけて、胃の中身を吐き出した。

容器の中で、唐辛子の赤と吐瀉物《としゃぶつ》のクリーム色が混ざり合う。その様を見て、風香は再度、えずいた。

「おい、どうした？」パパが、歯ブラシを口の中に突っ込んだままやってきた。

そして、その惨状を目の当たりにして、パパまでもが、胃の中身をその場でぶちまけた。

＋

「まあ、それは大変だったわね」

B区画の田上宅。ママが一通り朝の惨劇を説明すると、田上さんの奥さんが、いかにも慈悲深げに頷いた。

結局、この日、パパは真っ青な顔をして会社に行ったけれど、ママは仕事を休んだ。はじめたばかりの仕事なのに、早速欠勤だなんて。しかも、その理由が「異臭のため」。よくそんな理由で、派遣会社も欠勤を許したものだ。もしかしたら、ママ、大した仕事をしていないのかもしれない。

派遣会社に欠勤の連絡を入れ、シャワーで汚れを落とすと、ママは早速田上さんに電話した。

「今から、伺っていいかしら?」

朝の十時になっていた。いくらなんでも、こんな時間にお邪魔するなんて……と風香は思ったが、田上さんは快諾したようで、「じゃ、ちょっと田上さんのところに行ってくるね」と、トートバックを持って出かけるママ。そのあとを追って、風香も田上さんの家に上がり込んだ。


田上さんの家に上がるのははじめてだ。

うちとは違って、まるでモデルルームのような家。引っ越してきたのはうちより後だったはずなのに、すっかり片付いている。

レースのカーテンからそそぐ朝の日差しが、気持ちいい。

「風香ちゃんは、T館初等科なんですって?」

田上さんの奥さんに声をかけられて。風香は姿勢を正した。

「はい。そうです」

「うちの子もね、来年小学校なのよ。T館初等科を受ける予定なの」

「あ、そうなんですか」

「風香ちゃん、すごいわね。あんな難関校に受かるなんて。優秀なのね」

「いえ、たまたま運がよかっただけです」

「でも、学級委員もやったことあるんでしょう？」

「いえ、それも、たまたま、他に候補がいなくて――」

「お友達も素晴らしいって聞いた」

「え？」

「国民的アイドルを母親に持つ――」

あっちゃんのこと？

「あのお宅は、元々華族なんですって。まさに華麗なる一族ね」

まあ、確かに、あっちゃんちは、本物のセレブだ。本人はあまり気にしていないが。

「うちの娘にも、そんないいお友達ができるといいんだけど」

「できると思います！」

「そう？　ありがとう。……風香ちゃんも、うちの子のお友達になってね。お受験のこと、色々と教えてあげてね」

「はい！」

なにか、学校の教師と話しているようだ。風香は緊張を解くように、テーブルに置かれたマグカップを手にした。中身は、ロイヤルミルクティー。……うーん、美味しい。

「あら。そういえば、今日、娘さんは？」

そんなことを訊いたのは、ママ。ママの手にもマグカップ。

「父親の実家にお泊まりに行ったの。今朝早く、お迎えが来て」

「確か、旦那さんの実家は、群馬で大きな病院をされているのよね？」

「大きくはないけれど、まあ、それなりの規模ね」

「旦那さんも、大学病院に勤務。ゆくゆくは、娘さんもお医者さんに？」

「まあ、それは分からないわね。本人が医者になりたいっていうなら応援するけど。……無理強いはしないつもり。あの子の人生だもの。あの子の好きにさせてやるつもり」

「うちも同じよ。バイオリンをやりたいといえばやらせたし、バレエをやりたいといえば、やらせた。でも、なかなか好きなものが定まらなくて、困っちゃう」

は？　バイオリンもバレエも、ママが無理強いしたんじゃない。T館初等科もね！　まったく、ママの嘘はたちが悪い。本人がいる前でよくもそんな出鱈目《でたらめ》を。

「そんなことより、異臭問題よ」ママが、身を乗り出した。「異臭がどんどんひどくなって、このままでは暮らせないわ」

「いったい、何が原因なのかしらね……」

「田上さんところは？」

「うちは、全然。今だって、しないでしょう？」

「確かに、全然しないわね。……なんでうちだけなのかしら？」

「空気の流れが関係するのかもね。ほら、うちは前が公園でしょう？　そのせいか常に空気が流れているから、臭いとか籠らないのよ。一方、お宅は——」

そう言われて、ママの顔が少しこわばった。

「そうね。確かにうちは四方をなにかに囲まれているから空気というか臭いが溜まりやすいのかも。でも」

「いずれにしても、他の住人には訊いてみた？」

「ううん、まだ。だって、みんないっつも留守なんだもん。あたしも働きに出ているから、なかなかつかまんなくて。……こういうとき、マンションだったら、管理会社にいえば解決してくれるんだろうけど。一戸建て分譲地の場合、どうしたらいいのかしら？」

「私の知り合いが、やっぱり、こんな感じの分譲一戸建てに住んでいるんだけど。そこでは、住民たちが〝管理組合〟を作っているって。で、管理会社に、細々とした管理は委託しているみたい」

「マンションの管理組合のような？」

「そう。ここでも、そういう組織、必要かもね。……大きなトラブルが起きる前に」

「大きなトラブルって？」

「それがね。……どうもA区画の三浦さんが――」

どうやら、会話の論点が、三浦さんに移ったようだった。もしかして、例のエッセイ漫画の件か？　風香は、自分のことのように身を縮こまらせた。そして、

「勉強しなくちゃ」

と、大嘘をついて、一人、家に戻った。

夜。その異臭はもう耐えられないものになっていた。

「ね、この異臭。やっぱり、お隣からするような気がするんだけど！」

ママが、キレ気味に叫んだ。

「お隣って、E区画の藤倉さん？」風香が言うと、

「風香、あんた、お隣さんと会ったことあるの？」

「うん。一度だけね。綺麗な女の人だったよ」

「じゃ、お隣さん、いることはいるのね。空き家ってことはないのね」

「うん、いるよ。だって、ときどき業者っぽい人が出入りしている感じだし、人の気配もするし。……あ、そうそう、犬も飼っている」

「犬？　まさか、多頭飼育崩壊しているとか？」

「なにそれ」

「ほら、最近、テレビとかでよくやっているじゃない。犬とか猫をたくさん飼い過ぎて、崩壊しちゃうってやつ」

「まさか。だって、犬の鳴き声とかしてないじゃん」

「確かに」

そうなのだ。あの日以来、犬の鳴き声がまったくしない。……確か、ジュリーという名の小型犬だった。あの犬はどこに行ったのか。

「あ。もしかして」風香は、ふと呟いた。

「え？　どうしたの？」

「犬が死んでいるのかも」

「どういうこと？」

「ジュリーという名の小型犬がいたんだよ、お隣さんちには。でも、ここのところ、全然鳴き声がしないの。ということは――」

「犬の飼育を放棄して、その犬が死んだとか？」

「もしかしたら」

「あら、いやだ。それ、可能性ある。だって、異臭、玄関先がいちばん強いもん」

ママが玄関に視線を飛ばした。玄関の向こう側には、藤倉さんちのお勝手口がある。

「あのお勝手から、異臭がしてくるような気がする。確かめてこなくちゃ」

そしてママは鬼の形相で玄関まで行くと、玄関ドアを勢いよく開けた。すると、

「あ。電気がついている。……お隣さん、いるのかしら？」

本当だ。お勝手口の隣の小さな窓から照明が漏れている。

なんだろう、なにかとてつもなく嫌な予感がする。それでも風香は、好奇心に駆られ、ママの後を追った。

「すみませーん、いらっしゃいますか？」

ママが、お勝手のドアを、どんどんと激しく叩く。

この行動力は、数少ないママの長所のひとつだ。

「すみませーん！　あら」

ママがドアノブを摑んだときだった。扉がかすかに開いた。

Chapter 3.

B区画 田上邸

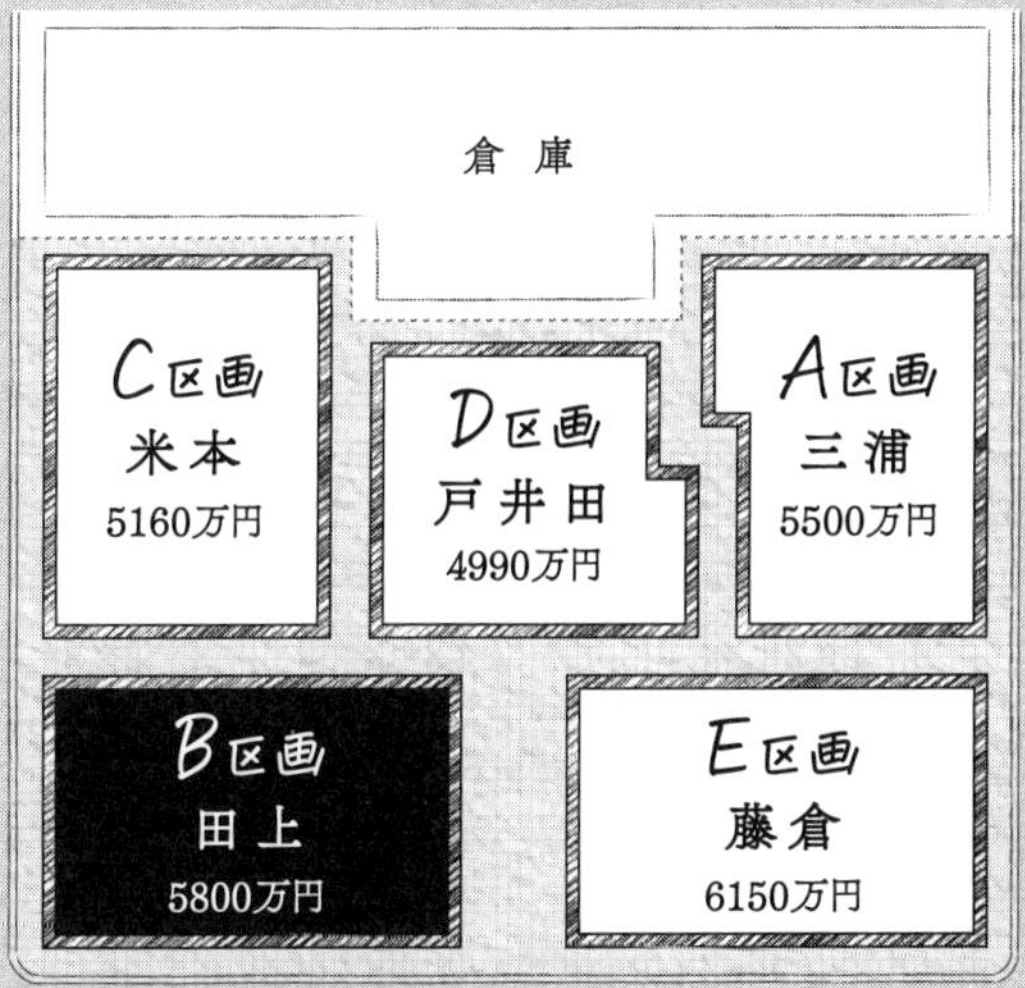

9（2022/3/30）

「あんた、気をつけなさいよ。……あなたのその性格が、いつか大きな事件を引き寄せてしまいそうで、怖いわ」

一日のうち、何度かはそんな母の言葉を思い出す。

例えば、今日のような大きなイベントがあるとき。


田上美雪《みゆき》は、まさに今、引っ越しの最中だ。引っ越し会社のトラックが、ようやく新居に到着した。予定より一時間三十分遅れている。なにかトラブルでもあったのか、四人の作業員たちはひどくカリカリしている。繁忙期だ、疲れもたまっているのだろう。今にも倒れそうな初老の作業員が、箱をひとつ落とした。「なにやってんだよ！」作業員たちの中で一番若い男が、初老の作業員を叱り飛ばす。……たぶん、この若い男がリーダーなのだろう。美雪は時間が遅れていることを咎《とが》めるでもなく、リーダーのそばに駆け寄ると、千円札を包んだポチ袋を四枚、差し出した。

「いや、奥さん、それは困りますよ。心付けは会社が禁止しているもので……」

と言いながら、リーダーの表情はまんざらでもない。それまでの硬い表情がとたんに緩んだ。

「いえいえ、心付けなんて大層なものではないんですよ。お茶の足しにでもしていただければ」

「そうですか。……悪いですね」満面の笑みを湛《たた》えながら、リーダーがポチ袋を四枚、受け取る。そして、「おーい、心付けをいただいたぞ！」

リーダーがポチ袋を掲げると、作業員たちの顔もとたんに綻んだ。それまでの険悪な空気が、雨上がりの空のようにぱっと明るくなった。あの初老の男性の体力も復活したようで清流のような滞りのない動きで次々と箱を運んでいく。

心付けでこれほどまでに効率が上がるなら、四千円なんて安いものだ。

よし、今だ。美雪は用意していたＡ４サイズの用紙を広げた。

「こちらが、レイアウトです。このレイアウト通りに家具を設置してください。そして、段ボール箱は一階の収納スペースと二階の収納スペースに運んでください。二階に運んでいただきたい段ボール箱には、青いガムテープを貼ってあります。それ以外は、一階にお願いします」

リーダーの目がまんまるになる。……指示がうまく伝わらなかったか？

「いやー、助かりますよ！　ここまで分かりやすく指示していただけるなんて！」

よかった、ちゃんと伝わっている。

「本当に助かります！　今日はいいお客さんでよかった！」

そうして二時間後、引っ越し作業はすべて終了した。予定より、三十分早い。

「お疲れ様でした」

搬入し終えたばかりのダイニングテーブルの上に、一口サイズのお菓子とペットボトルのお茶を並べる。ペットボトルは、その場で飲み干せるように、あるいは持ち帰っても負担がないように、280ミリリットルサイズを選んだ。

　お菓子もお茶も、全部で二千円もかかっていない。が、作業員たちの表情は、まるでご馳走《ちそう》を前にした人のようにこの上なく上機嫌だ。

「とりあえずは、これで作業は一通り終わりました」

　リーダーが、チョコレート菓子をつまみながら言った。そして、

「なにか、他にやってほしいものはありますか？　テレビの配線とか家具のレイアウトの変更とか。遠慮なくおっしゃってくださいね。これもサービスのひとつですから。十五分以内でできることならなんでも」

「いえ、特にございません。お気遣い、ありがとうございます」

「本当にありませんか？」

「はい」

「いやー、昨日のお客さんとは正反対だ」

「え？」

「昨日も、こちらに伺ったんですけどね。まあ、人使いの荒いお客さんで、参りましたよ」

「は……」

「荷造りはご自分でする一番リーズナブルな〝セルフプラン〟でご予約いただいたのに、結局、荷造りも全然で。すべて我々がやりましたよ。冷蔵庫の中身まで荷造りさせられた」

「は……」

「なのに、なんだかんだと言いがかりをつけられましてね。料金はセルフプランのままにしろって。……いやー、参りましたよ」

「結局、料金はどうなったんですか?」

「今も、もめているところです」

「それは、大変ですね……」

「奥さんも気をつけたほうがいいですよ、あの人には。僕の経験からいくと、あれはかなりのクレーマーですね」

「クレーマー? どなたがクレーマー?」

「ですから――。おっといけない。個人情報を迂闊に漏らすと、本部のお偉いさんにしこたま叱られちゃうんです。我々引っ越し業者には、弁護士や医者のような守秘義務はないんですけどね。一応、客商売なので、お客さんの情報を話すわけにはいかないんですよ」

「は……」

「でも、今日は本当によかった。いいお客さんで。みんながみんな、田上様のようなお客さんだったら、うちら引っ越し業者も助かるってもんですよ」

「それは、……ありがとうございます」

「引っ越し業者のことを、人と思っていないお客さんも多いんですよ」

「どういうことです?」

「だって、〝人〟だと思っていたら、下着やら冷蔵庫の中身やら、触らせないでしょう、普通?

恥ずかしいですよね？」

「まあ、そうですね」

「なのに、お客さんの中には、ご自分ではまったく荷造りせずに、普段の生活のままの状態で引っ越そうという人も多い」

「なんの準備も荷造りもせずに？」

「そうです。もちろん、そういうプランもあるわけですが。〝まるまるお任せプラン〟と呼んでいるんですけどね、うちらが荷造りから梱包まですべて請け負うんです。それでも、お客さんのほうで少しは準備ぐらいはすると思うんですよね、普通の感覚だと」

「まあ、そうですね」

「なのに、洗濯物は干しっぱなし、食事の後片付けもなし、散らかり放題の状態で引っ越し当日を迎えるお客さんはザラです。……孤独死した部屋の特殊清掃のようなことをさせられることもあります」

「孤独死……」

「もちろん、死体が放置されていたことはありませんけどね。あ、でも、うさぎの死体が出てきたことはありましたね」

「え？」

「押し入れの中の荷物を出していたら、奥の方から、なにか干からびたものが出てきたんですよ。引っ張り出してみたら、うさぎのミイラでした」

「ええええ」

「今でもトラウマですよ。アレ以来、押し入れの中が怖くなりました」

「それは、大変でしたね」

「なのに、そのお客さん、ケロッとしているんです。『あ、ぴょんた、こんなところにいたんだ！てっきり、逃げちゃったかと思った！』なんて言ったりして」

「そのうさぎのミイラは、どうなりました？」

「捨てましたよ。だって、お客さんが『気持ち悪いから、捨てておいて』って言うもんですから」

「でも、元はペットだったんですよね？」

「ええ、そうです。信じられませんよね？　……おっと、いけない。もう十五分が過ぎてしまいました。今日はこれで失礼いたします。では最後に、こちらにサイン、お願いできますか？」

言いながら、リーダーが書類とペンを差し出した。

「あ、はい」

が、ペンはインク切れのようだった。何度も書いてみるが、ペンの跡しかつかない。仕方ない、自前のボールペンを……と探していると、

「そういえば、田上様は、今日はお一人なんですか？」と、リーダーの唐突な質問。

「え？」

「ご家族は？」

「えっと」

ここで黙ってしまったら、かえって変に思われるかもしれない。美雪は口角を上げると、

「夫は仕事で、娘は夕方まで教室なんです」

「教室？」

「小学校受験の」

「ああ、お受験ってやつですか。……お一人で？」

「いえいえ、まさか。今日は母が付き添いに――」

あ、ボールペン、あった。ポーチバッグの中からボールペンを引っ張り出すと、美雪は急いでサインをしおえた。

「あ、なんかすみません、プライベートなことを訊いてしまって。つい、田上様のお人柄に絆《ほだ》されて、馴《な》れ馴《な》れしくなってしまいました。……さてと、本当にもうこれで失礼します。次の仕事に行かないと」

「次も、まだあるんですか？」

時計を見ると、午後四時。

「ええ、今日は、このあと二件あります。日付が変わる前に終わるといいんですが――」

「あら、案外片付いているじゃない」

午後六時前。一階の段ボール箱の中身をあらかた取り出し終わった頃、母の曾根子《そねこ》が訪ねてきた。横には、不貞腐れ気味の咲良《さくら》。美雪の一人娘だ。

「なんだ、引っ越し、もう終わっちゃったんだ。わたしもやりたかったのに」

今日は朝からこの調子だ。引っ越しの手伝いをしたいと駄々をこね続けている。冗談じゃない。喘息《ぜんそく》気味の咲良に、あんな埃《ほこり》っぽい作業を手伝わせるわけにはいかない。だから、今日は朝から母に娘を預け、そして、午後からは教室にも付き添ってもらった。

「咲良ちゃん、二階のお部屋、見てきたら？」美雪が言うと、

「え？　二階？　わたしの部屋？」と、ようやく咲良の顔が綻んだ。

「そう、扉に『咲良の部屋』って貼ってあるから、行ってみて」

「段ボール箱もある？」

「うん、そのままにしてあるよ。自分で取り出してね」

「うん！」

そうして咲良は、嬉々《きき》とした笑顔で階段のほうに駆け出した。その姿が消えたのを確認すると、

「昨日から、ずっとああなの。段ボール箱が珍しくて仕方ないのよ。昨日も、おもちゃや服を、段ボール箱にしまったり出したり」

と、美雪はようやくその腰を椅子に落とした。そして、

「咲良にとっては、初めての引っ越しだから。なにかのイベントだと思っているみたい。……ま

あ、イベントであることには間違いないんだけど」

「あんたにとっても、初めてのようなものでしょう、引っ越し」

母の言葉に、

「まあ、確かに」と、美雪は苦い笑みを浮かべた。

それまで住んでいた杉並区の家は、自分が生まれ育った家だ。七年前、美雪が結婚すると同時に母が他に家を借り、美雪夫婦に譲られた格好だ。が、その家の借地権もあと数年で切れる。地主には更新不可だと言われたので、仕方なく新居を探していたところ今の分譲住宅を見つけたという経緯だ。不便な場所ではあるが、咲良の志望校からは少し近くなる。夫の勤務地にも、少しだけ近づいた。

「それにしても、辺鄙《へんぴ》なところだね、ここ。しかも周りは、古い倉庫だらけ。ちょっと怖いよ」

図星を突かれて、美雪はまたまた苦笑いを浮かべた。

「まあ、確かにちょっと交通の便は悪いけど」

「ちょっとどころじゃないわよ。かなりよ」

「まあ、ゆくゆくは、自転車も買う予定だし」

「自転車でも、駅まで三十分はかかるんじゃない？　車、買いなさいよ、車」

言われて、美雪は肩を竦めた。

「免許、持ってないし」

「ああ、そうだった。……だから言ったのよ、免許ぐらいとりなさいって」

「お母さんだって持ってないくせに」

「だって、必要なかったんだもん。前の家は駅まで徒歩三分だったし、今借りているところも、徒歩五分。……最寄りの駅から渋谷にも新宿《しんじゅく》にも池袋にも三十分以内で到着。車なんて、まったく必要なし。それに車ってランニングコストばかりかかって、無駄よ無駄」

車買いなさいよと言ったその口で、無駄ときた。お母さんは相変わらずだ。

美雪は、観念したとばかりに再び肩を竦めると、

「そうね。近いうちに、教習場に通うつもり。私が免許を持っていれば、輝《あきら》さんの送迎にも役に立つし」

「輝さんも免許持ってなかったんだっけ？　群馬出身なのに？　群馬なんか、まさに車社会じゃない」

「大学からずっと都心だったから。お母さんと同じように、必要性を感じなかったみたいよ」

「だったら、もっと便のいいところにすればよかったのよ。なにも、こんな辺鄙なところ——」

こんなところだから、予算内で希望通りの家が買えたのだ。

夫は医者だ。とはいえ、大学病院の勤務医。年収は一千万円を少し超える程度。一千万円の年収といえば〝富裕層〟というイメージが世間にあるようだが、とんでもない。税金は高いし、ありとあらゆる補助金からも排除されてしまう。なにかの雑誌で読んだが、年収一千万円よりも年収七百万円のほうがなにかとお得に暮らすことができるんだとか。

だったら、妻も働いてもっと収入を増やせばいい、せっかく薬剤師の資格を持っているんだか

ら……と言う人もいるが、娘が中学校を卒業するまでは母親業に専念したい。なにしろ、私立はＰＴＡ活動が忙しいと聞いた。仕事なんてしている場合ではないと。……そう、娘にはできるだけ最高の教育環境を与えたい。肩身の狭い思いや寂しい思いはさせたくない。

そうなると、教育費はケチりたくない。年収一千万円でも心許ないのだ。無理して分不相応な家を購入して、娘の教育費が逼迫したら本末転倒だ。……そんなことを夫と色々と話し合い、この家に決めた。

この家なら、子育てにも充分な広さだし、なにより家計を圧迫しないローンで済む。確かに交通の便は悪いが、その分、自然も多い。子育てにはもってこいな環境なのだ。

でも、目の前の母親はそんなことを言っても理解はしてくれないだろう。なにしろこの人は、生まれてからこの方、ずっと都会育ちだ。……もちろん、ここだって立派な都会なのだが、住所的には。

「で、お教室のほうはどうだった？」話題を変えようと訊くと、

「まあ、ぼちぼちね」と、母親がアメリカ人のように大袈裟に肩を竦めた。「……でも、あんなところに通わせる意味、あるの？」

「どういうこと？」

「そもそも、小学校なんて公立でいいじゃない。近くに小学校もあるんだし」

「そりゃそうだけど。でも……」

「どうせ、あちらさんの希望なんでしょう」

あちらさんとは、夫の実家のことだ。夫の実家は群馬県にある老舗病院。地元では知らないものがいない。

「輝さんは、次男。群馬の病院だって長男が継ぐんだろうから、なにも、あちらさんの顔色を窺うことはないんじゃない？」

「でも、受験は咲良の希望でもあるのよ。T館初等科の制服を着たいって」

「まあ、確かに、あそこの制服はイケてるけど」

「でしょう？　子供の希望は最優先しなくちゃ」

「まあ、そこまで言うなら、アタシがとやかくいうことではないんだけどね。でも、あの教室は、どうかと思うわよ。なんか、めちゃめちゃ空気が悪いわ」

「どういうこと？」

「だから、あのママたちよ。敵対心丸出しで、メラメラって音が聞こえるようだったわよ。アタシが挨拶しても、ふんって感じなの」

「お母さんが、そんな変な服でいくからよ」

「え？　この服のどこが変だって？」

母親が、真っ赤なワンピースの裾を、見せびらかすようにゆらゆらと揺らした。その丈も、いかにも短い。

「お教室に、そんなワンピースを着ていく人、いないわよ」

「言われてみれば。みんな、紺色のスーツかワンピースだった。地味だった」

「それが正解なのよ」

「うっそー、あれが？」

「そう。今度行くときは、紺色か黒のスーツにしてね。ほら、ブラックフォーマルがあったでしょう？」

「いやだ、あれはお葬式に着ていくために買ったやつよ」

「胸にブローチでもつければ、立派なお教室ファッションよ」

「あーあ、いやんなっちゃうね。あんたもああいう服で行くわけ？　毎回」

「当たり前でしょう？」

「アタシは、金輪際、行きたくないね、あんなところには。息が詰まるよ。……あんた、よく平気だね。よく我慢しているね」

「別に、我慢しているわけじゃないよ。みんな、親切よ。それに、フランクにいろんなことを打ち明けてくれるし」

「ほら、それ」

「え？」

「それよ、それ。昔から心配してたんだよ。あんたのその性格が、いつか大きな事件を引き起こすんじゃないかって」

　母の口癖が、また出た。美雪は、小さい頃からもう何遍もこの言葉を聞かされている。まるで呪文のように。

「ね、お母さん、それ、もうやめてくれない？　言霊《ことだま》じゃないけど、あんまりそういうことを繰り返し言われると、本当に事件が起きるみたいで不吉だから」

「あんた、もしかして、まだ気がついてないの？」

「どういうこと？」

「呆れた」

母親が、テーブルに置いてあったペットボトルを引き寄せた。引っ越し屋さんのために用意していた余り物だ。

「あんたは、昔から鈍感だ鈍感だと思っていたけど、まさか、ここまで鈍感だったとはね」

「だから、どういうこと？」

「あんたはね、自分は人望があって人から好かれる……と思っているかもしれないけど――」

「そんなこと、思ってないわよ」

「まあ、黙って聞きなさい。……確かに、あんたは、昔から人に好かれた。友達も多かった。父親譲りなのよ。物腰が柔らかくて、人当たりがよくて、聞き上手。相槌《あいづち》の打ち方なんて、まさに天才的。絶妙なタイミングで相槌を打つもんだから、こっちもついついいらぬことまでしゃべってしまう。そしてなにより、毒がない。輪の中心になるほどのカリスマ性はないけれど、つい頼りたくなるのよ。だから、あんたのところに、人が集まるの」

褒められて、美雪はつい頬を緩ませた。が、

「褒めているわけじゃないよ、勘違いしないで」

と、ぴしゃりと言われ、頬も強ばる。

「あんたの父親もさ、『俺の周りには人が集まる』っていうのをよく自慢していたけど、でも、それは自慢するようなことじゃないのよ。むしろ、リスクなんだから」

「リスクって？」

「だから――」母親が、呆れたように肩を竦める。そしてペットボトルの中身を飲み干すと、

「あんたの父親がどうして、あんな死に方をしたのか」

「あんな死に方？　……事故死じゃないの？」

そう、父親は、美雪が小学五年生のときに交通事故で死んだ。仕事の帰りにトラックに撥《は》ねられたのだ。あのときの思い出が蘇り、美雪は頭を軽く振った。

「そう、事故死。それは間違いない。問題なのは、なぜ、あんな事故に遭ったのか」

「なぜ？」

「自分の悪口を聞いちゃったらしいの。信用していた友人たちが、陰では自分の悪口を言っていたみたいで。それを知ったあの人は茫然自失。信号が赤になったのも気がつかずに、事故に遭った。……あの人、病院のベッドの上で、裏切られた裏切られたって、おいおい泣きながら死んでいったのよ」

「………」

「あんたもさ。……気をつけなさいよ」

「だから、なにを？」

「親切なんていうのは、悪意の裏返しでもあるんだからね」

「どういう意味？」

「あんた、本当になにも分かっていない」母親が、ため息交じりで顔をしかめた。「まあ、今日のところは、これで失礼するわ。仕事が残っているからね」

「締め切り？」

「そう。今日中に上げなくちゃいけない原稿があるのよ。じゃね。輝さんと咲良ちゃんによろしくね」

＋

母親とすれ違いに、インターホンを鳴らしたのはやけに早口の女性だった。

『こんにちは。あたし、D区画のトイタです』

「トキタ？」

『いえ。トイタです。戸棚の〝戸〟に井戸の〝井〟、そして田んぼの〝田〟で、戸井田といいます』

「ああ、はい。戸井田さん」

『あたし、昨日、越してきたんです』

昨日？　ということは、引っ越し屋のリーダーが言っていた、クレーマーとは、もしかして？

『ご挨拶に伺いました。今、よろしいでしょうか？』

「あ、はい。どうぞ」

玄関先に現れた戸井田さんの右手には、ノシが巻かれた包み。たぶん、引っ越しの挨拶品だろう。

ああ、どうしよう。まだ、準備していなかった。

というか、あえて準備しておかなかった。相場感を知りたかったからだ。普通、引っ越しの挨拶品の相場は千円前後だ。でも、地域によって異なる場合がある。だから、まずは相手からいただいて、その品から相場を割り出そうというのが美雪の考えだ。

「粗品ですが、お近づきの印に……」

戸井田さんが、包みを差し出した。受け取ると、やけに軽い。そしてこの感触。

もしかして、スポンジ？

え？　スポンジでいいの？　スポンジなら、千円もしないわよね？　いや、それとも、高級スポンジかもしれない。ひとつ二千円ぐらいするような。もしかしたらもっと高くて、三千円とか？　……いやいや、スポンジだよ？　せいぜい五百円でしょう？　五百円でも高いほうだ。

……それとも。

混乱している場合ではない。戸井田さんが、もじもじと何かを待っている。そう、お返しだ。

「あの、よかったら、お茶でもいかがですか？」

「あら、まあ」

戸井田さんが、ソファーに座るなり、感嘆ともため息ともつかない、妙な声を上げた。

「田上さんとこは、すっかり片付いているんですね！　今日、引っ越してきたんでしょう？」

「いえいえ、一階だけですよ。二階は、まだまだです。段ボール箱だらけ」

「うちは、一階も全然なんですよ。段ボール箱をテーブル代わりに食事をしている始末」

「テーブル？」

「テーブルの上も段ボール箱が積まれちゃってて。……まったく、引っ越し業者のせいですよ。ほんと、使えない業者だったわ。不動産会社の紹介で依頼したはいいけど――」

「もしかして、〝クマさん引越センター〟ですか？」

「そうそう、それ」

ああ、やっぱり。

「一割引ですよ！　と不動産会社の担当に言われたから頼んでみたんだけど、一割引どころじゃないですよ。余計な請求されちゃって」

「は……」

「あれはきっと、不動産会社とグルなんだわ。リベートをたっぷりもらっているに違いない」

「は……」

「田上さんはどうでした？　余計な請求されなかった？」

「うちは特に――」言いかけて、口をつぐむ。ここは話を合わせたほうがいい。こういうときは同調するのが一番だ。

「まあ、……四千円ほど」

「あら、四千円で済んだの？　羨ましいわ……」

戸井田さんの細い目が、恨めしそうにこちらを見る。その視線に追い詰められて、

「いえいえ、他にも、色々と」

と、小さな嘘をつく。

「やっぱり？　うちもそうなのよ！　うちなんかさ――」

戸井田さんの口から、マシンガンの弾のように悪口が次から次へと飛び出してくる。その弾を避けるように美雪はお茶の支度にかかった。

戸井田さんは、ちょっと話が長そうな人だ。こういう人には、どんなお茶とカップが合うだろう？　あまり美味しいお茶だと長居されそうだし、適当なお茶だと「あそこのお茶はマズい」と吹聴されそうだし。

さてさて、どれにしようか――


結局、お茶はマリアージュ フレールのマルコ ポーロにした。美雪一番のお気に入りで、誰からも愛されるフレーバーだ。とっておきのお茶だ。そしてカップは、これまたとっておきのロイヤル コペンハーゲン。

「あら、美味しい」戸井田さんも気に入ってくれたようだ。

美雪がこのお茶とカップを選んだのは、戸井田さんのこの言葉でだった。

『うちの娘、T館初等科なんですよ』

なんでこんな話になったのかはよく覚えてないが、〝T館初等科〟という言葉が耳に飛び込んできて、美雪の手は思わずロイヤル コペンハーゲンのカップのほうに伸びた。カップがロイヤル コペンハーゲンならお茶はマルコ ポーロしかない。

しかし、意外だ。戸井田さん、こんなことを言ってはなんだが、ぱっと見の印象はザ・庶民。我が国の平均的な主婦の形《なり》で、引っ越しの挨拶品からも相当な倹約家《ケチ》だ。ということは、収入だって平均的なものだろう。きっと、家だってかなり無理して買ったに違いない。

なのに、出てきた言葉は、

『うちの娘、T館初等科なんですよ』

T館初等科は、私立小学校の中でもお金がかかることで有名だ。いや、その前にお受験で何百万円とお金が飛ぶ。なにしろ、難関中の難関だ。

そんなT館初等科に娘を通わせているなんて、戸井田さん、案外富裕層なの？

「うちはしがないサラリーマン家庭ですよ」

戸井田さんが、サブレをつまみながら言った。引っ越し屋さんのために用意したお菓子の余りものだが、そうとは分からないように、ロイヤル コペンハーゲンの皿に並べ直した。

「ご主人は会社はどちらなんですか？」美雪は、ついそんなことを訊いてしまった。訊いて、後悔した。「あ、いえ、ごめんなさい。……今のは忘れてください」

が、戸井田さんは顎をくいっと上げると、

「自動車メーカーのQ社です」

Q社といえば、日本を代表する一流企業。……といっても、あそこの社員の収入はごくごく平均的だ。……いやいや、それでも福利厚生が充実していて、管理職ともなれば各種手当も半端ないと聞く。部長クラスなら、なんだかんだで一千万円いくと聞いたことがある。……そうか、旦那さんはもしかして部長クラスなのかもしれない。

「で、田上さんの旦那さんは？」

答えないわけにはいかない。だって、先にそれを訊いたのは自分だ。

「うちは、……医者なんです」

「お医者さん！」

戸井田さんの細い目から、目玉が剝き出しになる。

ほらね、やっぱりこの反応。

医者なんて、そう珍しいものではない。日本には約三十四万人の医者がいるんだから。しかもそのほとんどは勤務医で、世間が抱いている「医者＝金持ち」というイメージからは程遠い。医者の世界も格差社会なのだ。

「でも、うちは、しがない勤務医ですよ。今のこの時間も、馬車馬のように働いています」

「田上さんご本人はどうなんですか？」

「え？」

「なにか、お仕事は？」

「いえ、私はただの専業主婦です」

薬剤師の資格を持っていることはここでは触れないでおいた。

「専業主婦ですか。……あたしも、できれば専業主婦を続けたかったんですけど、働きに出ることにしたんですよ」

「え？　共働き？　でも」

Ｔ館初等科はＰＴＡ活動が活発だと聞く。それこそ、家事をしている暇もないほど。だというのに、共働き？

「まあ、うちの娘も来年は中学生。中学生になったらＰＴＡ活動も減りますから、あと一年、なんとか時間をやりくりすれば。まあ、大変でしょうけど、あたし、体力だけはあるんでなんとかなるでしょ」

「Ｔ館初等科のＰＴＡ活動って、そんなに大変なんですか？」

「そりゃ、大変ですよ！　仕事していたほうがよっぽど楽って思うほど。先週もね――」

それからは、話が妙に弾んだ。

二階から「ママ、お腹すいた」と咲良が降りて来なかったら、とめどなく会話は続いていたに違いない。

「あら、いやだ。もうこんな時間！　夕飯の支度しなくちゃ！」戸井田さんが、弾かれるようにソファーから立ち上がった。「ごめんなさいね、こんなに長居しちゃって」

「いえいえ、こちらこそ、お引き止めしちゃって。……お引っ越しの挨拶、今度改めてこちらから伺いますね。えっと、お宅は……」

「Ｄ区画です」

「ああ、Ｄ区画」

「あ、そういえば」

玄関先で、戸井田さんがふいに振り返った。

「こちらに伺ったとき、真っ赤な服を来たご婦人とすれ違ったんですけど。……どこかで見たような気がするんですけど」

「ああ、あれは」美雪は思わず、声を潜めた。「うちの母です」

「え？　お母さん？」

戸井田さんの目玉が、右左に慌ただしく動く。

「え、でも、どっかで見たことがありますよ。えっと、えっと」

思い出さなくていい、美雪は祈ってみたが無駄だった。

「あ、思い出した。北山《きたやま》曾根子だ！　小説家でコメンテーターの！」

「ええ、まあ……」美雪は、曖昧に答えた。これ以上、母のことは詮索してほしくない。

「では、また近いうちに」

と、美雪は一方的に話を締めくくった。

10 (2022/4/1)

「今日ね、二組の家族が引っ越してきたのよ」

独り言のように、田上美雪は言った。

実際、独り言だった。

夫は、帰宅するなりソファーに身を投げ出し、そのまま寝てしまった。

思えば、ここに越してきてからほとんど言葉を交わしていない。

前の家では、どんなに遅く帰宅しても晩酌を兼ねて一時間はおしゃべりを楽しんだものだ。ところが、この家に越してきた途端、夫は寝てばかり。せめて、「疲れた」の一言でもあればいいものを。それすら、ない。

昨日、母から電話があったが、そのときの言葉が気になる。

『正直に言うね。なんかアタシ、あの家がしっくりこないのよ』

あの家とは、この新居のことだ。

『家というか、環境というか。……なんていうんだろう、ぞわぞわして、居心地が悪かった。……まさか、そこ、事故物件とかじゃないよね?』

そんなわけない。新築だ。

『だよね。……でね、知り合いの風水の先生に話してみたんだけど』

また、そんな勝手なことを。

『なんかその家、めちゃ家相が悪いみたい。特に男性……大黒柱にとっては凶なんだって。なんでも、気《い》をすべて吸い取られてしまうんだとか』

なんてことを言うのだろう、母は。これだから、敵も作りやすいのだ。でも、この母を反面教師にしてきたおかげで、今の美雪があるとも言える。空気を読まない母に、空気を読みすぎる娘。

そんなことを言ったのは誰だったか？　ああ、そうだ。結婚式に参列した新郎側の親族の一人だ。きっと、お義母《かあ》さんあたりがそんなことを言い回っているのだろう。

「お義母さん、うちのお母さんのこと嫌っているからな……」

つい、言葉になって口から飛び出してしまった。でも、誰も聞いてないし。夫はあの調子だし――

「え？　誰が誰のこと、嫌いだって？」

やだ、嘘。聞いてたの？

「ううん、なんでもない。独り言」

「気になるよ。ママから〝嫌い〟なんてワードが飛び出したら」

夫からママと呼ばれるようになって、六年。いまだに慣れない。聞くたびに背筋の産毛がゾワゾワする。

言うまでもなく、〝ママ〟というのは子供目線の呼び名だが、なんで、子供以外にも〝ママ〟と呼ばれなくちゃいけないのか。……特に、夫から〝ママ〟と呼ばれると、お義母さんを思い出す。夫は、自分の母親に対しても〝ママ〟だ。……もう、ほんとにやめてほしい。気色が悪い。

でも、その本音を口にしたことはない。言ったとしても改善されることはないだろうし、だったら余計な波風は立てないほうがいいに決まっている。……こんな風だから、夫は私のことを過大評価している。愚痴なんか言わず、人の悪口も言わない、人格者だと。模範的な妻だと。

〝嫌い〟なんて言葉、私だって言うに決まっている。だって、世の中、嫌いなものばかりだ。でも、確かに、〝嫌い〟という言葉をそのまま使うことはあまりない。別の言葉で、相手が傷つかないように遠回しに表現することが多い。……そのせいで、こちらの意図が伝わらないことも多いのだけれど。母には、『あんたは、本当に面倒くさい女だね。そんなに婉曲したら、むしろ嫌味だわ。まるで、京都人ね』なんて言われる始末。

嫌味なんかじゃない。京都人だって、嫌味でやっているのではない。相手を傷つけないように、常に気を遣っているのだ。それを嫌味だなんて……。

なんともいえないムカつきが喉の奥から逆流しそうになったとき、

「そういえば、さっき、引っ越しがどうのって、言いかけてなかった？」

と、夫が、相変わらずソファーに横たわりながら訊いてきた。

なんだ。最初から聞いていたんだ。

美雪は、夜食にと用意していた肉まんを冷蔵庫から取り出すと、それを電子レンジの中に入れた。

「そう、今日、二組の家族が引っ越してきたのよ」

「これで、全戸、すべて引っ越してきたってわけか」

「そう。でね。問題なのは、引っ越しの挨拶品」

「昨日、俺が新宿の伊勢丹で買ってきた布巾セットのこと？」

そう。二枚で千五百円。戸井田さんからスポンジをいただいたから、それをヒントにした。布巾といっても、奈良産の蚊帳《かや》生地で作られたこだわりの布巾だ。そんじょそこらのスポンジとはまったく違う。ネットで調べたら伊勢丹で売っているというから、夫に買ってきてもらった。

……そういえば、あの布巾、見当たらない。どこに置いたっけ？

「あ、ごめん。それ、まだ――」夫が、おどおどとした調子で応える。

「え？」

「布巾を早く配らなきゃって、ママ、昨日騒いでいただろう？　だから、俺、カバンの中に入れて――」

やだ、まだあなたが持っていたの？

「嘘だろう？　忘れたのか？　昨日、布巾を配るのあなたも手伝ってって」

「確かに言ったけど。……だからって、あなたが持っていても仕方ないじゃない。仕事で昼間はいないんだから」

夫は、こういうところがある。他者の指示を正確に飲み込むのが苦手で、それなら聞き返せばいいものを、勝手に解釈して、勝手に行動する。よくそんなで、勤務医なんて務まるものだ。

「でも、もういいの。あの布巾はなし」美雪は、ひとつ大きなため息をついた。

「なしって、どういうこと？」

「今日引っ越してきた米本さんから、付箋をいただいたのよ」

「付箋？」

「ただの付箋じゃないわよ。エルメスの付箋。ネットで調べたら、一万円は下らないみたい」

「一万円！　そんな馬鹿高い付箋がこの世にはあるんだな」

「まあ、だって、エルメスだもん」

「で、なにを悩んでいるんだ？」

「エルメスをいただいたのよ？　そのお返しに、布巾はちょっとアレかな……って」

「っていうかさ、引っ越しの挨拶品って、一万円もかけるもんなのか？」

「ネットでは、相場は千円前後だって」

「だったら、エルメスさんが異例なんだよ。それを基準にしないほうがいいんじゃないか？」

「エルメスさんじゃなくて、米本さんよ」

夫は、名前を覚えるのも苦手だ。だから、勝手にあだ名をつけて相手を認識する癖がある。

「あなた、ちゃんと名前、覚えてね。これから、ご近所さんになるんだから」

「……ああ、うん、分かった。ごめん」

「でね。やっぱり、挨拶品、買い直したほうがいいんじゃないかな……って」

「でも、あの布巾、すでに――」

「他の人も、きっとエルメスの付箋を基準にしてくると思うの。つまり、予算は一万円前後」

「っていうか――」

「でね。色々考えたんだけど、あそこのレストランの詰め合わせセットがいいと思うの。ほら、あそこよ。あなたのお母さんの知り合いがオーナーの、自由が丘のレストラン。私たちの結婚式の引き出物にしたアレよ。えっと。……そうそう、ハムとピクルスのセット。あの引き出物は評判よかったわ。文句の多いうちの母ですら、褒めていたもの。それに、あのレストランはミシュランのビブグルマンにも掲載されたことあるんでしょう？　だったら、間違いないと思うのよ。ね、なんとかお取り寄せ、できないかしら」

「う……ん」

「あなた、お願いね。連絡してみてね」

「俺が？」

「あ、それと。二ヶ月先の話なんだけど、お受験教室で面接の模試があるのよ。あなた、お休みできる？」

返事がない。

見ると、夫はソファーの上、すっかり寝入っている。

「うんもー、ちゃんと話、聞いてた？　ねったら！」

「聞いているよ！」夫の目がぱちりと開く。

「ママ、やっぱりなんだか変だよ。なんで、そんなにべらべらと。ずっと喋りっぱなしじゃないか。くだらないことをさ。しかもカリカリして。ここに引っ越してきたらずっとだよ。もう、勘弁してくれよ。こっちまで変になる。もしかして、更年期?」

カリカリ? カリカリなんかしてないわよ。私は、いつだって、いつもの私!

なによ、更年期って! それ、立派なセクハラだからね!

っていうか、あなたこそ、変よ。なんだって、そんなに疲れているの? なんだって、毎回ソファーを独り占めしているの? なんだって、私の話をちゃんと聞いてくれないの? なんで
——。

ちん。

なんとも間の抜けた音がして、美雪の怒りが宙に浮く。

電子レンジを見ると、肉まんがいい具合に出来あがっている。

「あなた、肉まん」

が、夫はすっかり寝入っていた。

11 (2022/4/2)

結局、ハムとピクルスのセットは、自分で用意した。

朝一で店に電話したところ在庫が七個あると言われ、幼稚園が休みの娘を連れて自由が丘に向かった。せっかくだから、在庫をすべていただいた。引っ越しの挨拶品に四個、自宅用に一個、夫の実家用に一個、そして残りは母に。

その帰りだった。みごとに道に迷った。

乗ったバスを間違えたのか、それともバス停を間違えたのか。

降り立ったそこは、まったく見慣れない風景だった。

「多摩川？」

そう、そこは河畔の土手だった。川の向こう側の高層ビル群は、たぶん、武蔵小杉《むさしこすぎ》のタワーマンションだろう。きらきらと煌《きら》びやかだ。

一方、ここは。

あまりに寂しげだ。まるで、地の果ての荒野のようだ。風まで、妙に冷たい。

「……あっちにすればよかったかな？」

実は、家を決めるとき、ギリギリまで迷った。武蔵小杉の中古タワマンにするか、それとも、S区の新築一戸建てにするか。

夫は、勤務先により近くなるタワマンを希望した。

が、美雪は、中古というのが気になった。前に誰が住んでいたのかも分からない部屋だなんて。ちゃんとした人が住んでいたとしても、その部屋にはきっとその人の〝念〟というか〝執着〟みたいなものが染み付いている。例えば、壁にちょっとした傷があったとしたら、なんでこんなところに傷が？　と気になり、前の住人の影を感じてしまうだろう。……いずれにしても、〝中古〟というのが苦手なのだ。服にしろ、家具にしろ、日用品にしろ。世の中はフリマアプリが大盛況だが、自分にはとても無理だ。

「なんでなの？」と、一度夫に訊かれたことがある。

小さい頃、たまたま見たあるホラードラマのせいだ。

古着を購入した女性が、古着に憑《つ》いた怨霊に祟《たた》られる……という、あらすじだけ聞いたらよくあるネタだが、とにかくその主演女優の怪演が凄まじくて、トラウマになってしまったのだ。それ以来、古着はもとより、中古はすべてダメになった。古着とか中古とか聞くだけで、あのドラマを思い出す。

……あの女優、なんていう名前だったろう？　往年の女優。……ああ、そう、美麗摩耶子《みれいまやこ》。ほんと、すごいハマり役だったなぁ。

いやいや、そんなことより、今のこの状況をなんとかしなくちゃ！　もう、こんな時間！　早く家に戻って、お教室に行く準備をしなくちゃ！　いったい、私、どこにいるの？

と、スマートフォンを取り出したとき。

うん？　あれ？

土手の向こう側、なにやら人影が見える。男の人？　サロペットを穿いている。そしてその手にはリード。リードの先は、小型犬。どうやら犬を散歩させているようだ。……あれ？　あの人。今朝、ゴミ置き場で会った人じゃないかしら。……そうだ、そのとき確か三浦って名乗ってた。

あの人に訊いてみようか？　と、近づいてみるが、どういうわけか、なかなか距離が縮まらない。かなりの早足だ。いや、走っている？　そう、まるで何かから逃げているようだ。

ちょっと、待って！　待ってったら！

美雪も走ってみた。が、両手にハムとピクルスのセットを持った身だ、とうとう、引き離されてしまった。そして、見失った。

あれ？　ここ。家の前だ！

夕方。娘と一緒にお教室から戻って一息ついていると、インターホンが鳴った。モニターには、グレーのニット帽に、同じくグレーのニットセーターに、白いダボダボパンツ姿の女性が。いかにも持続可能系《サステナブル》だ。宗教関係か？　と一瞬躊躇ったが、美雪は恐る恐る玄関ドアを開けた。

「昨日、引っ越してきた三浦と申します。ご挨拶に伺いました」

挨拶の品は、なんとも高そうなオリーブオイル。

ほらね、やっぱり。あのエルメスが基準になっている。挨拶品、買いなおして正解だった。布巾のセットをあげたら、恥をかくところだった。

美雪は、お返しとばかりに紙袋を三浦さんに手渡した。中には、買ってきたばかりのハムとピクルスの詰め合わせが入っている。

「米本さんに結構なものをいただいちゃったので、それに見合うものを……と思って。私、引っ越しは初めてなんで、挨拶品の相場とかよく分からなくて……」

それを受け取った三浦さんは、子供のように破顔した。

「私もそうなのよぉ」

え。いきなりタメロ？

「エルメスの付箋なんかもらっちゃって、めっちゃ焦った！　慌てて、挨拶品、買いに行ったんだ！　田上さんもそう？」

「……ええ、まあ」

「ねぇねぇ、戸井田さんはもう来た？」

「え？　……はい」

「もしかして、挨拶品はスポンジ？　ショッキングピンクの？」

「ええ、まあ……」

「戸井田さん、米本さんからエルメスなんかもらっちゃって、きっと大慌てだろうね」

「ええ、そうですね……」

「戸井田さんって、なんだか私、ちょっと苦手かも」

「え？」

「なんか、キャラが濃いでしょう？　ああいう人といると、圧倒されちゃうっていうか。そう思わない？」

「ええ、まあ……」

「私、ああいう人にターゲットにされやすいから、めっちゃ心配」

「はぁ……ターゲット……」なにか、話が長くなりそうだ。「あの。……よかったら、お茶でも」

「結局、お茶だけじゃすまなくて。……いただいたオリーブオイルで料理を作るハメになっちゃった」

夫からは返事はない。

今日は、本当に寝てしまったらしい。

それにしても、なんだってソファーで寝ちゃうんだろう。ちゃんと寝室だってあるのに。ここに越してから、寝室で寝たのは一回きり。そのあとは、ずっとソファーだ。

という美雪もずっと娘の部屋に布団を敷いて寝ている。だって、娘がぐずるのだ。一人で寝るのは怖いって。

なんなんだろうな。なんか、ここに越してきてから、ずっとこんな調子だ。けじめがついていないというか。娘だって、以前の家では一人でちゃんと寝ていたし、夫だって寝室で寝ていた。もちろん、私だって。なのに、今は……。こんな生活習慣を続けていたら、お受験に必ず影響する。お教室の先生もおっしゃっていた。

「日頃の生活習慣そのものが、受験の一環だと思ってくださいね。どんなに取り繕っても、生活習慣に難があると、必ず見破られますよ」

つまり、日頃から規則正しくけじめある生活をしろということだ。だらしない生活をしていると、ちょっとしたことでその習慣が滲《にじ》み出してくるというのだ。同感だ。

「ね、あなた。起きて。お風呂に入って、歯磨きして、ちゃんとパジャマに着替えて、寝室で寝て。……ね、あなたったら」

「今日だけ、今日だけはここで――」

「今日だけじゃないでしょう？　昨日も一昨日も。もうこれ以上はダメ！」

「でもさ。……あの部屋、なんか居心地が悪いんだよ」

夫が、弱々しくそんなことを言う。

「なによ、居心地が悪いって」

「よく分かんないけど。……なんか、変な感じになるんだよ、あそこで寝ていると」

「変な感じって？」

「ママだって、そうなんじゃないの？」

「え？」

「だから、咲良の部屋で寝ているんだろう？」

「……」

「ここさ、もしかして、なにかいわく、いわく付きなんじゃないのかな？」

「いわく付き？　事故物件ってこと？　何言っているの。ここ新築よ？」

「いや、そうなんだけどさ……。ああ、もしかしたら、アレじゃない？　風水的な？」

「やだ、あなたまでそんなこと」

「他の人も、なんか言ってるの？」

「まあね。……うちのお母さんが。なんか、居心地が悪いって」

「ほら、やっぱり！」夫が、むくっと体を起こした。

「やっぱり、変なんだよ、この家！」そして、自身のスマートフォンを手にすると、「もしかして、土地じたいになにかいわくがあるのかもしれない。ちょっと検索してみるよ」

「やめてよ、……もう、本当にやめて」

知らぬが仏という言葉もある。仮に、なにかいわくがあったとしても、それを知りたくはない。

「あ」夫が、スマートフォンを見ながら小さく叫んだ。

「な、……なに？」

「もしかして、これが原因かも」

夫が、スマートフォンの画面をこちらに向けた。それは、この辺りの地図だった。

「ほら、これを見て」

夫が指を置く。その部分を見てみると……。「なに、これ」

「変電所だよ」

「変電所？」

ほんとだ。まさに、寝室の真裏。こんな近くに変電所があったんだ。全然気がつかなかった。

「でも、変電所がどうしたの？」

「高圧線や変電所がある場所は、電磁波が強いって言われているんだ」

「ああ、そういえば、聞いたことある。……で？」

「電磁波は、人体に悪影響を及ぼすんだよ」

「どんな？」

「睡眠障害、倦怠感《けんたいかん》、吐き気、肩こり……、あ、ビンゴだ。全部当てはまるよ」

確かに。ここに来てから、なんとなく全身が気だるい。特に寝室にいると目眩までしてきて、なかなか寝付けなかった。

「まさに、ニンビーだ」

「ニンビー？」

「忌避施設……迷惑施設のことだよ。火葬場とか墓とか清掃工場とか刑務所とかパチンコ屋とか風俗店とか。場合によっては病院も」

「病院もそうなの？」

「まあ、法律で忌避施設が定められているわけじゃないけどね。なんとなく、自分ちの近くにあったらいやだなぁというのが、ニンビーと呼ばれているんだ」

「病院が近くにあったら、むしろ便利なのに」

「でも、隣にあったら、なにかと迷惑だろう？　救急車がしょっちゅうやってきたり、感染症の疑いのある患者がやってきたり」

「まあ、そう言われれば。……で、なんで変電所はニンビーって言われているの？」

「だからさっきも言ったように、電磁波だよ。人体に悪影響が――」

12　(2022/4/3)

「え？　ニンビー？　はじめて聞いた！」

そう言いながら、チョコレートをつまむのは、戸井田さん。

いったいなんの用事だったかはすっかり忘れたが、夕方、戸井田さんが突然やってきた。

……ああ、そうだ。挨拶品のお礼だった。

昨日の夜、例のハムとピクルスのセットを戸井田家に届けた。ちょうど奥さんは入浴中で、旦那さんに手渡して戻ってきたのだが。……そのお礼がしたいと言う。

戸井田さんが持参したのは、チョコレート。最寄りの駅前に出店している有名店のもので、しかもその中で一番高いやつだ。一セット九千円はするはずだ。……やはり、スポンジだけでは気が引けて、慌てて買いに行ったのだろう。

そのまま帰るかと思いきや、

「ねえねえ、三浦さんとこ、どう思う？」などと質問されて、話が長くなりそうだったので、リビングにあげた。それからは、延々と、三浦さんの悪口を聞かされた。

「あたし、三浦さんみたいな人、苦手なんだよね。なんていうの、活動家みたいで。ほら、自然なものしか食べてはいけないとか、地球温暖化がどうのとか、持続可能な社会とか言い出しそうな雰囲気じゃない。実際、あの人がもってきたオリーブオイル、完全無農薬みたい。いわゆる、サステナブル系ってやつ？」と言ったかと思えば、

「あそこの旦那、ギグワークとか言っていたけど、本当のところは無職なんじゃないかな？　だって、プラプラしているところ、見かけたもの。しかも、なんだか若いのよね。ちゃらちゃらし

た感じだし。たぶん、年下の旦那だと思う。言ってみれば、ヒモってやつじゃない？　もしかしたら、元ホストだったりして？　三浦さん、一見地味キャラだけど、結構、お盛んな人なのかも？」などと、下品なことまで。

あれから、もう四十分は経っている。なのに、戸井田さんが帰る気配はまったくない。さらには、

「米本さんの奥さんには会った？　ねえ、気がつかなかった？　あの人、元タレントなのよ。情報番組のアシスタントしたり、際どいグラビアとかに出てたり。きっと、芸能界に限界を感じたんだろうね、広告代理店の男性とデキ婚して、今は専業主婦だって。でも、あの派手な車に、あの派手な格好。今も芸能人きどり。なにか、切ないわね」

戸井田さんの情報量に酔いそうになり、美雪は咄嗟に話題を変えた。

「ニンビーって、ご存じ？」

「え？　ニンビー？　はじめて聞いた！」

「近所にある迷惑施設のことを言うらしいんだけど」

「迷惑施設？　近所？」

「そう。近くにあったら迷惑な施設っていう意味」

「で？」戸井田さんが、興味津々という視線で身を乗り出してきた。

「そのニンビーが、ここにもあるみたいなの」

「え？　どういうこと？」

「変電所」

「変電所？」

「そう。変電所があるのよ」

戸井田さんが、乗り出した身をゆっくりと引いた。特に興味を引かなかったようだ。

戸井田さんは、チョコレートをもうひとつつまむと、

「でもさ、所詮はアシスタント止まりだったわけよ、米本さんは」

と、米本さんの話題に強引に引き戻した。

「その点、うちの娘の親友のお母さんは国民的アイドルの――」

「国民的アイドル？」

「そう、誰もが知っている、あの人。T館初等科には、セレブをご両親に持つ子がゴロゴロいるのよ。その中でも、うちの娘の親友は、群を抜いているけどね」

「は……」

「そうそう、気になるのは、米本さんの息子くん」

「息子さん？」

「小学生みたいなんだけど。なにか問題ありそうなんだよね。あたし、さっき見たのよ、ゴミをあさっているところ。で、そのゴミを食べてた」

「ゴミを食べる？」今度は、美雪が身を乗り出した。

「もしかしたら……なんだけど。息子くん、ネグレクトされているのかも」

「え？　……つまり、虐待？」

「そう」

「まさか」と、言いながらも、美雪はふと、今朝のことを思い出した。

外に出たとき、ひとりの男の子が佇《たたず》んでいた。なにか異様な雰囲気だったので、大急ぎでその場を離れたのだが。

……もしかして、あの子が、米本さんの息子？

「太陽《たいよう》くんっていう名前みたい。名前聞いたら、そう答えた。空のほうを指さして〝太陽〟って。サンシャインの〝太陽〟って」

戸井田さんが、さらにチョコレートをつまんだ。

「名前とは裏腹に、なんか暗い子よね。……あれは、絶対、なにか問題を抱えていると思う。ああ、それとね――」

なんだかんだで、戸井田さんの話は面白かった。もしかしたら、そのルーツは関西なのか、ところどころ関西訛りもある。そのせいか、しゃべりにも独特のリズムがあり、まるで芸人のトークを聞いているようだった。……そう、大阪で絶大な人気を誇る、あの大御所おばちゃんMC。あの人にどことなく雰囲気も似ている。

なるほど。この人の魅力は、そのトーク力なんだ。

トーク力は、ときには容姿を上回る才能なのよ……と言ったのは母だった。母もまた、そのトーク力でのし上がった人だ。

一方、自分は。トーク力にはとんと自信がない。うなずき専門だ。

『まあ、うなずきも、才能のひとつよ。あなたには、うなずきの才能がある。だからみんな、あなたの前では無防備になり、余計なことまでしゃべっちゃうのかもね』

母がいつか言った言葉だが、「うなずきの才能」だなんて。馬鹿にするにもほどがある。ただ、うなずいているだけなのに、それが才能だなんて。

唐突に、イライラが迫り上がってきた。

美雪は、目の前のチョコレートを立て続けにつまんだ。

13
（2022/4/4）


『美雪さん、あなた、更年期なんだって？』

受話器の向こう、義母が出し抜けにそんなことを言った。

お昼前。こんな時間にお義母さんから電話がかかってくるなんて珍しい。しかも、固定電話に。お義母さんは、あきらかに自分のことを嫌っている。ここまで敵意をあからさまにする人は初めてだ。

争い事は好きじゃない。だから、今まで、他者にはできるだけ気を遣ってきたつもりだが、お義母さんにはそれがどうしても伝わらない。すべて裏目に出るのだ。一昨日、例のハムとピクルスとのセットを余分に入手することができたので、そのひとつを夫の実家に送った。今日届いたようなのだが。それがどうも気に入らないようだった。

『あの店に頼むなら、私に一言、言ってくれればいいのに』からはじまり、延々と、遠回しで愚痴を聞かされた。あまりに長いお小言なので、得意の相槌も疎かになってしまい、それがさらに気に入らなかったようで、

『美雪さん、あなた、更年期なんだって？』

美雪の体が、一瞬にして火の玉のように熱くなる。

なによ、更年期って。

あ、あの人ね。輝さんが、お義母さんに言ったんだ。

そう思ったら、ますます体が熱くなった。焼けるようだ。

どうやら夫は、頻繁に実家と連絡をとっているようだ。今までは見て見ぬ振りをしていたが、今日は、なんだか我慢ならない感じがした。

「輝さんが、そんなことを言ったんですか？」

美雪は、義母に対して、はじめて反抗的なセリフを口にした。

『ええ、そうよ。あの子、なんだか今、大変みたいじゃない』

「大変って？」

『体調が悪いって』

「ああ、それは――」

『新しい家に越してから、ずっと体調不良だって。なんでも、電磁波の影響を受けているって。

なんだって、そんなところに引っ越したの？』

「それは――」

『その家に決めたのは、あなたなんでしょ？』

「輝さんと相談して決めました」

『嘘よ。輝は、タワーマンションがよかったって』

「でも、それは中古で――」

『中古でもなんでも、輝が気に入ったものなんだから、そこにすべきだったのよ。輝は、昔からタワマンに住みたがっていたんだから。だって、大黒柱は輝なのよ？　輝が身を粉にして働いて、あなたたちを養っているんだから。そんな旦那様の主張を最優先するのが道理ってもんでしょう？』

「お言葉ですが。そのタワーマンションがある地域は、いつかの台風で大きな水害に見舞われたんです。今でこそきれいになっていますが、いつなんどき、また同じ被害に遭うか分かりません」

『だったら、もっと違う場所を選べばよかったのよ。豊洲とか晴海《はるみ》とか』

「予算の問題もあるんです」

『あら、なに？　あなた、輝が薄給だっていうの？　もっと稼げと？』

「そんなことは言ってません」

『だったら、うちが援助するわよ。一千万円でも二千万円でも』

「ですから！」

『輝はね、ああ見えて、とてもデリケートな子なの。ちょっとしたことで体調を崩してしまうのよ。輝が体調を崩したのは、家のせいだけじゃない。美雪さん、あなた、最近、様子が変なんでしょう？　カリカリしているんですって？』

「そんなことはありません」

『嘘おっしゃい。更年期障害なんでしょう？　突然、声を張り上げたり、延々としゃべりつづけたり、人の悪口を言ったり。それと、引っ越しの挨拶品のことでもひと騒動あったんだって？輝が言ってたわよ。挨拶品を配るのを無理矢理押し付けられたって。だからわざわざ新宿まで行って蚊帳布巾を買ったのにって。しかも苦労して配っていたのに、感謝されないどころか、怒られたって』

「はぁ？」

『妻がまるで別人になってしまった、どう向き合ったらいいか分からない、怒られるのが怖い、どうしよう……って、輝、それで不安になって、体調を崩したみたいなのよ』

「………」

『輝だけじゃないわ。咲良ちゃんだって、今日、幼稚園をお休みしたんでしょう？』

そう、朝からお腹が痛いと言って、部屋から出てこない。それで、今日は幼稚園をお休みさせたが。夫が休ませろときかなかったからだ。でも、午後からのお教室には連れて行くつもりだ。

だって、お腹が痛いのは、仮病に決まっている。前も同じことがあった。仮病が癖になったら、それこそ問題だ。

『あなた、咲良ちゃんに無理させているんじゃない？　お受験教室とかに通わせたりして』

なにを言っているのか。そもそも、私立小学校に行かせたほうがいい、公立は心配だって言いだしたのは、そっちじゃないか。

……ああ、もう、本当にイライラする。身体中がむずむずする。

美雪はたまらず、頭をかきむしった。

もう、ほんと、いい加減にして！　私は、忙しいの！　やらなくちゃいけないことがたくさんあるの！　姑《しゅうとめ》の相手なんかしている暇はないの！

『あなた、病院に行ったほうがいい』

「は？　なんで、私が？」

『だから、あなたは今、重度の更年期障害なのよ。いい婦人科クリニックを知っているわ。市ケ《いちが》谷《や》にある病院よ。紹介してあげる』

「結構です！」

14　（2022/4/5）

「ねえ、あなた。お義母さんに変なこと言ったでしょ」

夜勤明けの夫が帰宅したのは、朝の八時過ぎ。最も忙しい時間だ。ゴミを出したり、娘を着替えさせたり、朝食を作ったり。なのに、夫は帰るなり、それが当たり前だとばかりにソファーに体を投げ出した。美雪のイライラが再発する。

「まったく、あなたが変なことを言うから、昨日、喧嘩になっちゃった」

「………」

「私は、病院なんか行かないわよ。私、どこも悪くないもの。咲良だって、どこも悪くないのよ。ちょっと怠け癖があるのよ、あの子。昨日だって、結局、お昼のナポリタンをぺろっと平らげたんだから。だから、午後にはお教室に連れて行った」

「………」

「今日も、お腹が痛いっていうんだけど、たぶん、仮病だと思う。だから、今日こそは幼稚園に連れて行くわ」

「………」

「そうそう。今朝ね、うちの玄関先に、『分類されていないので収集できません』っていう紙が貼られたゴミ袋が置いてあったのよ。でも、それ、うちのじゃないの。一体、どこのかしら。今日だけじゃないのよ、前にも一度。……たぶん、お隣さんか、それとも向かいの家か。……こういうときって、一戸建てって不便ね。マンションとかだったら、管理会社が処理してくれるんだろうけど。……ああ、そういえば、お教室のママ友が言ってた。管理組合を作るといいって。管理組合を作って――」

「………」

「ねえ、あなた、聞いている？　ねぇ、輝さんてば！」

ああ、頭がぐるぐるする！　動悸《どうき》も激しい！　汗が止まらない！

熱い、身体中が熱い！　燃えているようだ！

私、どうしちゃったの？

ねえ、私、本当にどうしたんだろう？

もう、ダメだ、立っていられない……。

今度は、睡魔が襲ってきた。眠い、とてつもなく、眠い。

そうよ、だって、この家に来てからろくに寝ていない。片付けやら、挨拶品のことやら、ご近所さんの相手やら、お教室のことやら、それからそれから……。

ああ、もう、本当に、イライラする！

そうして、美雪は、衝動的に手にしていた包丁を夫めがけて投げつけた。

15 （2022/4/6）

『ハムとピクルスのセット、届いてるわよ。ありがとう』

母から電話があったのは、夜の八時過ぎだった。例のセットを余分に入手することができたので、母にもお裾分けしたのだが、そのお礼の電話だった。が、お礼はどうも口実のようだ。

『そんなことより。昨日、なんかいやな夢を見たのよ』

「なによ、お母さん。夢って？　っていうか、そんなことで電話してこないでよ。今、食事していたんだから」

言いながら美雪は、スマートフォンをスピーカーモードにした。

そう、例のハムとピクルスのセットを開封し、昨日、サンドイッチを拵えた。夫と咲良の朝食にと思って。……でも、手付かずのままだ。冷蔵庫に入れたままにしていたのを思い出し、それを食べていたところだ。

『だって、本当にいやな夢だったのよ。咲良が、いなくなる夢よ』母親の甲高い声がキッチンに響く。

「咲良が？」

『昨日、行方不明になった人を探す……というような番組を見たせいだと思うんだけど。で、咲良は？』

「群馬に行った」

『群馬？　輝さんの実家ってこと？　どういうこと？』

「朝早く、お姑さんが車でやってきたみたいなのよ。そして、咲良と輝さん、二人とも連れて行ったみたい」

『え？　なんで？』

「……私にも、わけが分からない。朝、起きたら置き手紙が。『しばらく、二人を預かります。あなたもゆっくり休みなさい』って、お姑さんの文字で」

『え？　それって本当にお姑さんが？　神隠しじゃないの？　事件なんじゃないの？』

「ううん、事件でもなんでもない。お姑さんに間違いない。……でも、これでよかったのよ。あの二人は、しばらく、あちらに預かってもらう。……これで、私も体を休めることができるわ。……ゆっくり寝ることができる。ここんところ、疲れがたまっちゃって、参っていたの」

『ちょっと、待ってよ。まったく事情が飲み込めないんだけど』

「私、更年期なのよ」

『は？』

「だから、お母さんも心配しないで。……あら、誰かが来たわ」

美雪は、インターホンのモニターに駆け寄った。

「あら？　戸井田さん？　三浦さんも？　いったいなにかしら。様子がおかしい」

『どうしたの？　ね、美雪ったら』

「あ、ごめん。なんだか、ご近所さんが来たのよ。だから、もう電話を切るね。私のことは心配しないで。じゃ」

Chapter 4.

腐乱死体

16 （2022/4/6）

B区画の田上邸リビング。

A区画の三浦奈緒子、D区画の戸井田敦子《のぶこ》、そして田上美雪が、テーブルを囲んでいる。どの顔にも色がない。まるで、死体のようだ。

そう、この中の二人は、たった今死体を見たところだった。

死体は、E区画の住人。名前は、藤倉。

「藤倉さん、一人暮らしだったそうよ。うちの娘が、そう言ってた。藤倉さんと一度だけ話をしたときに、そう聞いたって」

そう言ったのは、戸井田敦子。死体の第一発見者だ。

遡ること一時間半。異臭の元を辿ってE区画に出向いた戸井田敦子は、その勝手口を開けた。すると――

「よく、ひとんちの勝手口なんか、開けられるね」と、三浦奈緒子が責めるように言う。

「だって、開いていたのよ」開き直ったように、戸井田敦子。

「開いていたからって、家に上がる？　フツー？」

「だって、凄い臭いだったのよ、だから――」

「私だったら、絶対、上がらない。フツーはそうよ」

「あんたね、さっきから、フツー、フツーって。フツーってなんなのよ⁉　あたしがフツーじゃないっていうの？　イカれているとでも？」

「そんなことは言ってない。ただ、常識的じゃないって言っているの！」

「あたしが非常識とでも⁈」

戸井田敦子が勢いをつけて立ち上がる。それに応えるように、三浦奈緒子も立ち上がった。

「まあまあ、二人とも、落ち着いて。……お茶のお代わりどうかしら？　次はマルコ ポーロ、淹《い》れるわ」

田上美雪が腰を浮かすと、

「結構」「もう充分よ」

と、同時に声が上がった。

テーブルには、ティーカップが並べられている。が、その中身はどちらもほとんど減っていない。その隣には、ハムとピクルスのサンドイッチ。が、誰も手をつけていない。

「あら、そう」

田上美雪は、浮かせた腰を椅子に戻し、サンドイッチのひとつを手にするとそれを口にした。

そして、

「でも。三浦さんの言う通りだと思う。なんで、お勝手口を開けたの？　そして、わざわざ家に上がったの？」

「だって、成り行きだもん。成り行きで――」

「死体を発見したってこと？」

「そう」

「でも、だったら。そのときに警察に電話するべきだったんじゃない？　どうして、私たちに声をかけたの？」

死体を発見した戸井田敦子は、その足でまず三浦奈緒子の家に行った。そして三浦奈緒子を連れて、田上美雪の家のインターホンを押した。

「だから、何度も言っているでしょ。みんなと相談しようと思って」

そう、戸井田敦子が相談したい相談したいと煩いもんだから、田上美雪は二人をリビングに上げたのだ。ご丁寧にサンドイッチまで並べて。

「なんで、私まで巻き込まれなくちゃいけないの？」

三浦奈緒子が、怒気を含ませて言った。「とっとと警察に連絡すればいいだけの話なのに！」

またもや、堂々巡り。

相談したいという戸井田敦子、私を巻き込まないで！　と難色を示す三浦奈緒子、そして二人の仲裁に入る田上美雪。

こんなわちゃわちゃを、一時間以上も続けている。

「分かった。ここで話を整理しましょう」

田上美雪が、学級委員長のように、ぱんぱんと手を叩く。続けて、

「ことのはじまりは、異臭なのよね？」

「そう」戸井田敦子が、ゆっくりと頷いた。

＋

とにかく、臭いの何の。

もう、鼻が曲がりそうで、頭がおかしくなりそうで。

いったい、どこから異臭がするのか。家の中をくまなく探しても、その元は見つからず。

やっぱり、異臭の元はお向かいさんなんじゃないかって。そう、藤倉さんちからなんじゃないかって。

うちの娘が言うには、藤倉さんは犬を飼っていたって。もしかしたら、その犬が原因じゃないかって思ったの。最初は多頭飼育崩壊でもしてんじゃないの？　って思ったけど、娘が言うには、飼っていた犬は一匹らしい。じゃ、その犬が死んだとか？　で、そのまま放置しているとか？

なにしろ、藤倉さんちは、いつ行っても留守。もしかしたら……って。

いずれにしても、その異臭の元を探し出さないことには、どうにも我慢ができなかった。

で、異臭の元を探ろうと、うちの玄関ドアを開けたときよ。

玄関先の向こうには藤倉さんちの勝手口があるんだけどね、照明がついていたの。

あらって思った。いるの？　って。

でも、勝手口のドアを叩いても、返事はない。そうこうしているうちに、勝手口のドアが開いてね。

そう、決して、あたしが積極的に開けたんじゃないのよ。ドアが勝手に開いたのよ。勝手口だけに。はっはっは。……あら、いやね、ここ、笑うところなんだけど。……ノリが悪いわね、関東の人は。

まあ、いいか。

で、ドアが開いたその瞬間、本能的にヤバいって思った。なにかとんでもないことになってるって。

だから、後を追ってきた娘をいったん家に帰らせて、あたし一人で、家に上がったの。申し訳ないけど、土足のままでね。だって、靴なんか脱いでいられなかった。というか、忘れてた。

そしたら――

＋

「藤倉さんの死体があったというわけね」

三浦奈緒子が、ティーカップを両手で覆った。

「そう」

戸井田敦子が、ゆっくりと頷く。その目は真っ赤に充血している。

「で、そのあとに、私のところへ？」

「そう」

「なんで、私のところへ？」

「なんか、動転していたのよ。気がついたら、三浦さん、あなたの家の前にいた」

「なんで？」三浦奈緒子が、涙目で戸井田敦子を睨みつける。

「もしかして、三浦さん、あなたも死体を？」

田上美雪が訊くと、三浦奈緒子はこくりと頷いた。続けて、

「あんなの、見たくなかった。なんで、なんで、私にあんなものを見せるの？　私に見せる前に、警察に連絡すればいいだけの話じゃない！　もう、本当に信じられない。トラウマよ、一生消えないトラウマになっちゃったわよ……！」

三浦奈緒子が、悔しそうにテーブルをばんばんと叩く。

「で、あなたたち二人は、そのあと私の家に来たってことね」

田上美雪が言うと、二人は目だけで頷いた。

「でも、なんで？」

「だから、何度も言っているじゃない！　相談したかったの！」戸井田敦子が逆ギレするように声を上げた。

「だから、なにを相談するっていうの？　相談の前に、警察なんじゃないの？」

「警察、呼んじゃっていいの？」戸井田敦子の妙な質問に、田上美雪は一瞬狼狽えた。

「……どういうこと？」

「だって」

戸井田敦子が、チュニックのポケットからなにやら取り出した。……それは、ひどく見覚えのあるものだった。

「え、うそ、なんで？」

田上美雪は、思わず声を上げげた。奈良の蚊帳布巾。ノシには、「田上」とはっきり書かれている。最初に買った、引っ越しの挨拶品だ！

「これ、田上さんのよね？」

「うん、まあ、そうだけど。……なんで？」

「実は。これ、死体のそばに落ちていたの」

「え？　なんで？」

「それは、こっちが聞きたいです」三浦奈緒子が、今度は田上美雪を睨みつけた。

「知らないわよ、そんなの。なんで、こんなものが――」

あ。田上美雪は、思い当たった。

それ、もしかして……。

田上美雪が戸惑う間にも、三浦奈緒子が語りはじめた。

いつだったかな。仕事から戻るとうちの夫が、

「なんか、布巾をもらった」

って、嬉しそうに。

訊くと、田上さんの旦那さんと夜、ばったりゴミ置き場で会ったらしくて、そのときに引っ越しの挨拶品をもらったって。挨拶品はすでにもらっていたから変だな……とは思ったんだけど。

「本当は、この布巾セットが挨拶品だったみたいだよ」と夫。

どういうこと？　と訊くと、

「なんでも、エルメスの付箋セットなんかもらっちゃったから、奥さんが慌ててハムとピクルスのセットを買ったそうだよ。で、布巾はゴミ袋へ。でも、旦那さんはわざわざ新宿まで行って買ってきたのにもったいないと思って、ゴミ袋からこっそり取り出していたところだったらしい。で、その布巾セットのひとつを、もらったんだ」

夫のニコニコが止まらない。

「いい布巾だよ。さっき、食器を拭いてみたんだけどね、めっちゃきれいに拭けた。吸収性抜群な上に、柔らかくて。調べたら、奈良の蚊帳で作られているみたい。丈夫で柔らかで触り心地も満点の布巾だよ！　こんなにいい布巾、なんで捨てようとしたんだろうね、田上さんの奥さんは。もったいないよね」

「捨てたわけじゃないのよ。避《よ》けていただけ。それをうちの主人が間違って拾っちゃったんだわ」

田上美雪は慌てて言い訳した。「うちの主人、そういうところあるの。おっちょこちょいというか、うっかりものというか。……あ、どっちも同じ意味か」

「でね、問題はこれなのよ」戸井田敦子が、テーブルの上の蚊帳布巾を指さした。「さっきも言ったけど、これが、死体のそばに落ちていたの。これって、つまり――」

「ね、ちょっと待って。三浦さんと戸井田さんの話をまとめると、うちの主人が藤倉さんの死と関係があるって言いたいの?」

「………」「………」二人が、親しい友人のように眴《めくばせ》する。

「ね、どうなの?」

「だから、それを相談しに、ここに来たのよ」戸井田敦子が、細い目をさらに細くして言った。

「相談って、なに?」

「このまま警察に連絡していいのかどうか」

「は?」

「もし、警察に連絡したら、この蚊帳布巾のことも言わなくちゃいけなくなる」戸井田敦子が、布巾を視線だけで差した。

三浦奈緒子も、意味ありげに睨みつけてきた。

「ちょっと、待ってよ！」

田上美雪は、ほとんど叫んでいた。

「なんか、この流れ。納得できないんだけど。三浦さんも戸井田さんも、うちの主人を疑っているってこと？　うちの主人が、藤倉さんを？」

「………」「………」二人が、同時に小さく頷いた。

「馬鹿馬鹿しい！　死体のそばに布巾が落ちていたぐらいで！」

大きな声を上げたせいか、のぼせてきた。田上美雪はいったん呼吸を整えると、ティーカップの中身を飲み干した。

すっかり冷めた紅茶は、ひどく苦い味がする。舌が痺れるようだ。そのとき、田上美雪の記憶が、ふいに刺激された。

「あ、そういえば。藤倉さんって、犬を飼っていたのよね？」と言うと、

「うん。プードルとヨークシャーテリアが混ざったような小さなミックス犬だったって、うちの娘が」と、戸井田敦子が答えた。

「プードルとヨークシャーテリア？　うそ、いやだ」

田上美雪は、その記憶を猛スピードで手繰り寄せた。

「私、その犬、見たわよ、多摩川の土手で。そして、その犬を連れていたのは――」

田上美雪は、その視線をゆっくりと三浦奈緒子に投げつけた。

「え？」三浦奈緒子が、キョトン顔で視線を合わせてきた。

「やだ、なに？　田上さん、何が言いたいの？　犬を連れていたのは、誰だっていうの？」

「あなたの旦那さんよ」

「え？　え？　え？」三浦奈緒子が、ひきつったような不自然な笑みを浮かべた。

「うちの夫……たっくんのこと知っているの？」

「四月二日の朝、ゴミ置き場で会ったもの。……そうよそうよ。だんだん思い出してきた。そのときと同じ服だったもん、間違いないわ。チェックのネルシャツにデニムのサロペット」

「サロペットってなに？」戸井田敦子が、話の腰を折る。

「オーバーオールのことよ」田上美雪が早口で説明する。

「やだ。オーバーオールってはじめから言ってよ」

「いずれにしても、今時あんなカーペンターな格好している人、珍しいもの。間違いなく、三浦さんの旦那さんよ」

「三浦さんの旦那さんだとして。なんで、犬を連れていたの？　三浦さん、犬を飼っているの？」

戸井田敦子の問いに、三浦奈緒子は静かに首を横にふった。

「じゃ、なんで、犬を？　っていうか、その犬って――」

「藤倉さんが飼っていた犬じゃないかと思うの」

田上美雪の言葉に、三浦奈緒子の顔色が一瞬にして変わった。まさに、土気色。

「三浦さん、あなた、なにか思い当たることあるんじゃないの？」

「……」

「ねえったら」

「実は。……たっくんの服に、なにか毛がたくさんついていて。てっきり、セーターかなにかの毛だと思っていたんだけど――」

「それって」「犬の毛なんじゃないの⁈」

＋

私も、もしかして？　とは思ったのよ。で、たっくんにも質問してみた。

「ね、犬と接触した？」って。

そしたら、そんなはずないだろうって、逆ギレされて。

それ以来、たっくんは不機嫌になっちゃって。最近では、ろくに話もしてない。話しかけようとしても、「ごめん、今はちょっと」と目を逸らしてしまうし、ときには、家を出て行ってしまう。

昨日なんて、夜、スマホに着信があったかと思ったら、突然、家を飛び出してしまって。戻ってきたのは、朝方。

そう、明らかに、たっくんの様子が変なの、ここんところ。

……もしかしたら、浮気？　って。

実は、前にも同じようなことがあって。たっくんの様子があまりにおかしいので、その理由を突き止めようと尾行したの。そしたら、案の定、たっくんは仕事中だというのに知らない家に入って行った。そのまま三時間も。あとで調べたら、一人暮らしの女性の家だった。歳は五十手前。どうやら、随分と前から付き合っていたみたいで……。

それだけじゃない。私が把握しているだけでも、五人はいる、たっくんの浮気相手は。どれも年上の女性で。そして、浮気はいつでも仕事中に。

たっくんは、不遇な幼少期を過ごしたせいか、どうも年上の女性に弱くて。……母親を重ねているんだと思う。

だから、今回も浮気を疑った。今回の浮気相手は、犬を飼っているんじゃないかって。だから、たっくんの服に毛がついているんじゃないかって。

＋

「やだ、なに、それ。……なんか引く、その話」戸井田敦子があからさまに顔をしかめた。そして、「っていうかさ。三浦さんの旦那さんって何をしている人なの？」

「どういう意味？」

「だから、仕事よ、仕事」

「前にも言った通り、個人事業主《ギグワーク》ですけど」

「もっと具体的に」

「具体的って。今、その情報、いる？」

「まあ、職業は特に問題ではないけど。でも」

「でも？」

「三浦さんの旦那さん、浮気性なんでしょう？　しかも、その相手は年上ばかり。だったら
――」

「だったら？」

「うんもう。全部言わせないでよ、自分で考えてよ！」

戸井田敦子は拳を作ると、それでテーブルを叩いた。それはヒビが入りそうな勢いだったので、田上美雪は思わず、言葉を差し込んだ。

「つまりね。戸井田さんが言いたいのはこういうことなの。……三浦さんの旦那さんは、藤倉さんの犬を連れて土手を歩いていた。ということは、藤倉さんとなにかしら関係があったってことじゃないの？　って」

「じゃ、うちのたっくんが、藤倉さんと浮気を？」

「いやいや、そこまでは言ってないけど。……でも、接触はあったんじゃない？　ってこと。……で、改めて訊くけど。三浦さんの旦那さんって、何をしている人なの？　どんなお仕事を？」

「だから、ギグワーク」

「もっと具体的に」

田上美雪が強く言うと、

「……配達《デリバリー》」と、三浦奈緒子は、観念するように言った。

そして、

「え、うそ、まさか、ウーバー……」という戸井田敦子の問いに、三浦奈緒子は小さく頷いた。

「あら、いやだ。そうだったの」戸井田敦子が、なんともいやらしい笑みを浮かべる。「でも、まあ、確かに、個人事業主ではあるわね」

「なんで、笑うの？」

「笑ってないわよ」

「ううん、笑っている。その口元、間違いなく笑っている。それ、職業差別だからね？」

「は？」

「被害妄想よ。っていうか、笑われているって思っているほうが、差別しているんじゃないの？」

「だから、三浦さんが勝手に、旦那の職業にコンプレックスを持っているだけなんじゃないの？」

「は？」

三浦奈緒子が、野蛮な音を立てて立ち上がった。それに応えて、戸井田敦子も立ち上がる。

「いや、だから、そんなことしている場合じゃないでしょ？」

田上美雪が手をパンと叩くと、二人はようやくその体を椅子に戻した。

二人が椅子にちゃんと座ったところを見届けると、田上美雪は続けた。

「じゃ、今までの話をまとめてみるわね」

「どうぞ」「お願い」

「今日の夜。戸井田さんが藤倉さんの家を訪れたところ、藤倉さんの死体を発見。その側には、〝田上〟と書かれたノシが巻かれた布巾セットが。……ここまではＯＫ？」

戸井田敦子と三浦奈緒子が同時に頷く。

「そして、四月二日の昼前、藤倉さんの飼い犬を連れて土手を歩いていた三浦さんの旦那さんを、私が目撃」

「それ、本当にうちのたっくん？」

「まあ、いいから、最後まで聞いて」

「あ、ごめん。……どうぞ」

「ここまでの話から導かれる結論は、藤倉さんは、うちの主人と三浦さんの旦那さんとなにかしら関係がある。警察が来たら、間違いなく、うちの主人と三浦さんの旦那さんが容疑者となる」

「そういうことね」

戸井田敦子が、腕を組みながら大袈裟に頷いた。続けて、

「警察に連絡してもよかったんだけど、ご近所さんから逮捕者出たら、なんかアレだな……って思ったのよ。だから、あたし、警察に連絡できなかった」

「アレって？」田上美雪の問いに、

「だって、そんなことになったら、ここ、全国ニュースになるわ。マスコミだって大挙して押し

寄せる」

「まあ、それは避けられないですね」三浦奈緒子が、腕を組みながら、静かに頷く。

「そんなことになったら、娘がかわいそう……って咄嗟に思ったのよ。だって、娘はT館初等科なのよ？　名門中の名門。児童の親はセレブばかり。スキャンダルなんかあったら、そっこーで退学処分よ」

「まさか！」田上美雪が弾かれるように腰を浮かせた。

「前にもあったのよ。ほら、二年前、大物芸人が女性スキャンダルで干されちゃったことあるじゃない。で、その人の姪もT館初等科の児童だったんだけど、いつのまにか、その子の席はなくなった」

「姪なのに？」三浦奈緒子がキョトン顔で言った。

「T館初等科ってそういうところなのよ。問題を起こしたのは伯父で、しかもたかが女性スキャンダル。それでも、首を切られちゃうのよ」

「ええ……」田上美雪の体が、わなわなと震え出す。

「あの学校は、面倒をとても嫌うの。とりわけ、スキャンダルはね。だから、ここが全国的に注目されるのはどうしても避けたかったのよ」

「でも、いくらなんでも、そんなことぐらいで、戸井田さんの娘さんが学校を追われるなんて考えられないけど」

田上美雪が恐る恐る言うと、

「甘い！　ほんと、甘いわ！　そんな考えじゃ、あなたの娘さん、Ｔ館初等科は無理ね！」

そんなことを言われて、田上美雪の眉毛がつりあがる。が、

「しかもよ、田上さん。あなたの旦那さんが容疑者にでもなってごらんなさいよ、Ｔ館初等科どころか、私立はもうどこも絶望的よ。公立だって、そう。いじめの対象になるだけ」

と、さらに言われて、田上美雪の眉毛は情けなく垂れ下がった。

「でも、うちの主人が犯人なわけない。蚊帳布巾が死体の側に落ちていたのだって、なにかの間違いに決まっている」田上美雪は、ほとんど喘ぐように言った。「……そう、これは罠なのかも！」

「罠って？」三浦奈緒子が、相変わらずのキョトン顔で言った。

「そうよ。うちの主人に罪を着せようと、誰かが罠を仕掛けたのかも」

「誰が？」

「蚊帳布巾を持っている誰かが」

「蚊帳布巾を持っている？　え、ちょっと待って！　それって、うちのたっくんのこと？」

田上美雪が、力強く頷いた。

「確かに、うちのたっくんも蚊帳布巾を持ってたよ？　田上さんの旦那さんからもらったやつを。でも。……違う、絶対、たっくんじゃない！」

と、三浦奈緒子が、テーブルを連打しはじめた。

その拍子に、テーブルがぐらっと揺らぐ。

「ちょっと、やめてよ！　このテーブル、とっても繊細なのよ！　これ以上叩いたら、壊れ――」

その途端だった。

なんとも邪悪な音を立てて、テーブルが潰れた。


「信じられない、信じられない」

そう言って、田上美雪が喚く。

「これ、ようやく手に入れた、一点ものなのに！　このティーカップだって高かったのに！」

「なんか、がっかり」

そう言ったのは、戸井田敦子。

「田上さんって、こんなにヒステリーな人だなんてね。もっと、寛容な人かと思った」

「ヒステリー？　こんな風にされたら、誰でも感情的になるものでしょう？」

今、三人は、形容し難い状況にあった。

潰れたテーブル。散乱したティーカップとティーソーサー、そしてサンドイッチ。

「でも、あたしたちのせいじゃないし」戸井田敦子が明後日のほうを向く。

「は？　あんなにテーブルを叩いたのは誰よ？」

「あたしは、一回だけよ。一番叩いていたのは、三浦さんよ。ね、そうでしょう、三浦さん」

名指しされた三浦奈緒子は、

「あ、うそ」と、唐突に腰をかがめた。

「床、凹んでいる」

見ると、確かに、床が凹んでいる。というか、亀裂が入っている。

「嘘でしょ……」田上美雪は、崩れるように床に座り込んだ。

「買ったばかりの家なのに、なんで？」

そして、

「あなたたちのせいよ！　あなたたちが、テーブルをばんばん叩くから、テーブルが潰れて、その衝撃で、床まで……！」

「でも、テーブルが潰れたぐらいで、床に亀裂なんか入る？」

三浦奈緒子が異論を唱えたところで、

「っていうかさ」と、戸井田敦子が神妙な面持ちで言った。「あたし、前々からちょっと気になっていたんだけど。……この家、欠陥住宅なんじゃないかな？」

「え？」「え？」

「田上さんちが……というのじゃなくて、ここの建売すべてが。というのも、うちも、なんか変なんだよね。立て付けが悪いというか。そもそも、異臭がダダ漏れってところからして、おかしいって思った。気密性が高い家なら、あんなに異臭は漏れてこないと思うんだけど」

「確かに」

同意の頷きをしたのは、三浦奈緒子。

「うちも、そう。キッチンのカップボードの扉が、もろ壁に当たって半分しか開かないんだよね。

玄関のシューズクロークの扉もそう。納戸もそう。明らかな欠陥とはいえないんだけど、なんとなく不便な箇所が随所に。だから、ストレスがたまっちゃって――」

「おたくも、そう？」

戸井田敦子が、三浦奈緒子の手をとった。

「うちも、カップボードの扉が半分しか開かないのよぉ。あれ、ストレスたまるわよね。それと、浴室の――」

「ちょっと、あなたたち！」

田上美雪が、手をぱんぱんと叩いた。

「扉が半分しか開かないぐらい、なによ。うちなんか、電磁波攻撃を受けているわよ。そのせいで、ずっと目眩がとまらないのよ。主人なんか、人が変わったようになっちゃって。ずっとだるい、だるいって、この家にはもういたくないって、そして娘を連れてお姑さんの車で実家に逃げちゃったんだから……うちの家族はバラバラよ！」

「いずれにしても」戸井田敦子が、腕を組んだ。そして、「問題は、藤倉さんの死体よ。欠陥住宅よりさらに重大な問題よ。いったい、誰が殺したのか」

言いながら、戸井田敦子は、田上美雪と三浦奈緒子に鋭い視線を送った。

「……っていうか」

静かに反論したのは、三浦奈緒子だった。

「さっきからなんで、戸井田さんは、藤倉さんが殺害されたって言い切るの？」

「え？」

「もしかしたら、病死かもしれないじゃない。それとも、自殺か」

「そうよそうよ！」

田上美雪が援護に回る。「なんで、うちの主人が容疑者だって断定するの？　布巾が落ちていたぐらいで！」

うんうんと激しく頷きながら、三浦奈緒子も吼《ほ》えた。

「うちのたっくんも容疑者みたいに言っていたけど！　藤倉さんの犬を連れていたぐらいで、なんで容疑者にならないといけないの！」

「なら」戸井田さんが、にやりと笑った。そして、スマートフォンをチュニックのポケットから取り出すと、

「警察に、電話する？」

＋

あれから一時間が経過した。

三浦奈緒子と戸井田敦子、そして田上美雪が協力して、壊れたテーブルをリビングの端に黙々と運んでいる。

田上美雪の右手からは血が滲んでいる。先ほど、粉々になったティーカップの欠片をうっかり、

素手で摑んでしまったせいだ。

三浦奈緒子の額にも血が。田上美雪の手から吹き出した血を浴びたせいだ。戸井田敦子のチュニックの裾も赤く汚れている。が、本人はまだそれには気がついていない。

結局、警察にはまだ連絡していない。

「うそ！　服に血が！」

戸井田敦子が、ようやくそれに気がついた。

「もしかして、腐乱死体の血？　信じられない……！　これ、お気に入りのやつだったのに！」

「違う。腐乱死体がそんな鮮血なはずがない。たぶん、田上さんの血よ」

三浦奈緒子が、額を拭いながら言った。そして、

「田上さん、手、大丈夫？」

田上美雪の手にはハンドタオルが巻かれている。応急措置をしたのは三浦奈緒子だ。

「うん。たぶん、大丈夫」

田上美雪が、青白い顔に無理やり笑みを浮かべた。

本当は、ひとつも大丈夫ではなかった。タオルの中で、どくどく血が流れ続けている。もしかしたら、動脈を傷つけてしまったのかもしれない。指先は氷のように冷たく、感覚が徐々に失われていっている。

「病院に行ったほうがいいんじゃない？」そう言ったのは戸井田敦子。「破傷風の心配もあるし」

「破傷風？」三浦奈緒子が、振り向いた。

「そう。なんか、最近テレビで見たのよ。ちょっとした傷が原因で破傷風になって、苦しみ悶えながら死んでいく人の話」

「え？　破傷風って死ぬの？」

「まあね。最悪、死ぬわね」戸井田敦子の代わりに答えたのは、田上美雪だった。「破傷風の治療は極めて困難なのよ。一度かかったら、何日も生死を彷徨《さまよ》う。地獄の苦しみを味わうのよ」

「地獄の苦しみ……？」三浦奈緒子が恐る恐る田上美雪の手元を見た。

「安心して。私は大丈夫。去年、破傷風のワクチンは打ってあるから」

「破傷風の――」「ワクチンなんてあるの？」戸井田敦子と三浦奈緒子が、輪唱するように応える。どちらの視線も、不安げに揺らいでいる。そして、どちらともなく、二の腕をさすり出した。

「たぶん、三浦さんも戸井田さんも赤ちゃんの頃、打っていると思うわよ」

「え？」「そうなの？」

「うん。赤ちゃんのときと小学生のときに予防接種しているはずよ」

「なんだ」「よかった」

「でも、ワクチンの効果は十年ぐらいなのよ。だから、最後のワクチンを接種して十年経ったら、改めてワクチンを接種する必要があるの」

「え？」「そうなの！」

「……でも、まあ、大丈夫よ。破傷風の感染は、最近では年に百例ほどだから」

「それって」「多いの？　少ないの？」

「決して、多くはない。だから大丈夫。大丈夫よ」

田上美雪は繰り返したが、二人は納得していないようだった。二の腕をしきりにさすっている。

「それに、外傷後ワクチンといって、怪我をしたときにワクチンを打てば、ほぼ感染は防げるわ」

「あ、そうなんだ」戸井田敦子が笑顔を作った。そして、「田上さん、詳しいんだね。やっぱり、旦那さんがお医者さんだから？」

「それもあるけど。……言ってなかったかしら。私、薬剤師なのよ。今は休業中だけど」

「薬剤師さんなの？」三浦奈緒子が、目を輝かせた。「お医者さんと薬剤師のカップルなんだ。なんか、素敵。まさに、パワーカップルじゃない！」

「いやだ、そんな――」

「そんなことより」戸井田敦子が、強引に言葉をねじ込んできた。「藤倉さんよ。藤倉さんの死体よ」

「そうね。それをまず、考えなくちゃ」田上美雪が、姿勢をただした。

「私、思ったんだけど――」

そして、さきほど思いついたアイデアを、いよいよ口にした。

「このまま放置するっていうのはどうかしら？」

「放置？」「見て見ぬふりをしろって言うの？」

「そう。結局は、それが一番だと思うの」

「どうして？」「なぜ？」

「戸井田さんが第一発見者でなければいいんだと思うの」

「は？」「え？」

しばしの静寂。

「あ、そうか、なるほど！」パチンと指を鳴らしたのは、三浦奈緒子だった。「戸井田さんが第一発見者として警察に事情を訊かれなきゃ、蚊帳布巾のことは言う必要がないってことね」

「そう。蚊帳布巾のことがなければ、私も警察には事情は訊かれないだろうし。そしたら私、三浦さんの旦那さんを土手で見かけたことを言う必要もなくなるわ」

「つまり、戸井田さんが第一発見者でなければ、すべて丸くおさまるってことね！」

「そう」

「いや、ちょっと待ってよ。それじゃ、これはどうなるのよ」戸井田敦子がチュニックのポケットから蚊帳布巾を取り出した。

「それは、処分しちゃいましょうよ。戸井田さん、お願いできる？」田上美雪が提案すると、

「は？　それじゃ、証拠隠滅じゃない。いやよ、そんなこと、あたしにさせないでよ！」と、戸井田敦子が吠《ほ》えた。すると、

「そもそも、証拠品を現場から持ち去った時点で、証拠隠滅だけどね」

三浦奈緒子が、突き放すように言った。

それに続いたのは、田上美雪。

「そうよ、三浦さんの言う通り。戸井田さんはすでに、罪を犯しているのよ。警察に通報したら、真っ先にその点を突かれるでしょうね。そしたら、戸井田さん、あなたはなんて答えるの？」

「それは……」

「私が警察なら、戸井田さん、あなたを真っ先に疑うわ。だって、証拠を隠滅したんだもの」

「ちょ、待ってよ！」戸井田敦子が狐《きつね》のように飛び跳ねた。「そもそも、この蚊帳布巾を現場から持ってきたのは、田上さん、あなたのためを思って！」

「そんなのただの言い訳にしか聞こえない」

三浦奈緒子が、まるで取調べをする刑事のように腕を組んだ。そして、

「そんな言い訳をしたら、警察は、いよいよ戸井田さんを疑うと思うよ。そもそも、第一発見者が犯人であることが多いんだって。なにかのテレビ番組でやってたよ。だから警察は、第一発見者をまず疑うって。一度疑われたら最後、そのまま容疑者として逮捕されて、豚箱行き。で、送検されて、起訴されて、裁判になって。いずれにしても、当分は家には戻れない。無罪を勝ち取るまでには、長い年月が必要」

「はぁ？」戸井田敦子は再度飛び跳ねたが、先ほどの勢いはすでにない。そして、そのまま、へなへなと床に崩れ落ちた。「勘弁してよ。あたしじゃないわよ……あたしはただ、異臭の元を辿っていただけよ……そしたら死体があって……蚊帳布巾が落ちていて……」と、柄にもなく、泣きじゃくりだした。「信じられない、信じられない、逮捕されたら、うちはどうなるの？　娘は？　間違いなく、退学させられる。あんなに苦労して入った学校なのに、あんなに頑張って入

った学校なのに……！　娘が可哀想……娘は……娘を……娘に……娘の……あああああ！」

「だから、放置しましょうよ、戸井田さん」田上美雪が、戸井田敦子の肩にそっと手を添えた。

「このまま放置すれば、万事うまくいく。あなたも疑われることはないし、うちの主人も、そして三浦さんの旦那さんも」

「ほんと？」戸井田敦子が、ゆっくりと顔を上げた。そして袖でびしょびしょの頬を拭うと、

「うん、分かった。……あたしはなにも見てない、蚊帳布巾のことも知らない、それでいいのね？」

「そう。それでいいのよ」

「でも、蚊帳布巾は、田上さんのほうで処分してよ。あたしは関係ないんだから！」戸井田敦子が、いつもの調子を取り戻した。そして、握りしめていた蚊帳布巾を田上美雪めがけて投げつけた。

「分かった。これは、私がなんとかしてお――」田上美雪が、蚊帳布巾を拾い上げようとしたときだった。

「あら？」田上美雪の動きが止まった。

「どうしたの？」「田上さん？」

「ううん。なんでもな――」

「なんか、声がおかしいわね」「風邪？」

「ああ、たぶん、ひへつてきな――」

「は？」「なんて？」

田上美雪は、大袈裟に咳払いをすると、「たぶん、季節的なものだと思う。季節の変わり目には、喉の調子がおかしくなるのよ」

「あ、それ分かる。私もそう。なんか、喉がいがいがするんだよね」三浦奈緒子が、自身の喉をさすった。

「あらいやだ。もうこんな時間じゃない！」

戸井田敦子が、壁にかけられた時計を見て、一際大きな声を上げる。

それにつられて、三浦奈緒子が、自身の手首に巻かれた時計をちらりとみやった。

「あ、本当だ。こんな時間。……私、もう帰らなくちゃ。たっくんが戻る時間だ。……夕飯、作らなきゃ、それに原稿――」

慌てて帰り支度する三浦奈緒子の腕を摑んだのは、戸井田敦子。

「ね、あなた。描かないでね」

「は？」

「惚《とぼ》けないで。あたし、知っているんだからね。『ダーリンは小学三年生』、あれを描いているのは、三浦さん、あなたでしょう？」

「やっぱり……」田上美雪が、呆れたように宙を仰ぐ。「引っ越しの挨拶品を巡る話を見て、すぐにピンときたのよ。あ、これ、私たちのことだって」

「いや、あれは……」

「まあ、あれはあれで面白かったから、よしとするけど」戸井田敦子が言うと、

「面白かった⁈」と、三浦奈緒子が目を輝かせた。

が、戸井田敦子はその視線を跳ね除けるように、「でも、ああいうことは、あれっきりにして。プライバシー侵害もいいところ」

「………」

「特に、今回のこと……死体のことは描かないで、絶対に」戸井田敦子が釘を刺すと、

「描かないわよ。描けるわけ、ないじゃない！」

「そりゃ、そうね。描いたら最後、あなたの大切なたっくんも、容疑者になっちゃうんだもんね」

「言っておくけど、うちのたっくんは、絶対関係ないから！　むしろ、一番ヤバいのは、戸井田さんよね？」

「はぁ？　何度も言うけど、あたしは——」

うううううううう……。

なにやら、獣のような唸《うな》り声。

戸井田敦子と三浦奈緒子は言い争いをやめて、声の元を見た。

田上美雪が、うずくまっている。右手に巻かれたタオルはすでに真っ赤で、その重さでズレ落ちそうだ。

「田上さん！」「やっぱり、病院に行ったほうが⁈」

「だ、だ、だいじょうぶひょ……。ひょうひんになんはひっはっら、ひはいのほとは……」

「は？　なんて？」戸井田敦子が聞き返す。

「たぶん、病院なんか行ったら、死体のことがバレるとか、そんなことを言っているんだと思う」三浦奈緒子が代わりに通訳する。

「そりゃそうだけど。……でも、田上さん、尋常じゃないわよ。顔だって青を通り越して真っ白だし、血だって、こんなに……。それに、言葉もなんか変じゃない」

「喉がいがいがしているだけだと思う。あ、そうだ、水。田上さん、お水、飲む？」

そう言いながら三浦奈緒子が立ち上がったときだった。

『ギャーーーーーーーーー』

という、獣の叫び声のような声が部屋に轟《とどろ》いた。

Chapter
5.
ゾンビ

17 (2022/4/6)

『あ、ごめん。なんだか、ご近所さんが来たのよ。だから、もう電話を切るね。私のことは心配しないで。じゃ』

心配しないで……とは言われたが。

北山曾根子は、締め切りギリギリでエッセイを書き終えると、娘からもらったハムを一切れ、口に運んだ。

「やっぱり、気になる」

そして急いで着替えると、娘の新居に向かった。

最寄り駅からは、タクシーを使った。目的地を告げたが、カーナビにはまだその住所は登録されていないようだった。

年老いた運転手が慌てて、自身のスマートフォンを懐から取り出す。そしてしばらく検索に勤しんでいたが、

「ああ、ここのことか」と、大きく頷いた。「〝未唯紗アパートメント〟があった場所ですね」

「みいさ?」

「未唯紗アパートメント、知りませんか? 女優の未唯紗英子が建てた、保養所ですよ」

「ああ、未唯紗英子なら知っている。でも、最近、見なくなったわね。どうしたのかしら。……

亡くなったのかしら」

「どうだったでしょうか。……ああ、たぶん、亡くなっているんじゃないですかね。だから、アパートメントが人手に渡ったんだと思いますよ」

そう言うと、タクシーはゆっくりと動き出した。

胸騒ぎがする。

電話に出ない。

娘のもとに向かうタクシーの中、北山曾根子はスマートフォンを耳から剝がした。

それにしても。タクシーがなかなか進まない。どうやら、渋滞にはまったようだ。

「そうですか。未唯紗アパートメント、なくなったんですか。最近は、あの辺に行っていなかったもんで、知りませんでした。……そうですか、なくなったんですか」

運転手が、思い出したように言った。

「ええ。今は、建売の分譲住宅地になってるわ」胸騒ぎをかき消すかのように、曾根子は答えた。

「そういえば、さっき、保養所とか言ってなかった？」

「ええ、そうです。未唯紗アパートメントは保養所だったんです」

「マンションではなくて、保養所だったの？」

「まあ、簡単にいえば、老人ホームみたいなもんですね」

「老人ホーム？」

「はい。最初は、セカンドハウス専用のマンションだったように記憶しています。定住するのではなくて、週末や長期休暇のみ、宿泊するような」

「郊外のちょっとした隠れ家的な？」

「まあ、そんな感じです。共用施設が充実していて、食堂とか共同浴場とかスポーツジムとかあったはずです。スタッフも二十四時間常駐していて、リゾートマンションのような雰囲気でした」

「詳しいのね」

「この仕事をはじめたばかりの頃、よく未唯紗アパートメントに呼ばれたんですよ。車寄せも広くて、エントランスなんかリゾートホテルのようでした」

「ちなみに、未唯紗アパートメントの住人はどんな人たちだったの？」

「ほとんどが著名人でしたね。見たことがあるような顔ばかりでした。俳優、女優、歌手、流行作家、司会者――」

「著名人御用達の隠れ家だったのね」

「ところが、いつのまにか、定住する人が増えてきましてね。で、気がついたら、老人ばかりのマンションになっていたんです。一度、オーナーの未唯紗英子さんを乗せたことがあるんですけど、言ってましたっけ。行き場のないお年寄りのための保養所を作りたいって。それはつまり、老人ホームってことです」

「なるほど。……でも、なんで老人ホームなのかしら」

「ご自分も歳をとって、お仲間がほしかったんじゃないですか。事実、仲のよかった人たちだけを集めていたようですから」

「なるほど。それは羨ましいわ。ある意味、ユートピアね」

「ユートピアですか。……ふふふ」

運転手が、なにやら意味ありげに笑った。

「ユートピアというより、ディストピアに近かったかもしれませんね」

「ディストピア？　物騒ね。なんで？」

「いや、だって。……知りません？」

「なにを？」

「あの事件」

「事件？」

「そう。未唯紗アパートメントって、大量殺人があったんですよ」

「大量殺人?!」北山曾根子の手から、大袈裟な音を立ててスマートフォンが滑り落ちる。

「お客さん、大丈夫ですか？」

「ええ、大丈夫」曾根子はスマートフォンを拾い上げると、早速〝未唯紗アパートメント〟〝大量殺人〟と検索してみた。

「検索しても、無駄ですよ。出てきませんよ」

運転手の言う通りだった。なにもヒットしない。

「ふふふふふ」運転手が、またもや意味ありげに笑った。「地元の……しかも、一部の人しか知らない話ですから。まあ、都市伝説みたいなものですから」

「でも、大量殺人なんてあったら、間違いなく、ネットでヒットするでしょう？」

「だから、都市伝説なんですって」

「どういうこと？」

「大量殺人があったのかどうかは、はっきりしないってことです」

「は？」

「でも、人が何人か亡くなっているのは確かなんですよ。わたしの同僚が、そのときに現場にいましたから」

「……同僚が？」

「はい。彼、言ってました。……ある年の四月一日。迎車を依頼されて、未唯紗アパートメントに行ったんですって。そしたら、なにやら異様な雰囲気だったそうです。……保健所の車もとまっていたとか。で、結局、迎車はキャンセル、そのまま戻ったらしいんですけど。不思議なことに、そのことはまったくニュースにならなかったんですって。間違いなく、大きな事件が起きていたはずなのに」

「もしかして、誰も死んでないとか？　保健所の車もあったんでしょう？　集団食中毒とか？」

「あるいは、そうなのかもしれませんが――」運転手はここで一呼吸置くと、

「お客さんは、ゾンビの存在、信じます？」

「は？」

「その同僚が言うには、……あのとき、間違いなく、ゾンビを見たんだそうです。あれは、間違いない、ゾンビだったって。血で真っ赤に染まった、少女のゾンビ」

「は？　……ゾンビ？　少女の、ゾンビ？」

「あ、お客さん、信じちゃいました？」

「え？」

「エイプリルフールですよ！」

「エイプリルフール……？」

「そう、今の話は、まったくの嘘なんです。エイプリルフールの作り話。当時、わたしもまんまと騙《だま》されちゃいましたよ！　はっはっはっはっ！」

運転手が、バカ笑いをはじめた。

真面目に聞いていた自分がバカだった。

曾根子は小さく舌打ちすると、改めてスマートフォンを手にした。時計表示は、午後十一時五十一分。

あと九分で、日付が変わる。

18 （2022/4/7）

「もう、〇時を過ぎてしまった……」

三浦奈緒子は、パソコンの前で固まっていた。

〇時を過ぎたということは、七日になったということだ。つまり、木曜日。

言うまでもなく、木曜日は、新作をアップしなくてはいけない日だ。朝までにアップしなければならないのに。

一枚も描き上げていない。

「そもそも、戸井田さんがいけないのよ。私をあんなことに巻き込んで。あの人が来なきゃ、今頃は原稿も仕上がっていた」

奈緒子は、マグカップの中のコーヒーをがぶ飲みした。

「田上さんだって、どうかしている。素直に病院に行けばいいものを」

それは、二時間ほど前のことだった。

田上さんがいきなり奇声を上げた。そして「ひはい、ひはい、ひはい……！」と言いながら、床をのたうち回る。たぶん、「痛い、痛い、痛い」と言っていたのだろう。確かに、あの右手は相当痛そうだった。それでも、田上さんは、病院には行かないという。救急車も呼ぶなと。

しかも、もう帰ってくれと。

仕方なく、奈緒子は戸井田さんとともに田上邸を後にしたのだが。

「本当に大丈夫なのかしら？　田上さん。……っていうか」

藤倉さんの死体、あのまま放置しちゃって、本当に大丈夫なんだろうか？　誰にも発見されないままだったら。

それなら、それでいいのかもしれない。そしたら、拓郎《たっくん》も、事件に巻き込まれることはないっていうか。

拓郎が連れていた犬は、本当に藤倉さんちの犬だったんだろうか？　だとしたら、その犬は、今？

本人に訊けばいいことなのだが、肝心の拓郎は、いまだ帰宅していない。

ここんところ、ずっとだ。帰宅が午前様だ。昨日なんて、戻ってきたのは午前三時。本人は仕事だと言っていたが。そんな深夜に、デリバリーを注文する人なんているんだろうか。いたとしても、注文を受けるお店なんてあるんだろうか？

やっぱり、浮気？　どこぞのマダムといちゃついている？

あああああ！

どうしようもない嫉妬心に駆られ、奈緒子は手当たり次第に、物をそこらじゅうに投げつけた。投げるものがなくなり、ゴミ箱を蹴飛ばしたときだった。「あれ？　これって」

出てきた紙ゴミは、いつか、妹の美歌が置いていったものだった。動画サイトのコメントをプリントアウトしたものだ。

私は、東京都S区の〝畝目〟というところに住んでいるのですが、うちの近くにも、事故物件だという噂の建物があります。昭和三十年代に建てられた、築六十年ぐらいの建物です。「未唯紗アパートメント」という名前です。ネットで検索すれば、すぐにヒットします。

往年のスター、未唯紗英子が建てた高級賃貸物件で、当時は、女優や小説家などの著名人が多く住んでいたといいます。

今はその面影はなく、一見、お化け屋敷のようです。とはいえ、人は住んでいるようで、エントランスには宅配の車がよく停まっています。

その未唯紗アパートメントがどうして「事故物件」と言われているのか。それは、ここで、大量殺人事件があったというのです。

ですが、ネットでどんなに検索してもそんな事件は見当たらず、さらに、例の事故物件サイトにも掲載されておりません。

とても気になっています――

「やだ。まさか、ここって呪われた土地だったりするの？」

奈緒子は居ても立ってもいられず、キーボードに指を置くと、〝未唯紗アパートメント〟〝殺人事件〟と入力、検索してみた。

が、コメントの通り、なにもヒットしない。

「やっぱり、根も葉もない噂なのかな……。だとしても、なんか気持ち悪い、そんな噂があるなんて。……うん？」

検索結果に、動画サイトを見つけた。それは、〝恐児〟というユーチューバーがアップしたものだった。

「恐児といえば、……このコメントが書き込まれた動画サイトの人？」

奈緒子は、改めてプリントを見てみた。


はじめまして。

恐児様の動画、欠かさず拝見しております。先日配信された「東京事故物件ツアー」は大変興味深く、何回も再生いたしました。


「そうだ。この動画サイトに投稿されたコメントなんだ、これ」

奈緒子は、早速、その動画サイトにアクセスしてみた。

すると『未唯紗アパートメントを訪ねて』というタイトルの動画を見つけた。

どうやら、コメントのリクエストに応えて、未唯紗アパートメントを訪ねたときの動画のようだ。

すかさず、再生。

「あれ？　未唯紗アパートメント、ない」

画面には、荒野のような野原が延々と映し出されている。その中央には立て看板。『畝目四丁目プロジェクト』という文字がでかでかと書かれている。

「そうか。未唯紗アパートメントが解体されて、更地になっちゃったときの動画なんだ。あれ？」

枯れた蔦《つた》に覆われた、廃墟《はいきょ》のような建物が見える。……あ、これ、見たことがある。確か、田上さんちの隣にある建物だ。

『これは、変電所のようですね』

そう説明したのは、動画のナレーションだった。恐児という人の声だろうか。ご丁寧に、テロップまでついている。

『資料によると、〝餓鬼野変電所〟となっていますが……今は使われていないようです。ちなみに、〝餓鬼野〟というのは、このあたりの古い地名みたいですね』

え！　ここって、昔は〝餓鬼野〟っていう名前だったの？　……こわっ。

『餓鬼の野ですよ。いかにもいわくつきっぽい地名じゃないですか。で、調べてみたら、案の定でした。江戸時代初期、ここは風葬地でした。つまり、死体の捨て場だったんですね』

え……。死体の捨て場……。

『珍しいことではありません。昔は、よほどの身分でなければ、庶民の死体はそこらじゅうに捨てられていたんです。京都なんかでは、〝～野〟とつく地名は、たいがいは死体捨て場だったそうです。今や観光スポットとして名高い嵯峨《さが》の化野《あだしの》は、かつては風葬地として有名でした』

あの化野が……。確かに化野は、無数に広がる石仏で有名だ。

『で、餓鬼野です。ここはただの風葬地ではなく、病気で亡くなった人の死体を捨てていたみたいなんですね。中には、生きたまま捨てられた人もいたとか』

生きたまま！

『病気で体が弱って動くことができなくなったような人を捨てていたみたいです。中には、死体を食らって生きながらえた人もいたようで、『生ける屍』として、近隣の村人から恐れられていたそうです。生ける屍。今でいうゾンビみたいなもんでしょうかね。いずれにしても、生ける屍の伝説が、〝餓鬼野〟という地名の由来になったようです』

生ける屍……ゾンビ……。

全身にくまなく鳥肌が立ったときだった。

ぴんぽり〜ん！

と、けたたましいインターホンのチャイムが轟いた。心臓が凍りつく。

「な、な、なに？」

奈緒子は、時計を確認した。

○時二十六分。

こんな時間に、……誰？

「あ、もしかして、たっくん？」

奈緒子の心臓が一瞬に解凍された。

「いやだ、たっくん、合鍵、持っていかなかったの？　もう、相変わらずなんだから」

急いで一階に下りて、玄関に向かう。そしてドアを開けると、

「お帰り、たっく――え？」

そこにいたのは、戸井田さんだった。

二時間半ほど前に別れた、戸井田敦子だった。

暗くてよく分からないが、その顔は別人のように引き攣《つ》っている。

その形相があまりに異様で、奈緒子は思わず、ドアを閉めそうになった。

が、戸井田さんの手が、それを阻む。

「な、な、な、……なに？」

奈緒子が問うと、

「ちょっと、おかしなことがあって――」

「てか、なんで、毎回、うちに来るの？　これ以上、私を巻き込まないでよ！」

「だって、照明がついていたから」

「田上さんの家は？」

奈緒子は体をひねると、西の方角の田上家を指さした。二階の部屋は真っ暗だが、リビングの窓からは照明が漏れているのが見える。

「田上さんのところにも行こうと思ったわよ。でも、どういうわけか、こっちに来ちゃったのよ！」

「だから、なんでうちなの……。私、仕事で忙しいんだけど。急いで仕上げなくちゃいけない原

稿があるんだけど。……で、おかしなことってなに？」

「あのね。……藤倉さん、生きてるかも」

「……は？」

「だから、E区画の藤倉さんよ」

「は？」

「うちの娘がね、言うの。あたしたちが田上さんの家に行っている間に、藤倉さんを見かけたって」

「どういうこと？」

「なんでも、お腹が空いて、近くのコンビニまで肉まんを買いに行ったそうなのよ。近くっていっても、ご存じの通り、ここから徒歩十五分ほどのところにあるコンビニだけど」

「ああ、あのコンビニね。土手沿いの」

「そう。そこで、藤倉さんを見かけたって」

「まさか！　……見間違いでは？」

「ううん。うちの娘、挨拶をしたらしいのね。そしたら、ちゃんと挨拶を返してくれたって。間違いない、藤倉さんだったって」

「……つまり、どういうこと？」

「だから、藤倉さんは生きているのよ！」

「いや、でも、私たち、死体、見たよね？」

「うん、それも間違いない」

その瞬間、奈緒子の頭に、その単語が浮かんできた。さきほど、動画のテロップに流れたその単語。

「ゾンビ」奈緒子は、いつのまにかその単語を口にしていた。

「なんて?」

「もしかして、ゾンビなんじゃ……」

「はぁ?」

「いえね、ここって、もともと風葬地だったんだって」

「風葬地?」

「死体捨て場。……で、生きたまま捨てられる人もいて。生ける屍となって村人を怖がらせたとかなんとか……」

「いったい、なんの話よ!」

「だから、死体が蘇ったんじゃ?」

「は? そんなことあるはずないじゃない!」

「じゃ、なんで藤倉さん、コンビニにいたの?」

「答えはひとつよ。あたしたちが見たあの死体は、藤倉さんではないのよ!」

「じゃ、あの死体は誰なの?」

「そう。それが問題な――」

そのときだった。

たったったったったったっ……。

という足音が、奈緒子たちの会話を断ち切った。

見ると、なにやら黒い人影が、猛スピードでこちらに向かってくる。

「ひっ」「ひゃっ」

奈緒子は思わず、戸井田さんの腕を摑んだ。戸井田さんの手も奈緒子の腕を摑んでいる。

「……まさか、ゾンビ？」「うそよ、ゾンビがあんなスピードで走るわけないでしょ……」

抱き合いながら震えていると、その人影がなにかを叫び出した。

「すみません！　すみません！　誰か、救急車を呼んでください！」

黒い人影が至近距離まで近づいてきた。

玄関先の照明に照らされたその顔は、初老の女性だった。どこか見覚えがある。

「え？　もしかして、小説家の北山曾根子？」

書店員である奈緒子にとって、その顔は馴染み深いものだった。なにしろ、職場のバックヤードに、北山曾根子のバストショットのポスターが貼られている。十年前にサイン会をしたときのものらしいが、どういうわけかずっと貼られている。

「北山曾根子さん？」

そう言ったのは、戸井田さんだった。「いやだ、なんで、ここに北山曾根子さんが？　あたし、大ファンなんですよ！」

「あ、それはどうも。……って、そんなことより、救急車を！」

「いったい、どうしたんですか？」

奈緒子が訊くと、

「あまりに驚いてしまって、スマートフォンを床に落としてしまったのよ！　それが原因なのか、壊れてしまったみたいで、電話がかけられないのよ！　固定電話を使おうと思って家の中を探したんでけど、どこにあるか分からないし！　……ああ、なんかいやな予感がしたのよ、胸騒ぎがしたのよ、ああ、本当にどうしましょう……」

支離滅裂で、事情がよく分からない。おたおたしていると、

「とにかく、救急車を！　早く！」

と、北山曾根子が鬼の形相で迫ってきた。

「っていうか、なにがあったんですか?!　最初からちゃんと説明してください！」

奈緒子も、つい、声を荒らげてしまう。

「だから、うちの娘が、家で倒れているのよ！　血だらけで！　もしかしたら死んでるかも！」

「うちの娘って？」

「だから、田上美雪よ！」

Chapter 6.

E区画　藤倉邸 & C区画　米本邸

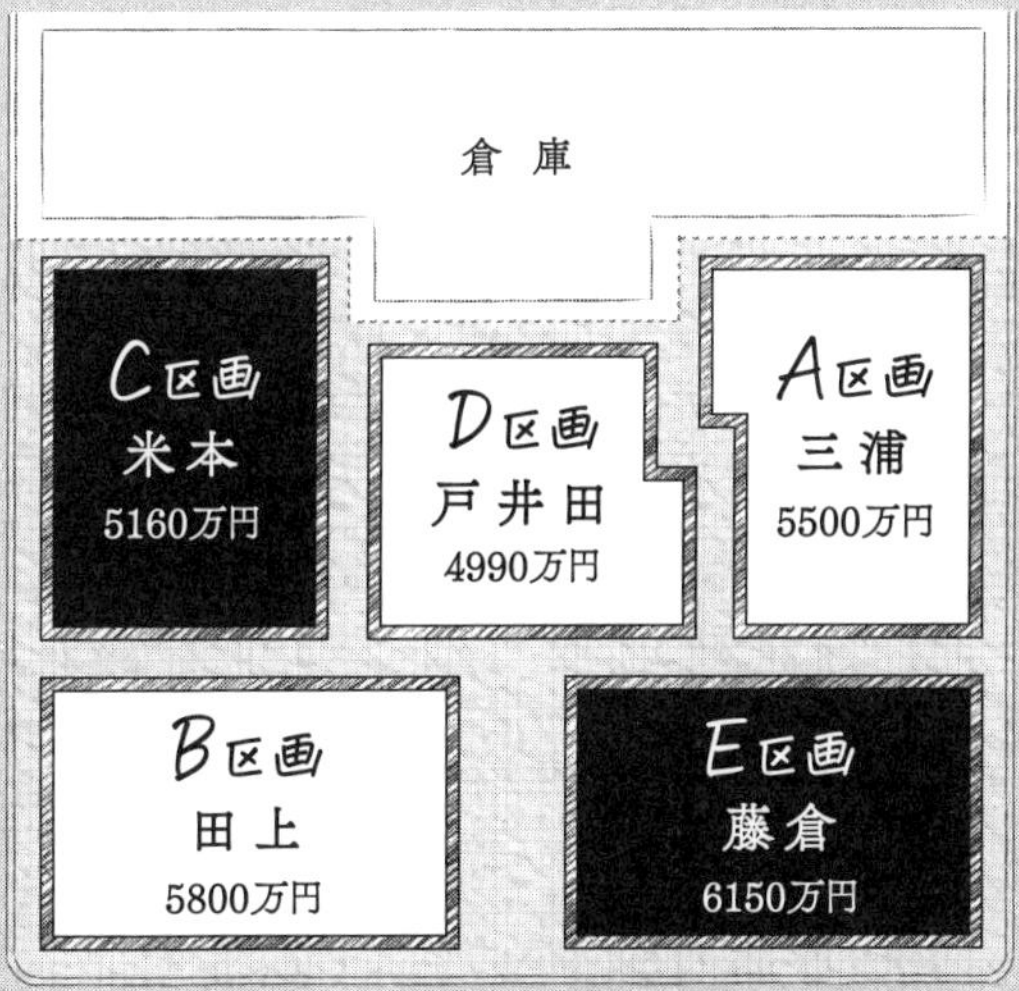

19 （2022/4/7）

「え。……狂犬病？」

　B出版社の担当編集者根川史子の顔が一瞬にして引きつった。

　三軒茶屋駅近くのカフェ。三浦奈緒子の手も震えている。

　今朝までに新作をアップしなかったことをとがめられた奈緒子は、つい、その理由を話してしまった。新作アップどころではない重大事件が起きたことを。

「狂犬病って、……あの狂犬病ですか？」

　根川さんが、すかさずスマートフォンを手にした。そしてしばらくは検索に没頭していたが、

「……発症したら最後、致死率百パーセントの、あの狂犬病？」

　と、呻《うめ》くように呟いた。

「そうです。その狂犬病です」奈緒子も、呻くように応えた。そして、恐る恐る、水の入ったグラスに触れてみた。

……大丈夫。私は感染していない。感染していたら、水が恐くなるという。水を見ただけで、水が流れる音を聞いただけで、恐ろしさのあまり発作がでるという。だけど、今のところは、大丈夫。……大丈夫。

　改めて確認するために、奈緒子はグラスを手にすると、中身を飲み干した。

るようだ。

「え、でも……」根川さんの体が、心なしかのけぞっている。奈緒子から距離を置こうとしてい

「安心してください。狂犬病は、空気感染はしませんので」

「でも――」根川さんが、どんどん遠のく。

奈緒子は、根川さんを追うように身を乗り出した。「それに、私、その人とはまったく接触してませんので。ただのご近所さんというだけです」

まったくの嘘だ。本当は、数時間、がっつり接触した。

そう、田上美雪は死んだ。今朝、戸井田さんが電話でそう知らせてくれた。「病院で、死亡が確認されたみたい」さらに戸井田さんは、変なことも言っていた。「なんか、保健所の人がうちに来たんだけど。犬がなんとかかって」

夫の拓郎《たっくん》からもこんなことを聞かされた。

「さっき、散歩をしていたら保健所の人に捕まったんだよ。……野犬狩りだよ。ひどい話だよ。犬にはなんの罪もないのに。狂犬病の疑いとかワクチンとか言っちゃってさ。今の時代、狂犬病なんてあるわけないじゃんね。……奈緒子さん、保健所の人が来ても対応しないでよ。無視してよ。でなきゃ、ここら辺の犬が全部処分されちゃうよ！」

つまり。これらの話を総合すると、田上さんは、狂犬病で死んだ？

慌ててスマートフォンで〝狂犬病〟を調べてみると、田上さんの症状にぴったりだった。言語障害に精神錯乱、特に「水を怖がる」というところなんか。

「いや、いや、でも。狂犬病って、日本では撲滅されてますよね？」

根川さんの体がますますのけぞる。その腰はもはや浮いている。

「はい。撲滅されているようですね。でも、極めて少ないですが、発症する人はいるようです。どれも海外で感染して日本で発症した例で、日本で感染した例は一九五六年が最後です」

「ですよね」根川さんの浮いた腰が、椅子に戻った。「じゃ、そのご近所さんも、海外に行かれて感染したんですよね？」

「私も、最初はそう考えたんですが――」

「え？　違うんですか？」根川さんの顔から、いよいよ色がなくなった。奈緒子は続けた。

「その人は、ここ数年、渡航歴はないと思います。というか、コロナ禍だったんですよ？　よほどのことがなければ、海外になんか行きませんて」

「確かにそうですね。ということは、つまり――」根川さんが額の汗を拭った。

「つまり」奈緒子は、いったん息を呑み込んだ。そして、覚悟を決めると、言った。

「この日本で、感染したんだと思います」

「ひいっ」根川さんの体が跳ねた。「うそでしょ」

「うそではありません。現実です。これで、ご理解いただけましたか？　新作どころではなかったことを」

「ええ、確かに、それは新作どころではありませんよね」

「でしょう？」

これで、ようやく言い訳が成立した。根川さんは一見、物腰の柔らかい人だが、その実、恐い人だ。締め切り厳守で有名な人で、締め切りに一時間でも遅れると容赦ない仕返しを食らうと、常々作家さんからも噂を聞いている。今回は、一時間どころじゃない。どう言い訳しようかと今朝からずっと胃が重たかった。でも……とりあえず、第一関門はクリアしたと、肩の荷を下ろしていると、

「ただ事ではないですね」

と、根川さんが再び額の汗を拭った。続けて、

「日本で狂犬病に感染したとなると、これは大事ですよ。……なのに、まだニュースになってない」

確かに。保健所の人は来たけれど、ニュースでは流れていない。ニュースになるほど重要なことではないのかと思っていたが。

「普通はニュースになりますよ。以前、フィリピンで感染して日本で発症した事例がありましたが、そのときは大きくニュースになりました。速報扱いで」

「ああ、そういえば、そんなニュースもありましたね」

「なのに、今回は、日本で感染したというのにいまだニュースになっていない。……これは、ただごとではないですよ」

「ですから、どういうことです？」

「新型コロナのときも、はじめは情報が隠蔽されましたよね？　それと同じで、今回も隠蔽され

ているんじゃないでしょうか？」

「隠蔽？」

「そうです。どうってこともないニュースほど速報で流れたりしますが、国民に多大な影響がある重大な情報ほど、隠蔽されるもんなんです。繰り返しますが、新型コロナの場合がいい例ですよ。本格的に感染が拡散するまで、情報は隠蔽されてきた」

「つまり、……今回の感染も重大なことだと？」

「そうですよ！　決まっているじゃないですか！　新型コロナは感染力は高いですが、致死率はそれほどでもない。でも、狂犬病は、発症したら致死率百パーセント！　百パ、ー、セ、ン、トですよ！」

そう繰り返されて、奈緒子はなにやら不安を覚えた。

私、とんでもないことを言ってしまったんではないか？　しかも、最も話してはいけない相手に。なにしろ、根川さんはマスコミの人だ。

「とにかく、詳しく話を聞きたいので、場所を変えましょう。……近くにカラオケボックス、ありましたっけ？」

あちらこちらから視線が飛んでくる。自宅にいる感覚でご近所のスキャンダルを楽しむように話してしまったが、……ここはカフェだ。

「さあ、ここを出ましょう。そして、カラオケボックスに――」

奈緒子は後悔していた。カラオケボックスには行かず職場の書店に戻ったものの、後悔は大きくなる一方だった。

そして、自宅に帰った今も、後悔は膨らみ続けていた。

叱られることを回避するために話したことだが、そんな言い訳に利用するような安易な内容ではないことに、今更ながらに気がついた。

たっくんは言った。

「狂犬病の疑い」と。つまり、狂犬病だと断定されたわけではない。だから、ニュースにもなっていないのだろう。

が、奈緒子は、保身のために「疑い」の部分を有耶無耶にして、「狂犬病である」と断定口調で話してしまった。

根川さんが所属するB出版は、週刊誌も発行しているれっきとしたマスコミだ。根川さんを介して、週刊誌の編集部に伝わるのは必至だろう。事実、最初はびびっていた根川さんも、最後のほうではマスコミ人の顔で前のめりになっていた。

ああ、どうしよう。このままでは、うちにマスコミが殺到するのも時間の問題だ。

ボウルの中身をかき混ぜていた奈緒子だったが、その手を一旦、止めた。ボウルの中には、ふかしたジャガイモと、田上さんからいただいたハムとピクルス。なかなか料理に使う機会がなくてそのままにしていたが、今夜はこれでポテトサラダを作ろうと思い立った。

が、なかなか、手が動かない。

ああ、どうしよう。このままでは、マスコミが。

あ、でも、ちょっと待って。そうか。それならそれでいいのかもしれない。

そしたら、E区画の藤倉さんちにあった死体も発見されて、すんなり解決するかもしれない。藤倉さんちの犬を連れていたたっくんを目撃したという田上さんは亡くなったのだし、これでたっくんが疑われることはなくなる。

うん、そうだ。私は知らぬ存ぜぬを貫き通せばいい。藤倉さんちの死体が発見されたというニュースが流れたときに、「え、嘘でしょう！　どうして？　まさか！」と、まるではじめてその話を聞いたかのような素振りをすればいい。それには、戸井田さんとも示し合わせておかないと。

うん。ポテトサラダを作ったら、戸井田さんちに行ってみよう。奈緒子は、ボウルの中身を勢いをつけてかき混ぜた。

うーん、いい匂い。ちょっと、味見してみようかしら。……あら、美味しい！

それにしても、E区画のあの死体はいったい誰なのかしら？

住人の藤倉さんはどうやら生きているらしいけど。戸井田さんところの娘さんがコンビニでみかけたと聞いた。

……でも、それは本当に藤倉さんだったのかしら？　娘さんの見間違いでは？

そもそも、藤倉さんってどんな人なんだろう？

っていうか、藤倉さんが飼っていたという犬。どうしてその犬をたっくんが連れていたんだろう？

犬？　犬……？

まさか、その犬が狂犬病の原因だったりしない？

全身に寒気が走ったときだった。インターホンのチャイムが鳴る。モニターを見ると、

「戸井田さん！」


「よかった。今、そちらに伺おうと」

奈緒子が玄関ドアを開けると、戸井田さんは逃げ込むように家に入ってきた。

「どうした――」奈緒子の問いにかぶせてくるように、

「ちょっと、これを見て」

と、戸井田さんがスマートフォンの画面を奈緒子の目の前に突きつけた。

近すぎてよく見えない。一歩後ずさると、ケバケバしい広告が視界に飛び込んできた。それは、なにやら物件紹介のサイトのようだった。

「なに、これ？」

「貸しスタジオを紹介するサイトよ」

「貸しスタジオって？」

「だから、文字通りよ。スタジオを貸すのよ」

「それは分かってる。……でも、このサイトに紹介されているのはどれも普通の民家とかマンションじゃない。どう見てもスタジオには見えないけど？」

「知らないの？　最近は、普通の家をまるごと貸し出して、撮影に使用することが多いのよ。中には、住んでいる部屋をそのまま貸し出す場合もある。インテリアとか小道具とか用意しなくても、リアルな部屋を撮ることができるから人気なのよ」

「へー、そうなんだ。……で？」

「ここを見て、ここを」

戸井田さんの太い指の先に、見覚えのある光景が。それは、住宅街の一軒家。

うん？　どこかで見たような。……え、っていうか、ここ、

「E区画、藤倉さんちじゃない！」

「そう、藤倉さんの家」

「どういうこと？」

「分からないの？　つまり、藤倉さんちはスタジオとして貸し出されていたのよ」

「は？」

「うちの娘によると、藤倉さんはとある女優に似ていたっていうの。もしかしたら、似ていたんではなくて、本人だったかもしれないって。コンビニでみかけたとき、いかにもザ・女優ってオーラが出ていたし、お付きの人もたくさんいたって」

「じゃ、E区画の藤倉さんって女優さんだったの?」

「その可能性もなくはないけど。でも、違うと思う。その女優は、撮影であの家にいただけなんだと思う」

「撮影?」

「だって、貸しスタジオだもの。その可能性が大よ」

「じゃ、私たちが見た腐乱死体は?」

「それももしかしたら……。ね、ちょっと確認しにいかない?」

これ以上面倒に巻き込まれるのは勘弁だ。が、戸井田さんの強引さに押し切られるように、奈緒子は戸井田さんのあとを追った。


E区画。

戸井田さんがお勝手口に向かってすたすたと歩を進める。奈緒子は、散歩をいやがる柴犬のように腰を引いた。……あのお勝手口はもう勘弁だ。だって、あのドアを開けたら腐乱死体が……。

戸井田さんがドアノブに手をかけたときだった。

なにか、声が聞こえた。

バラセ、バラセ、バラセ、バラセ。

「やだ、誰かいる。……もしかしたら、殺人犯かも?」

奈緒子の怯《おび》えを尻目に、戸井田さんはにかっと笑った。

「やっぱり、思った通りだ」そして、「すみませーん、誰かいますか？」

戸井田さんのかけ声に応えるかのように、中から二人の若者が現れた。

「ひゃっ！　殺人鬼！」尻餅をつきそうになった奈緒子を、戸井田さんの太い腕が支える。

「よく見て、この人たちの出で立ちを」

「え？」

言われてよく見てみると、二人の若者は殺人鬼というよりかは、なにか作業をしている人のようだった。その腰に巻かれているのは、パンパンに膨らんだウエストバッグ。……が、その腕に抱え込んでいるのは——

「腐乱死体！」今度こそ、奈緒子は尻餅をついた。

「もう、しっかりして」戸井田さんが奈緒子を抱え上げた。

「この人たちは殺人犯ではない。撮影クルーよ。そしてこの人たちが抱えているのは腐乱死体ではなくて、人形。……そうでしょう？」

戸井田さんがきつい視線を飛ばすと、二人の若者が観念したようにこくりと頷いた。

「つまり、あなたたちは、映画の撮影に使うためにこの家を借りたんですね？」

藤倉家のリビング。二人の若者を前に、戸井田さんが仁王立ちで質問した。

「はい、そうです」若者の一人が頭を垂れる。

「でも、なぜ、こんなにこそこそと？」奈緒子が質問すると、

「まあ、リアリティのためかな？」ともう一人の若者が逆ギレした様子で応えた。そして、長々と言い訳めいた主張を並べまくった。

要約するとこういうことだった。

低予算の映画を制作している。ドキュメンタリーを装ったミステリー映画で、そのため、撮影はゲリラで行うことが多い。だから、この家で撮影するときも、近所の住人には知らせずに撮っていた。近所に知らせると野次馬が集まり、リアリティがなくなるからだ。さらに、主演の女優の存在も隠したかった。この映画の制作費の大半を費やしてようやく出演ＯＫをもらった女優で、映画の隠し球でもある。制作発表前にそれがバレるのを避けたかった……。

「なるほどね」戸井田さんが腕を組み直した。

「制作意図は分かったけど、でも、隣人には知らせてもよかったんじゃない？」

その言葉は丁寧だが、怒りがにじみ出ている。そりゃそうだ。本当の腐乱死体だと思ってあんなに大騒ぎして、あんなに混乱して、あんなに悩んだのだ。あの時間を返してほしいぐらいだ。

「すみません……」若者二人が、同時に頭を下げる。

その健気さに、戸井田さんの怒りもようやく鎮まったようだ。声のトーンを幾分か落とすと、

「それで、撮影はいつまで？」

「四月一日にすでに終了しています。でも、終了後もなんだかんだ作業がありまして。今日ようやくバラしはじめたところです」

バラす？　つまり、片付けていたってことか。バラセ、バラセ……というのは、そういう意味

か。

「ところで、映画はどういう内容なの？」戸井田さんの質問が続く。

「ゾンビ映画です」若者の一人が嬉しそうに声を上げた。「腐乱死体が蘇ってゾンビになるんです。で、自分を殺した犯人を探すミステリーです！」

が、もう一人の若者が「だめだ、言うな」と顔をしかめる。

「極秘に撮影を進めていた割には、おしゃべりなのね」戸井田さんが嫌味を言うと、二人の若者がしゅんと頭を垂れた。そして、

「このことは、どうか――」「ご内密に……」

「うん、分かった。その代わり、映画の試写会には呼んでね」

「もちろんです！」「いい席をご用意しておきます！」

奈緒子は、唖然《あぜん》としてその様子を見守った。戸井田さん、すごい。瞬時に若者二人を手懐けた。なるほどね、戸井田さん、癖のある人だけど人たらしでもあるんだ。事実、戸井田さんに苦手意識を持っている私ですら、こうやって戸井田さんにいいように振り回されている。付き合わされてしまっている。……うん、ネタになる。今度、エッセイ漫画のネタにしよう。奈緒子が心のネタ帳にそっとメモしている間にも、戸井田さんと若者二人の雑談は続く。

「ところで、臭いは？」戸井田さんが、思い出したかのように言った。「すごい悪臭がしてるのよ。とても耐えられないような。あの悪臭もあなたたちのせい？」

「は？」二人の若者は同時に首をひねった。「悪臭なんて知りません。だって、この腐乱死体、

ただの人形なので。……ま、確かに、使い倒している小道具なんで、ちょっと臭うかもしれませんが、耐えられないような悪臭ってほどでは――」

言われてみれば、そんなに酷い悪臭なんてしない。新築特有の匂いと、そして、人形に塗られた塗料の匂いがするだけだ。

そういえば、昨夜、戸井田さんに強引に連れてこられてこの家に来たときも、特に悪臭はしていなかったような。そして、腐乱死体を見たときも。……そうだ、そうだ、ずっと違和感があったんだ。それが何か分からなかったけど、今なら分かる。

悪臭なんて、なかった！　腐乱死体を目の前にしても！

もし、本当の腐乱死体だったなら、耐えがたい悪臭がしていただろう。その悪臭は今も鼻の奥に染みつき、どんなに視覚の記憶を消し去ってもその臭いの記憶だけは消えずに、苦しめられていたはずだ。

でも、それが人形なら納得だ。悪臭なんてするはずがない。だとしたら。

戸井田さんが悩まされ続けていた悪臭の原因って、なんだったんだろう？

「ところでさ」戸井田さんは腕を組み直すと、「ここの住人は今どこにいるの？」

「さあ。僕たち、ただの下っ端の助監督なんで。撮影場所の折衝とか確保とかロケハンとかは、制作スタッフに丸投げなんで――」

「でも、これで一件落着ね」ソファーに、戸井田さんが我が物顔で踏ん反り返った。

奈緒子の家に場所を移したのが十分ほど前。戸井田さんに押し切られる形で、奈緒子は家に招き入れていた。

「腐乱死体をみつけたとき、あたし、終わった……と思ったもん。これで、娘はあの学校にいられなくなるって。いっそのこと、腐乱死体をどこかに隠そうかしら？　とすら」

「そんなことをしたら、戸井田さんが罪にとわれますよ。悪手もいいところ」

「ほんとそうね。早まらなくてよかったわ」

まさか、この人、死体遺棄を手伝わせようと、私を引きずり込んだ？

「でも、気になるのは悪臭。あの悪臭、今もするのよ。腐乱死体が原因じゃないとしたら、いったい、どこから？」

戸井田さんが、まるで死体を探している刑事のような目つきで、壁、床と視線を巡らせた。

まさか、うちを疑っているの？　そうか、疑っているんだ。だから、強引にうちに上がったんだ。

まったく、勘弁してよ！

「割と片付いているね」

戸井田さんが、相変わらず舐《な》めるように視線を部屋の隅々に巡らせる。そして、「うちはまだ、段ボールが積み上がっている。片付く気がしない」と、自嘲するように笑った。

まだ片付いてないの？　うちより先に引っ越したから一週間以上は経つのに。

一週間か。なんか、めまぐるしい一週間だったな。でも、なにか忘れている気がする。……なんだっけ？

「それにしても、藤倉さんってどんな人なんだろう？　新築の家を貸しスタジオにするなんて」

戸井田さんの独り言は続く。

「まあ、どうでもいいけどね。腐乱死体が偽物だって分かったから、これで一安心」

一安心……なんだろうか？　なんだろう、胸のざわつきがまったくおさまらない。それどころか、どんどん激しくなっている。

「これで、マスコミが殺到することもなくなるし」

マスコミ？

「それより、喪服よ」

喪服？

「だって、田上さんが亡くなったんだもの、お葬式するでしょう？　……っていうか、田上さん、本当にお気の毒だわ。突然死だなんて。確かに、様子、おかしかったものね。もっと早くに気がついてあげればよかった。……でも、あの状態ではそれは無理だったよね？　そうでしょう？　三浦さん」

言われて、奈緒子は反射的にこくりと頷いた。そう、あの状態では無理だった。そう、助けることは無理だった。だって——。

「っていうか、お通夜はしないのかしら？」戸井田さんの問いに、

「しないんじゃない？　たぶん、お葬式も。するとしたら、家族葬なんでは？」

と奈緒子が応えると、「なぜ？」と戸井田さんが身を乗り出してきた。

「だって。……死因が普通ではないし」

「どういうこと？　心筋梗塞ではないの？」

「え？」

「え？　心筋梗塞じゃないの？」

「だって、保健所の人が来たって」

「保健所？　うん、確かに来たけど」

「うちもそう。夫が保健所の人に捕まって。田上さんは狂犬病の疑いがあるからとかなんとか」

「狂犬病?!」

それまでだれきっていた戸井田さんの表情が、一気に強張った。

「どういうこと？」

「どういうことって。……だから、保健所の人が。狂犬病とかなんとか」

「嘘よ、あたしは聞いてない。野犬のことしか。……っていうか、田上さんは心筋梗塞で亡くなったって聞いたわよ」

「誰に？」

「だから、田上さんのお母さんによ」

「北山曾根子？」

「そう。今日の朝方、仕事に行く前に、気になって、田上さんのお宅に行ってみたのね。そしたら北山曾根子さんがいらして。田上さん、どうなりました？　って訊いたら、心筋梗塞で亡くなったって。そのあとすぐに、あなたにも電話したのよ」

「じゃ、保健所の人は？」

「田上さんちを出るときに、捕まったのよ。野犬を見かけませんでしたか？　って」

「それだけ？」

「うん、それだけ。っていうか、なに？　田上さんが狂犬病って？」

「だから、うちのたっくんが――」

「たっくん？　ご主人？」

「そう、うちのたっくんも保健所の人に捕まって、犬がどうとか狂犬病がどうとか。……あと、ワクチンがどうとか」

「じゃ、三浦さんが直接対応したわけではないのね？　又聞きってことね？」

「まあ、そうね……」

「じゃ、どっかで食い違いが生じたのかも。で、ご主人は？」

「仕事中」

「ああ、配達のバイト」

その言い方があまりにアレで、奈緒子は声を荒らげた。

「れっきとした、個人事業主だから！」

「はいはい」戸井田さんが小馬鹿にするように肩を竦めた。が、すぐに真顔になると、「……そんなことより、狂犬病なんてあまり口にしないほうがいいわよ。風評被害になるから」

「風評被害？」

「だって、そうでしょう？　聞いたことがある。狂犬病って、地球上で一番恐ろしい感染症で、発症したら現在の医学をもってしても助からないって」

「でも、空気感染はしないって」

「そうだとしても。日本で撲滅されているはずの狂犬病に感染した人がいるなんていう噂が広まったら、この辺にはもう住めないわ。マスコミも殺到するだろうし。だから、気軽に〝狂犬病〟なんて言葉を出したらダメよ。そもそも、不確かな情報なんだし」

「………」

「ちょっと待って。まさか、もう誰かに言っちゃったとか？」

「………」奈緒子はポーカーフェイスで小首だけ傾げた。

「やっぱり、言っちゃったんだ。誰に？　誰に言ったの？」

「……仕事の関係者に」

「仕事の関係者って、誰？」

「………」

「まさか、マスコミ関係者じゃないでしょうね？」

「………」

奈緒子はポーカーフェイスを貫いたが、戸井田さんには通用しなかったようだ。

「あんた、馬鹿なんじゃない！」戸井田さんはソファーから立ち上がると、襲いかかる勢いで吼えた。「今すぐ、訂正しなさいよ！　さあ、今すぐその人に電話して、訂正して！」

その猛烈な圧におされてスマートフォンを手にしたときだった。着信音が鳴り響いた。

画面に表示されているのは、『美歌』。妹の名前だ。無視もできずに出ると、

『あ、お姉ちゃん。届いた？』と呑気な妹の声が鼓膜いっぱいに広がる。

「え？　なにが？」

『だから、引っ越し祝いよ。もうずいぶんと前に送ったんだけど。全然連絡がないからさ。心配になって配達追跡を見てみたら、再配達になっていて、とっくに配達が終了しているって』

あ。忘れてた。……そうか、ずっとなにかを忘れている気がしていたのは、これか。

っていうか、配達終了？　うそだ、配達されていない。

あ、もしかして、たっくんが受け取ったとか？

「ごめん。まだ手元には届いてない。もしかしたら、たっくんが受け取っているのかも。っていうか、なにを送ったの？」

『肉よ、肉！　神戸牛の詰め合わせ。三万円もしたんだからね！　奮発したんだから！』

「神戸牛？」

『そうよ。クール便で送ったから、届いているなら冷蔵庫にあるんじゃない？　確認してみて』

妹の声に従うように、カウンター向こうの冷蔵庫に行ってみる。

が、それらしきものは入っていない。

『ね、あった？　早く食べて、感想を聞かせてよ。三万円もしたんだからね！』

妹の恩着せがましい物言いに、

「うん、分かった。今夜はこれですき焼きにする。ありがとう。じゃ」

と、嘘八百を並べて電話を切る。ほんと、相変わらず面倒な妹だ。

神戸牛？　今はそれどころじゃないのよ。と、冷蔵庫の扉を閉めたときだった。扉のマグネットに、なにやら伝票が挟まっている。たぶん、たっくんが挟んだものだろう。

広げてみるとそれは、宅配便の不在届けで、備考欄には『米本宅に預けました』というメモ。

……え？　嘘でしょう！

「どうしたの？　マスコミ関係者には電話した？」

しかめっ面の戸井田さんがカウンター向こうから声をかけてきた。

ああ、この人も面倒くさい人だ。

「うん。今、電話して、狂犬病は間違いだって」

ここでもまた、嘘八百。が、その嘘は奈緒子自身にも安堵感を与えた。狂犬病に対する不安がみるみるしぼんでいく。その代わりに、神戸牛の存在感が徐々に増していった。

信じられない、三万円もする神戸牛、なんで赤の他人に預けるわけ？　なにかあったらどうするのよ！　例えば、そのまま室温で放置されていたら？　いや、もしかしたら食べられていたら？

そう考えはじめたら居ても立ってもいられなくなった。

「三浦さん？　どうしたの？　なにをそんなにソワソワしているの？」

「神戸牛」

「神戸牛？」

「妹が送ってくれたのよ。三万円するやつをクール便で」

「羨ましい！　しかも、三万円って！　かなりの高級品じゃない！　……あ、だから、さっき、すき焼きとか言っていたの？　ああ、いいな……神戸牛のすき焼き」

「でも、食べられちゃったかも」

「どういうこと？」

「宅配便の人が、米本さんに預けちゃったみたいなのよ」

「米本さんって、例のエルメスの付箋の人？」

「そうです」

「荷物を預けたのは、いつのこと？」

「三日前」

「三日前？」

「そう。私も、たった今それに気がついて――」

「でも、変じゃない？　三日前に預けられたんなら、さすがに預かったほうからなにかしら連絡がくるもんじゃない？」

　確かに。

「うちが神戸牛なんて預かったら、その家に照明がともったと同時に直撃するわね。『荷物、預かってますよ！』って。だって、クール便なんて預かったら、邪魔でしかたないもん。冷蔵庫がパンパンになって」

「だよね……」

「なにか事情があるのかしら？」

「事情――」

「食べちゃったとか？」

戸井田さんがあっけらかんと言い放った。

こうやって他者から言われると、ますますその疑念が強くなる。というか、もはや、食べられてしまったとしか考えられない。

「信じられない！」奈緒子は、泣き崩れた。

「やだ、なんで泣くのよ！」

自分でも分からない。引っ越しのドタバタからの腐乱死体騒動、迫る締め切り、そして田上さんの死と、この一週間、頭と心がひどくかき回されている。それでもなんとか平常心を保ってきたが、神戸牛のことで、薄皮一枚でつながれていた平常心がとうとう崩壊してしまった。涙が次から次へと溢れてきて、収拾がつかない。

「わかった、わかった。これから米本さんのお宅に行こう？　あたしもついてってあげるから。……田上さんが亡くなったことも伝えてあげなくちゃだし」

「でも、きっと、食べちゃってる、無駄よ……」

「なに言っているのよ。さっきは冗談で言ったけど、常識で考えて、食べるわけないでしょ。人の預かりものを」

「でも、米本さんに常識があるなんて思えない。だって、引っ越しの挨拶品に一万円はするエルメスの付箋を選ぶような人だよ？」

「まあ……確かに、そうね……」

「米本さん、C区画だよね？　この分譲地では二番目に安い区画。そのくせ、引っ越しの挨拶品にエルメスなんか選ぶんだよ？　絶対、常識はずれの人だって。あの人があんな挨拶品を持ってくるものだから、うちなんて一万円近くするオリーブオイルを買う羽目になっちゃって。とんだ出費よ！」

ここ一週間でたまった澱《おり》を吐き出すように、奈緒子は吠え続けた。

「それに、米本さんちの子供もなんか変じゃない。目があっても挨拶しないし。そうそう、ゴミを漁っていたこともあった。いったい、どんな教育してんのかしら？　やっぱり、米本さんって常識はずれの人なのよ！」

「わかった、わかったから！　……とにかく、行きましょう、米本さんのお宅に」

米本宅は、分譲地の西側にある。東側にある奈緒子の家からは少し距離があるが、戸井田さんの家からは近い。

つまり、戸井田さんちのD区画は、A区画、B区画、C区画、E区画に取り囲まれていて、すべての家が「お隣さん」という形になる。

とはいっても、戸井田さん宅の玄関から米本さん宅の玄関までは距離はある。なにしろ、いったん南側の道路に出て、ぐるりと回らなければならないからだ。でも、家自体は密着していて、窓から窓の距離は非常に近い。いわゆるお見合い状態だ。

「まさか」「もしかして」

米本宅の門扉前に来たとき、奈緒子と戸井田さんは同時に呟いた。

というのも、なにやら異様な臭いがする。

それはとても我慢できるものではなかった。奈緒子は我慢できず、その場でえずいた。

「ちょっと、大丈夫？　ほら、ハンカチ」

言いながら、戸井田さんがハンカチを差し出した。……こういう優しいところもあるんだなぁと思ったのも束の間、

「さあ、行くよ」

と、まるで鬼軍曹のように奈緒子の袖を引っ張る戸井田さん。しかも、

「インターホン、押して」

などと、無茶振り。やっぱり、この人嫌いだ！

と、戸井田さんにきつい視線を飛ばしながらも、奈緒子は鼻を腕で押さえながらインターホンのボタンを押した。

が、何度押しても、反応なし。

「おかしいわね。照明はついているのに」戸井田さんが首を捻る。そして、「あ、やっぱり、いるわよ。だって、ドア向こうからなんか音がした」

確かに、なにか気配はある。と、玄関ドアに向かって首を伸ばしたときだった。

「あ、あれ、もしかして！」

玄関ドアの横にゴミ袋が置かれている。発泡スチロールの箱がうっすら見える。

いやだ、もしかして、神戸牛が入っていた箱？　そうよ、サイズ的にもそんな感じだ。

いやだ！　やっぱり食べられちゃったんだ！

怒りが込み上げる。奈緒子は悪臭のことも忘れ、インターホンのボタンを連打した。

「すみません！　私、三浦ですけど！　クール便、預かってませんか？　すみません！」

奈緒子はほとんど叫んでいた。その叫びに怯えるように、部屋の照明がひとつずつ消えていく。

「居留守ってこと？　やっぱり、食べちゃったんだ！　信じられない！」

さらにインターホンのボタンを押そうと指に力を込めたときだった。

「ちょっと、待って」戸井田さんが、神妙な面持ちで耳を欹《そばだ》てた。「今、なにか鳴き声がしなかった？」

「え？」

「ほら、鳴き声。……犬の鳴き声じゃない？」

犬の鳴き声？　奈緒子も、しばし意識を集中させてみた。すると、

「あ、ほんとうだ。犬が鳴いている」

米本さん、犬を飼ってるんだろうか？

「あの鳴き声。たぶん、小型犬だと思う」

戸井田さんが、なにやら意味ありげに言った。

小型犬？

「小型犬といえば、うちの娘が藤倉さんちで見たという犬も小型犬だったみたいだけど」

戸井田さんが、さらに首を捻った。「その犬はいったい、どこの犬なんだろう？」

「撮影用の犬なんじゃないですか？　だって、あの家、スタジオとして貸し出していたんでしょう？」

「撮影中の犬だとして。じゃ、なんでその犬を、おたくのご主人が連れていたわけ？」

「それは――」奈緒子は一瞬怯んだが、「目撃した田上さんの見間違いだったんじゃないですか？」

そう言葉にしたら、それが正しいように思われた。

そうだ。田上さん、うちのたっくんのことをよくも知りもしないくせして、なんでたっくんだと断定できたわけ？　たっくんと同じような服装をしていたというだけで。

「ちょっと、確認してみる」

スマートフォンをチュニックのポケットから取り出すと、戸井田さんは画面に指を滑らせた。

「さっき、あの若いスタッフの一人に電話番号聞いたのよ。……、あ、もしもし？」

戸井田さんが、スマートフォンを耳にしながらそそくさと門扉を離れた。

インターホンの前で、ひとり取り残される奈緒子。

いやだ。

奈緒子は、二の腕を掻き抱いた。

なんなの、この感じ。まるで、世界が滅亡して、自分だけが残された感じ。

こうやって立っているだけで、なんともいえない不安と恐怖が皮膚に染み込んでくるようだ。

風葬。

ふとそんな言葉を思い出す。ここにはかつて、死体が野ざらしで放置されていたというけれど、この足の下には、今も無数の魂が埋まっているのだろうか？

生温かい風に乗って、悪臭が奈緒子の足元からせり上がってきた。

奈緒子は、思い出したかのように鼻を腕で覆った。

「あ」

いよいよ、玄関先の照明まで消えた。

こんな分かりやすい居留守を使う人なんて、いる？

ほんと、頭くる。米本さんって、いったいぜんたい、どういう人なの？　もうこうなったら、引き下がれない。強行突破あるのみ！

と、玄関ドアを直接ノックしようとしたときだった。

あ、また犬の鳴き声。

戸井田さんが言うように、それは小型犬の鳴き声だった。甲高くて耳障りな声。

小さい頃、通学路の途中に繋がれていた犬を思い出す。柴犬とスピッツを混ぜたような小さな犬だったが、とにかく凶暴な犬だった。人類そのものに対して激しい恨みがあるかのように、通りかかる人すべてに敵意を剝き出しにして吠えていた。ときには、人に飛びかかるときもあった。長すぎる鎖が、それを可能にしていたのだ。奈緒子もまた、その被害者の一人だった。

そのときの嚙み傷痕が、左の二の腕にうっすらと残っている。

「分かったわよ。あの家にいた犬のこと」戸井田さんが駆け寄ってきた。「思った通り、撮影用の犬だって。〝ジュリー〟とかいう名前らしいよ。今はもう、動物プロダクションに返したって」

「じゃ、田上さんが土手で見かけたというのは……」

「少なくとも、ジュリーではないわね」

「ほら、やっぱり！」奈緒子は指を鳴らした。「ああ、まったく。田上さんのせいで、変な心配しちゃった」

「心配？」

「てっきり、あの家の犬をうちのたっくんが連れていたのかと。あの家の人となにかあったのかと」

「不倫とか？」

「………」

「そういえば、おたくの旦那さん、浮気の前科があるのよね？」

奈緒子の両肩に、後悔が落ちてきた。

なんだって私、こんな究極のプライバシーを、こんな人に喋っちゃったんだろう？　戸井田さんって、いかにも〝スピーカー〟って感じじゃない。あることないこと尾鰭《おひれ》をつけて、近所中に……なんならSNSを使って世界中に言いふらすに違いない。

ああ、もう、私の馬鹿馬鹿！　なんだって、こんな人に！

それもこれも、田上さんが悪いんだ。あんなことを言うから！　今度、文句言ってやらなくちゃ！　……あ、そうか。その田上さんはもういないんだっけ。亡くなったんだっけ。

「いずれにしても、田上さんの見間違いだったのよ」奈緒子は唾を吐き出すように言った。

「うーん、本当に見間違いかどうかは」戸井田さんが、芸能リポーターよろしく、腕を組む。

「だって、田上さん、めちゃ確信していたような話しぶりだったじゃない。あなたの旦那さんが犬を連れていたって」

「だから、見間違いですって」

「そうかな。……あ」

戸井田さんが、「しぃぃ」と唇に人差し指を立てた。

また、犬の鳴き声だ。さっきより、ますます激しくなっている。まるで、なにかと闘っているような、それともなにかを訴えているような。

いずれにしても、尋常ではない。

そう、まさに、錯乱状態。

奈緒子の頭に、ふと〝狂犬病〟の文字が浮かんだ。

狂犬病！

すっかり忘れていたけど、田上さんは狂犬病で亡くなった疑いがあるんだった。

まさか？

それは、ほとんどひらめきだった。が、間違いないように思えた。ひらめきというのは、大量のデータとそして経験が導き出す、直感。この直感は馬鹿にはできない。なにしろ、奈緒子は昔からこの直感で、クラスで飼っていた兎《うさぎ》の死を当てたし、父の不倫も突き止めた。一度なんか、祖母の病気を言い当てたこともあった。

そう、私の勘は、当たるのだ。しかも、悪い方向に。

「もしかして、米本さんちの犬が、狂犬病の感染源だったりして？」

心の中だけで呟いたつもりが、言葉として口を衝いて飛び出した。


奈緒子の自宅リビング。

戸井田さんが青い顔で、緑茶をすすっている。

結局、米本宅の玄関前まで行ったはいいが、そのまま逃げ帰ってしまった。

だからといって、なんで戸井田さんまでうちに来るわけ？

奈緒子は思ったが、でも、今はいてくれてありがたい。一人だったら、いらぬ妄想が膨らみ、平常心を保っていられなかった。

「ね、狂犬病の話って、本当なの？」

戸井田さんが、ポテトサラダを食べながら訊いてきた。お腹がすいたとうるさいものだから、先ほど作ったポテトサラダを小皿に取り分けてやった。……それにしても、戸井田さんの図々しさは相変わらずだ。が、その指はかすかに震えている。

「私が直接聞いたわけじゃないけど――」

奈緒子の手も震えている。それを隠そうと湯呑みを手にするが、危うくこぼしそうになる。

「旦那さんが聞いたんだよね？　保健所の人から」

そう問われて、奈緒子は、視線だけで頷いた。

「で、旦那さんは？」

「だから、仕事だって」

「ああ、そうか。配達の仕事ね」

やっぱり、むかつく、この人。とっとと帰ってくれないかしら？

が、戸井田さんはまだまだ居座る気らしい。ポテトサラダを口に入れながら、

「じゃ、田上さんのお母さん――北山曾根子はなんで、心筋梗塞だなんて嘘を？」

などと、だらだらと話を長引かせる。

「それこそ、風評被害を恐れたんじゃない？」奈緒子は仕方なく、付き合った。「娘が狂犬病で亡くなったなんてマスコミに知れたら、それこそ大騒ぎだもん。だって、一応有名人だから、北山曾根子は。テレビの仕事も本の仕事も失うかもしれないじゃない」

「ああ、なるほど。そういうこともあるかもね」

戸井田さんが、深く頷いた。続けて、

「仮によ。仮に、本当に田上さんが狂犬病で亡くなったとして。……どういう経緯で感染したと思う？」

「そんなの、私に訊かれても――」奈緒子も、ポテトサラダを口に運んだ。「少なくとも、海外には行っていないようだから、やはり、日本で感染したんでは？」

「なんで、海外に行ってないと思うの？」

「だって、このコロナ禍だよ？　行きたくても行けないでしょ」

「確かに、そうだね。……あ、ちょっと待って」戸井田さんが、スマートフォンを取り出した。

そしてしばらく検索に没頭すると、

「へー。狂犬病って、狂犬病に感染した動物に嚙まれて傷口からウイルスが体内に侵入することで感染するんだって。……潜伏期間は短くて二週間程度。長くて二年だって」

「二年！　そんなに長い場合があるんだ！」

「二年なんて言ったら、嚙まれたことも忘れているよね。……でも、それは稀《まれ》で、たいていは、二週間から数ヶ月みたいよ」

「短くて、二週間？　だとしたら！」

奈緒子は飛び上がった。そして、

「ここに引っ越す前に感染したんじゃない？　田上さんがここに越してきたのは――」

「三月三十日だったはず」

「八日前！」

「あ、本当だね。だったら、感染したのは、ここではないってことね」

「そうよ。……ああ、よかった」奈緒子は、崩れるように椅子に体を戻した。「じゃ、感染源は、ここにはいないってことね」

「でも、そう安心もしてられない」

「なんで？」

「ここに書いてある」戸井田さんが、スマートフォンの画面をこちらに向けた。「狂犬病に感染した患者がほかの人に噛みついたり、または傷口を舐めることで人から人への感染もあり得る……って」

「え？　人から人へも感染するの？」

奈緒子は、スマートフォンの画面に向かって、身を乗り出した。

「まあ、傷口や粘膜から感染するらしいから、理屈的にはあるみたいね。……あ」

戸井田さんの瞳孔が、かぁっと開いた。と思ったら、きゅっと縮む。そして、

「……ね、三浦さん。あなた、あのとき、田上さんの傷の手当、してたよね？」

「え？」

あ、そういえば。

戸井田さんの表情が、あからさまに凍りつく。

「いやだ、ちょっと待ってよ」奈緒子は、あえて全開の笑顔を作った。「……違うから、……そりゃ確かに田上さんの手当したけど。血もちょっとは浴びたけど。……でも、私、傷なんてないし。……だって、ウイルスは傷口から侵入するんだよね？」

戸井田さんが、表情を凍らせたまま無言で帰り支度をはじめる。

「ちょっと待って！　私は関係ないって！　感染なんてしてないって！　もう、ほんと、笑えない冗談はやめてよ？」

奈緒子はここで笑ってみせた。もう、笑うしかなかった。笑ってすべてを吹き飛ばしたかった。が、戸井田さんは逃げるように立ち上がった。そのとき、戸井田さんの左手の甲が視界をよぎった。

「あ」奈緒子は、その手をすかさず摑み取る。

「なにすんのよ！」

「傷。……ここに傷があるね？」

そう、それは確かに傷だった。しかも、まだ瘡蓋《かさぶた》もできていないような、新しい傷。

「もしかしてその傷、昨日のあの騒ぎでできたものじゃない？」

「昨日の騒ぎって？」

「だから、テーブルが崩壊して、ティーカップが割れて。……その破片で作った傷なんじゃない？」

「……………」

「ビンゴ？」

「それがどうしたのよ！　ただの切り傷じゃない！　それに、こんなに小さい傷よ。いちいち気にしてられないわよ！」

「大きい小さいが問題じゃないって。傷は傷！　そこからウイルスが――」

そうだ。戸井田さんも田上さんの血を浴びていたはずだ。チュニックに飛沫《ひまつ》が。

まさか、その傷に田上さんの血が――。

今度は、奈緒子が表情を凍らせた。

「違うわよ、違うんだって」戸井田さんが、ワイパーのように右手を左右に振る。「もう、本当に冗談がきついわ。はっはっはっはっ！」

戸井田さんが、バラエティー番組の観覧客のように大袈裟な声で笑い出した。そして、「ああ、もうこんな時間ね」と、これ見よがしに腕時計を見る。「夕飯の支度しなくちゃ。……今日はこれで失礼するわね。……じゃね」

戸井田さんがのっそりと立ち上がった。その様子があまりに弱々しかったので、奈緒子は思ってもないことを口にした。

「あ、じゃ、これ持っていって。ポテトサラダ。たくさん作ったから。夕飯の足しにして」

奈緒子は、目にも留まらぬ早技でポテトサラダをタッパに詰め込むと、それを押し売りのように戸井田さんに渡した。

「タッパは、返さなくていいからね」

スマートフォンの着信音が鳴ったのは、戸井田さんが帰って、二時間ほどが経った頃だった。

画面の表示は、『根川史子』。B出版の担当だ。

もしかして、エッセイ漫画の催促か？

うん、もう！　今まさに、アップしようとしていたところなのに！


「もしもし」

『あ、三浦先生ですか？』

先生と呼ばれると、こそばゆい。なにかにやけてしまう。疲れも吹き飛ぶ。

「あ、新作、今、アップしようと……」

『そんなことより』

そんなことより？　新作のアップより、重要なことがあるのか？

『昼間の話です。……狂犬病の話。詳しくお聞きしたいんですが』

「ああ、その話ですか。安心してください」

『安心？　どういうことです？』

「狂犬病の潜伏期間って、最短でも二週間なんですって。ということは、田上さんが感染したのは、今のところに越してくる前なんですよ。だって、田上さんが今のところに越してきたのは、八日前ですから」

『タガミさんっておっしゃるんですね、亡くなられたのは』

「あ」ヤバい。昼間、この話をしたときは名前は伏せていたのに。

「いえ、その。……今のは忘れてください」

『タガミって、もしかして、〝田んぼ〟の〝田〟に、〝上下〟の〝上〟ではないですか』

「は……」

『そして、亡くなられたのは、〝田上美雪〟さんではないですか?』

え? なんで? なんで下の名前を知っているの? 啞然としていると、

『田上美雪さんは薬剤師の資格を持っていて、旦那さんはお医者さんですよね? そして、幼稚園の女のお子さんがいらっしゃる』

「え? はい、そうです。そう聞きました」

『ああ、やっぱり』

「やっぱり? どういうことですか?」

『これは、まだ報道はされていないので、オフレコでお願いしたいんですが。……群馬で、女児が激しい精神錯乱を起こし病院に搬送されたそうなんですが、その数時間後、その父親も同じような症状を起こし、緊急入院したんだそうです。そして、二人とも、亡くなりました』

「……え?!」

『私も、さっき聞いたばかりなので詳しいことは分からないのですが、亡くなった女児の名前は〝田上咲良〟、父親の名前は〝田上輝〟。そして、母親の名前は〝田上美雪〟』

「……」

言葉が出ない。聞きたいことはたくさんあるのに。奈緒子は、餌を欲しがる鯉のように、口だけをぱくぱくさせた。そして、ようやく言葉を絞り出した。

「オフレコなのに、なんでそんなにご存じなんですか？」

『なんで私がこの話を知ったのかというと、三浦先生に〝狂犬病〟で亡くなったご近所さんがいると聞いて、早速、編集長に伝えたんですね。そしたら、編集長も、知り合いの新聞記者に妙な話を聞いた……と。で、両方の話を総合すると、どうやらひとつの家族が狂犬病に感染し命を落としたようだ。これは大事件だ！　今すぐ、裏を取れ！　と指令が出て、こうやって確認の電話をしたという次第です』

「なるほど」

いやいや、そこで納得している場合ではない。田上家の三人が、同時期に亡くなった。〝狂犬病〟で！

日本では撲滅されているはずの〝狂犬病〟で！

しかも、自分はその感染者と接触している。血も浴びている！

恐怖と不安が蘇る。奈緒子はスマートフォンを耳にしたまま椅子に崩れ落ちた。

どうしよう？　もしかしたら、私も？

『三浦先生、大丈夫ですか？　聞こえてます？』

「……あ、はい、聞こえています。……それにしても。なんでこんな重大なことが、まだオフレコにされているんですか？　やっぱり、隠蔽というやつですか？」

『たぶん、感染源を特定しないうちは、公表はできないんじゃないでしょうかね？　でなければ、それこそパニックになる』

「感染源……」

『田上さんは、三浦先生のご近所さんなんですよね？　もしかし――』

「違います！　さっきも言いましたが、田上さんが越してきたのは、八日前。狂犬病の潜伏期間は最低でも二週間なので、ここに引っ越してくる前に感染したんだと思います！」

『なるほど。じゃ、田上さんはその前はどちらにお住まいだったのかしら？　なにかご存じですか？』

　さすがに、そこまでは。

「あ」

『なんです？』

「北山曾根子。田上さんの母親である北山曾根子なら、なにか知っているかも？」

『え？　北山曾根子って、あの北山曾根子先生？』

「はい、あの北山曾根子です」

『……ああ、そうか、そういうことか』

「なんですか？」

『実は、北山曾根子先生、亡くなったんです』

「え！」

『まさに、一時間前ですよ、編集部に連絡が入ったんです』

奈緒子は、もう、座っていることもできなかった。空気が抜けたビニール人形のように、へなへなと、椅子から転げ落ちる。

『先生！　三浦先生、大丈夫ですか？　三浦先生？』


大丈夫？　大丈夫？　……大丈夫？

何度もそう囁かれて、奈緒子はようやく体を少しだけ動かした。

その拍子に、額からなにかがずれ落ちた。

「今、新しいのに取り替えてあげるね」

そう言いながら、耳元でなにやら水の音。

ちゃぷん、ちゃぷん、ちゃぷん……。

薄目を開けて見てみると、そこにはオレンジ色の洗面器。……お風呂場に置いておいたやつだ。前のアパートから持ってきた。

洗面器の中で、ゆらゆらとゆらめいているのは、青色の……タオル？　いや、違う、布巾？

それ、もしかして、田上さんの引っ越しの挨拶品じゃない？

正解だとばかりに、その手が布巾を硬く絞る。

そして、それが奈緒子の額に載せられた。

「奈緒子さん、大丈夫？」

今度は、そうはっきりと聞こえた。

その声は、拓郎《たっくん》だ。

「あ……お帰り。お疲れ様」

そう言おうとしたが、喉が焼けているように痛い。

「ああ、いいよ、無理しなくても」

たっくんが、肩を優しく叩いた。

「たぶん、風邪だと思うよ」

風邪？

「さっき、熱を計ったら三十七度五分あった。微熱だけど、平熱が低い奈緒子さんにしたら、結構高いよね。辛くない？」

奈緒子は、視線だけで頷いた。

喉をはじめ、身体中が筋肉痛のように痛い。そして、だるい。……そうか、風邪か。

「食欲は？」

奈緒子は「いらない」と言う代わりに、ゆっくりと瞬きをした。

「でも、何か胃に入れておいたほうがいいよ。でないと、薬も飲めないじゃない。胃が空っぽのまま薬飲んだら、胃が荒れちゃうよ。それでなくても、奈緒子さんは胃が弱いんだから。……あ、ポテトサラダは？　奈緒子さんが作ってくれたんでしょ？　僕も食べてみたけど、美味しかったよ。それとも、ミカンゼリーは？　夜食にと思って買ってきたんだよ。どう？　食べられる？」

奈緒子は、「うん、食べてみる」とばかりに、二回、瞬きを繰り返した。

「それにしても、びっくりしたよ。帰宅したら、奈緒子さんがリビングの真ん中で倒れているからさ。救急車呼ぼうとしたら、奈緒子さんが、ダメ、絶対ダメっていうから」

私が？　ごめん、全然覚えてない。

「ひょうへんひょう、ひょうへんひょうって、繰り返しつぶやいていたけど。ひょうへんひょうってなに？」

ひょうへんひょう？

あ、狂犬病のことか。

ああ、思い出してきた。根川さんと電話していたら、突然、体に力が入らなくなって。そのまま椅子から転げ落ちてしまった。

耳元では、根川さんが繰り返しなにかを言っていて、でも、とても応えられる状況ではなかったので「また電話します」とかなんとか言って、ようやく電話だけは切ったが。

たぶん、そのあと、気を失ったのだ。

「やっぱり、病院に行く？　救急車がいやなら、タクシーで」

奈緒子は、全身の力を振り絞って、頭を横に振った。

「ひょうひんにはひきはくはい」

病院には行きたくない。

そう言いたいのに、どうしてもそれが言えない。

舌がうまく動かせない。唇も。……麻痺している。

そういえば、田上さんも亡くなる前、言葉がおかしかった。まったく聞き取れなかった。

あれは、麻痺していたんだろうか？

そうだ、そうだ。ネットで検索したとき、狂犬病の症状のひとつに〝麻痺〟というのがあった。

さらには、最初は風邪に似た症状が現れるとも。

うそでしょ。……私、狂犬病に感染しちゃったの？

いや、でも。潜伏期間は最短でも二週間って。

田上さんと接触したのは、昨日。

いくらなんでも、こんなに早く発症するわけがない。

それとも、人によって、一日で発症することもあるんだろうか？

「奈緒子さん、やっぱり、病院に行こうよ、ね、奈緒子さん！」

いや、病院には行きたくない。行ったら、狂犬病と診断されるかもしれない。そしたら、マスコミの餌食になる。ネットで誹謗中傷される。

そんなの、まっぴらごめんだ！

……どうせ死ぬんなら、このままたっくんのそばで。

どうせ死ぬんなら？

そうか、私、死ぬんだ。そうだよね、狂犬病だったら、致死率百パーセントだもん。

それにしたって。なんでこんなことになったんだろう？

新しい家に越してきたばかりなのに。

めちゃ、楽しみにしていたカーテンが、明日届く予定なのに。

なのに、私、死ぬんだね。

……たっくんを残して、死ぬんだね。

私が死んだら、たっくんはどうするんだろう？　たっくんのことだもん、すぐにいい人が現れて、その人と結婚するんだろうね。そして、この家に住むんだろうね。

なんだか、悔しいよ。嫉妬で泣けてくるよ。私たちの新居なのに、たっくんは他の女の人と住むんだね？

……そんなの、やっぱり嫌だよ。

私、心の狭い女だからさ、そんなことやっぱり許せないよ。

私以外の女と、たっくんが結婚するなんて！

今までは、たっくんに浮気疑惑があっても見て見ぬふりをしてきたけどさ。だって、たっくんの妻は私なんだもん、なんだかんだ言って、妻の座って大きいのよ。紙切れ一枚のことなんだろうけど、それでも、〝妻〟と〝愛人〟じゃ、雲泥の差だからね。〝妻〟というのは、国が認めた地位のようなものだからね。どんなに浮気されても、それだけが私の心の糧だったのよ。

でも、私が死んだら、私の名前は妻の座から削除されてしまう。そして、他の女の名前が、その座に記されるのよ。

それだけは、絶対いや！

だから、たっくん、ずっと一緒にいよう？　ね、そうしよう？

だって、結婚式のときに誓ったよね？　どんなときも、愛をもって互いに支えあって暮らしていこうねって。

その誓い、忘れてないよね？

だったら——。


奈緒子は、ありったけの力を込めて、その両手で夫の顔を引き寄せた。そして、ありったけの力を込めて、その唇に嚙み付いた。

「いってー！　なにすんの、奈緒子さん！」

たっくん、ごめんね。たぶん、これで、あなたも感染したと思う。

狂犬病に。

20

（2022/4/8）

あー、なんだか、胃が重たい。夕飯に食べた、ポテトサラダが原因かな？　ちょっと食べすぎたかも。でもあれ美味しかったな。パパなんて何度もお代わりして。

戸井田風香は、ベッドからそっと起き出した。
○時を過ぎたところだった。
両親が寝静まったのを確認すると、風香はリビングに降りてきた。

目当ては、リビングにあるノートパソコンだ。自分が持っているキッズ携帯では閲覧できない漫画をどうしても見たい。例の、エッセイ漫画『ダーリンは小学三年生』。

ノートパソコンの電源を入れると、いつものようにパスワードを入力。

すると、なにやらサイトが表示された。ネット百科事典の、ネットペディアだ。

たぶん、母親が直前まで閲覧していたのだろう。

「狂犬病？」

表示されているのは、狂犬病のページ。

狂犬病ってなんだろう？　文字通り、犬がおかしくなる病気だろうか？

表示されているページを読んでみると……。

「え？　なにこれ。めちゃ怖いやつじゃん。発症したら、ほぼ百パーセント死んじゃうじゃん」

でも、日本では撲滅されている……ともある。なんだ、じゃ、安心じゃん。

と、新しいタブを開こうとしたとき、隠れていたタブがふいに表示された。それは、誰かのSNSのようだった。

『今日、三軒茶屋のカフェでランチしてたら、隣に座っている二人のおばちゃんが妙なことを話していた。なんでも、狂犬病で死んだ人がいるらしい。どうやら日本で感染したらしい』

翌朝。

「どうしたの？　なんか元気ないけど」

通学の電車の中。親友のあっちゃんが顔を覗き込んできた。

そういえば、さっきから一言も喋ってない。

「あ、ごめん、寝不足なんだ。……っていうか」

「もしかして、例の近所の悪ガキに、またなんかされた？」

風香は、ゆっくりと頷いた。

今朝、家を出たときだった。あの子……ゴミをあさっていた米本さんちの小学生とばったり出くわした。

その体からは、なにか嫌な臭いがする。

まさか、お風呂に入ってないの？

「なんだよ、ジロジロ見んなよ！」

そして、また唾を吐きかけられた。さらにあっかんべーをしながら、そのまま自分の家に飛び込んだ。

なんなのよ、あの子！

ってかさ。学校は？　あの格好、どう見ても部屋着じゃん。春休みは、もう終わっているはずなのに。

もしかして、不登校児？　引きこもり？　どっちにしろ、変な子。

「そういう子とは、関わり合いになっちゃダメだよ」

あっちゃんが、まるでなんでも知っている大人のような口ぶりで言った。

「みんな仲良くしましょう。偏見や差別はいけません……なんて言うけどさ、そんなの無理だと思わない？　むしろ、世の中は、偏見と差別で出来上がっているんだよ。その原因を探ろうともせず、臭いものに蓋をするように、友愛だ平等だと言うけどさ、それって、ただの詭弁《きべん》だと思うんだよね」

今日のあっちゃんは、いつになく熱い。

っていうか、臭いものに蓋といえば、あの子の体臭は本当にひどかった。体臭だけではない、あの子の家からも、なにか臭いが……。もしかして、うちにまで流れてくる悪臭の元って、あの家なんじゃ？　今日、帰ったら、ママに言ってみよう。あの家、ちょっと変だよって。臭いの原因かもしれないよって。

風香は、ここでひとつため息をついた。

「だから、どうしたの？　さっきから」

あっちゃんが、さらに顔を覗き込んできた。

「うちのママもさ……」

「おばさんがどうしたの？」

こんなこと、言ってもいいもんだろうか？　でも、誰かに言ってしまえば、少しは気が晴れるかも。

風香は意を決して、言ってみた。

「うちのママもさ、なんか変なんだよ」

「どういう風に変なの？」

「なんかね、言葉がはっきりしないの。知らない言葉を喋っているみたいで——」

その様は、まるでホラー映画に出てくる、ゾンビに追われて怖がるその他大勢の一人のようだ。

パパが心配して病院に連れていこうとしても、完全拒否。

ついには、寝室に閉じこもってしまった。

ママはパパがついているから、風香は学校に行きなさい。パパにそう言われて、家を出たはいいけど。

……やっぱり、気がかりだ。

だって、ママ、まさに、あの説明の通りだった。

そう、ママが閲覧していたと思われる、ネットペディアの説明。

「狂犬病って知ってる？」

風香は、いよいよその言葉を出してみた。

「狂犬病？　ああ、犬とか猫とかに嚙まれて感染する病気だよね？　発症したらほとんど助からないやつ」

「うん、当たり。……詳しいね」

「コロナ前、家族旅行で東南アジアに行ったんだけど、そのとき、狂犬病のワクチンを打ったんだよ」

「へー、ワクチン、打ったんだ」

「うん。でも、日本ではもう撲滅されたって聞いたよ」

「ところがさ――」風香は声を潜めた。「あるSNSにね、狂犬病で死んだ人がいるらしいって、投稿があったの」

「どこで？」

「日本で」

「うそ！　あ、もしかして、海外で感染して日本で発症したというケース？」

「ううん。どうやら日本で感染したみたいなの」

「うそだ……」あっちゃんが、青白い顔で笑った。そして、「フェイクじゃない？」

「フェイクかな？」

「そうだよ。ネットの情報なんて、簡単に信じちゃダメだよ。ネットなんて、嘘ばっかりなんだから」

それからあっちゃんは、どれだけネットには嘘の情報が溢れているのか、熱く語った。

あっちゃんのママは、元は国民的アイドル。きっと、誹謗中傷とかも多かったのだろう。たぶん、今も。

「だから、ネットの情報なんか気にしないほうがいいよ」

そんなことを言いながら、あっちゃんはスマートフォンを取り出すと、ブラウザを立ち上げた。ネットの情報なんか気にしないほうがいいよと言いながら、検索サイトのニュースをチェックしはじめる。

「……あ、瀧澤志奈子《たきざわしなこ》」

「え？　誰？」

「女優さんだよ。ママの古い知り合い。T館出身なんだって。わたしも一度、会ったことがある。バレエの発表会を見に来てくれたんだ」

「その人がどうしたの？」

「なんか、今月の一日……四月一日に入院したみたい。撮影中に倒れたって。でも、すぐに退院できるだろうって」

「ふーん」特に興味もなかったが、風香はスマートフォンの画面を覗き込んだ。画面には、女の人の画像が表示されている。

「あ」風香の目が、その画像に釘付けになる。「この人。……ふひふらはん！」

「え？　なんて？」

「ふひふらはん！」

なんだろう？　急に舌が回らなくなった。というか、猛烈にだるい。

風香は我慢できず、その場に蹲った。

Chapter 7.
エイプリルフール

21

（2022/4/1）


『今日は、エイプリルフール。今日起きたことは、すべて嘘っぱちよ。だから、本気にしてはダメよ』

でも、私、この目で見た！

たくさんの人が死んでた！

『だから、これはすべて〝嘘〟なのよ』

本当に〝嘘〟？

『そう、嘘。すべて、嘘。だって、今日はエイプリルフールなんだから』


エイプリルフール。

そうか、今日は四月一日か。

＋

「ね、本当のことを言ってよ。……なんで、この仕事を請けたの？」

瀧澤志奈子は、手にしていた台本を乱暴にソファーに投げつけた。

本当はこんな真似はしたくない。これじゃ、絵に描いたような、女優じゃないか。そう、横暴でワガママでサディスティックな女優。映画や小説なんかで描かれる、いつも不機嫌でカリカリしていてちょっとしたことでキレる、ステレオタイプの女優。

志奈子の母親がまさにそれだった。

だから、志奈子はそれとは真逆の女優になろうと努めてきた。デビューして四十年。この間、できるだけ温厚な人物でいようと細心の注意を払ってきた。その甲斐あって「人格者」とか「性格がいい」とか「好感度ナンバーワン」などと評判になり、スタッフからも好かれた。そのおかげで、仕事は切れたことがない。長寿シリーズの主役も張ってきた。

なのに。

「なんで、こんな仕事、請けたわけ？」

志奈子は、好感度ナンバーワン女優である立場も忘れて、声を荒らげた。しかも、ソファーの脚まで蹴り上げた。

マネージャーに対して、ここまでキレるのは初めてかもしれない。裏表がある女優と思われたくなくて、身内のスタッフに対しても人格者を演じてきたからだ。本当は、今までも文句や愚痴は山のようにあった。でも、ぐっと我慢して、すべて呑み込んできたのだ。それがストレスとなって発熱することも多々あったが、志奈子は我慢を続けた。

母親のようになってはいけない。

そんな思いがあったからだ。心が爆発しそうになるたびに、母の顔を思い出す。すると、不思議となにもかも我慢できた。

が、今回ばかりはその我慢も限界だった。

なんだって私が、ゾンビ映画に出なくちゃいけないの？

しかも、どこの馬の骨か分からない新人監督。制作会社も謎だ。聞いたこともない会社で、調べたら、ユーチューバーたちが設立した会社らしい。

は？　ユーチューバー？

それを知ったときだ、志奈子の我慢が爆発寸前までいったのは。

ユーチューバーが大躍進しているのは知っている。そこら辺の若造が億単位で儲けているのも知っている。事実、志奈子もユーチューブにハマっている。暇つぶしにはもってこいの媒体《メディア》だ。

でも、所詮、素人集団だ。映画制作とは対極にある、お遊びだ。

そんな連中のお遊びに、なんで私が？

それでも、志奈子は既《すんで》のところで爆発を抑えた。

映画だって、黎明期《れいめいき》は「子供騙し」だの「野蛮」だの「低俗」だの言われてきた。そう、なにごとも、最初はそういう扱いなのだ。

だから、不本意ではあったけど、仕事を請けた。請けるしかなかった。だって、マネージャーが、請けてしまったのだ。

本当に、この人は。

志奈子はため息交じりで、ソファーにのんびりと座る依子《よりこ》を見た。

ほんと、この人が赤の他人なら、とっくの昔にクビにしている。

でも、この人は一応は身内だ。たった一人の、血を分けた叔母だ。

「志奈ちゃん、落ち着いて」

叔母の依子が、台本をペラペラとめくる。その表紙には、〝バージョン35〟とある。つまり、この台本は、三十四回も変更されているのだ。

「落ち着いているわよ。私はいつでも落ち着いている」

志奈子は、テーブルに置きっぱなしのグラスを手にすると、それを飲み干した。氷がすべて溶けたアイスコーヒーは、泣きたくなるほど味がない。

「っていうか。〝志奈ちゃん〟というのはやめてって言っているでしょ？　志奈子さんって呼んでって。ケジメはつけてよ」

「いいじゃない。今は二人きりなんだから」

「それでも、ここは事務所。しかも仕事中。ケジメはつけて」

「はいはい。で、なにが不満なんですか、志奈子さん」

「この台本のすべてよ！」

「そう？　面白いじゃないですか」

「は？　どこが？」

「ゾンビが自分を殺害した犯人を探すなんて、斬新じゃないですか」

「それ、本気で言っているの？」

「ってていうか。ゾンビなんて私、聞いてないわよ？」

そう、この仕事を請けたときの台本は、こんなんじゃなかった。とある新興住宅で起きた殺人事件。謎の殺人鬼に次々と住人たちが殺害され、最後の一人となったヒロインが姿なき殺人鬼に怯えながらも、殺人鬼の正体を追う……というものだった。どことなくヒッチコックのテイストもありなかなか面白いと思った。が、その台本は撮影中に次から次へと変更になり、ついには、ゾンビが登場。どういうわけかゾンビとなったヒロインが住人を次々と襲いながら、自分を殺害した真犯人を探す……という展開に。

「めちゃくちゃよ。こんなの、誰が見るのよ？」

「ゾンビマニアは結構いますからね」

「マニアだって、こんなの見ないと思うわよ」

志奈子は、大袈裟にソファーにしなだれた。

「ああ、こんな映画が世に出たら、私のキャリアもこれでおしまいだわ。こんなB級……ううんC級……ううんZ級の映画に出たことが世に知られたら……。ああ、まさに黒歴史！」

「案外、受けるんじゃないでしょうかね？　今は、何がヒットするか分からない時代だし。それにね、志奈子さん」

依子が、神妙な面持ちでこちらを見た。

「志奈子さんも薄々は分かっているかもしれませんけど、仕事を選んでいる場合ではないんですよ。志奈子さんが主役を張ってきた例のシリーズも去年、終了してしまいました。それと連動するように、ＣＭの契約も次々と終了。今はゼロの状態です。これからは、どんな仕事でも請けなくちゃいけないんですよ。来るもの拒まず……ですよ」

それは、重々承知している。瀧澤志奈子の旬が過ぎたことは。女優オーラが消えつつあることは。いくら人格者だなんだと言われても、この世界は、結局はオーラがあるかどうかなのだ。どんなに性格がねじ曲がった女優でも、オーラがあれば天下を取ることができる。

母親がまさにそれだった。

あれほどの非常識であれほどの人でなしでも、母には強烈なオーラがあった。だから、大根だ棒読みだと言われながらも、百本以上の映画に出演することができたのだ。しかもどれも主役級だ。

が、そのオーラもいつかは色褪《いろあ》せる。そして、消える。母も例外ではなかった。

でも、母はオーラが消えたあとも、大女優の自我を捨てることはなかった。その様がどれほど惨めであっても、他者《ひと》から笑い物にされても、母は尊大なそぶりを改めようとはしなかったし、浪費をやめることもしなかった。最後のテレビ出演となった生放送のトークショーは、それこそ黒歴史だ。シワ飛ばしの照明を当てすぎたのが原因か、顔から大量の汗が吹き出し、厚く塗られた白粉《おしろい》と、真っ黒なアイメークが次から次へと流れだす。それは白いドレスにまで及び、顔もドレスもドロドロのマーブル模様。挙げ句の果てに、入れ歯がすぽっと外れた。

あんな悲惨な放送事故もない。今でも「芸能史に残る大惨事」として、動画で見ることができる。

その生放送を自宅で見ていた志奈子は、強く心に刻んだ。

ああはなってはいけない。

そう、いつまでも過去の栄光に縋り付いて、現実を直視できない人間にだけはなってはいけない。自分は、いつでも地に足をつけ、地道に生きていこう。そして、潮時を見極めて、そのときがきたら潔く、時流に身を任せよう。

「そうだね、どんな仕事でも請けなくちゃね。来るもの拒まず……だね」

志奈子は、先ほど投げつけた台本を、そっと拾い上げた。そして、

「ゾンビ、いいじゃない。瀧澤志奈子のセカンドステージにはもってこいだわ」

と、無理やり笑顔を作ってみた。が、その笑顔もすぐに引き攣る。

「そうじゃないのよ、私が言いたいのは！」そして、再び、台本をソファに投げつけた。

「ゾンビとかどうでもいいのよ、この際。問題なのは、なんで、ロケ地があそこなわけ？」

「……ごめん、さすがにそれは私も知らなかった」依子が素直に頭を下げる。

「本当に知らなかったの？」

「知ってたら、さすがの私もこの仕事は請けませんよ。っていうか、はじめは地方の新興住宅地がロケ地だったんですよ。ところが、二転三転して、あそこに決まったんです」

「ただの偶然？」

「だと思うんですが……」

「偶然にしては、できすぎてない？　もしかして——」

「まあ、深く考えるのはよしましょう。偶然ですよ、偶然。……そんなことより、もう時間ですよ。迎えの車もそろそろ来る頃です」

依子は勢いをつけて立ち上がった。そして叔母の顔で、

「志奈ちゃん。あの人のことはもう忘れよう。あの人の幻影に惑わされちゃダメ」

窓の外で、クラクションがひとつ鳴った。

依子は瞬時にマネージャーの顔に戻ると、

「さあ、志奈子さん、車《バン》が来たようですよ。行きましょう」

「……どうしても、行かなきゃだめ？」

「なにを言っているんですか。今日は、撮影終了《クランクアップ》の日じゃないですか」

「……なんか、いやな予感がする」

「なんでです？」

「だって、今日は、四月一日じゃない」

「また、それですか。なんで、毎年毎年、四月一日を怖がるんですか」

「だって」

「去年も一昨年も、その前の年だって、その前の前の年だって。この四十二年、なにもなかったじゃないですか」

「でも、今年はなにかあるかも」

「ありませんって。今年も無事、過ぎて行きますって。……あ、じゃ、念の為、巣鴨《すがも》の赤パン、はいていきます？」

厄除けになるからと、いつだったかドラマのスタッフが買ってきてくれた赤パンツ。しかも、デカパンだ。……冗談じゃない！　私は女優よ？　女優が赤パンだなんて！

「とにかく、行きますよ。さあ！」

＋

ロケ地の住宅地が見えてきた。

引っ越し業者のトラックが数台止まっている。

こんな辺鄙なところにわざわざ住む人がいるなんて。

しかも、ここはただの辺鄙な場所ではない。その昔、あんな、い、い、あんなことがあった場所でもあるのだ。

そのことを知らないのだろうか？

まあ、確かに、あの事件はあっさりと揉み消された。ニュースにもならなかった。

あんな大惨事だったというのに。

それとも、やっぱり嘘だったんだろうか？

『今日は、エイプリルフール。今日起きたことは、すべて嘘っぱちよ。だから、本気にしてはダメよ』

その言葉が、今も耳の奥に刻みつけられている。

誰が言ったのかはまったく覚えていないが、その言葉だけは、鼓膜に直接念写されたかのように、ずっとずっと消えない。

その一方、その日、何が起きたのかは、年々記憶から剝がれ落ちていっている。

「大惨事」というイメージだけは残っているが、具体的なことはすっかりあやふやだ。まるで水につけた水彩画のように色が流れて滲み混じり合い、そのディテールを再現することはもう不可能だった。ただ、油性ペンで書いた文字のように「大惨事」という言葉だけが、くっきりとした記憶として残っているだけだ。曖昧な「恐怖」とともに。

いったい、あの日、自分は何を見たのか。そして、何に怯えているのか。

分かっているのは、ひとつだけ。

それを見たのは、未唯紗アパートメント。母が入居していた高級アパートメントだ。未唯紗アパートメントの中では一番の古株で、死ぬまでそこで暮らした。

志奈子は幼少期から母とは離れて暮らしていた。なので、未唯紗アパートメントを訪れたのは数回だ。母からきつく言われていたからだ。「来るな」と。

それでも、行かなくてはいけない日があって。……記憶では、三回ほど訪れている。一回目は母が自殺をはかったとき。二回目は母が高熱を出したとき。三回目は――。

「ね、本当に偶然なの？　未唯紗アパートメントがあったこの場所がロケ地だなんて」

志奈子は、隣で手帳を確認している依子に語りかけた。

「偶然じゃなかったら、なんだというの？」依子が、叔母の顔で応えた。

「例えば、誰かの陰謀とか？」

「陰謀？　なにそれ。志奈ちゃん、ユーチューブの見過ぎ。最近、変な動画ばかり見ているでしょう？　未解決事件とか心霊現象とか」

その通りだった。はじめは、未唯紗アパートメントで起きたはずの「大惨事」を調べていただけだった。ところが、どんどんハマってしまって、今では暇さえあれば、動画を見ている。お気に入りに登録しているチャンネルだけでも十二。それをすべてチェックしているだけで、一日が終わってしまう日もある。

「とにかく、今日は撮影に集中しましょう。今日で最後なんだから。……さあ、到着したわよ」


志奈子がバンから降りたときだった。

「もしかして、瀧澤志奈子さんですか？」と、声をかけられた。

見ると、これ見よがしのブランド女が立っていた。シャネルのサングラスにエルメスのスカーフにバーバリーのポロシャツに――。

「あ、やっぱり、瀧澤志奈子さんだ！」

言われて、志奈子は慌てて、頭に挿していたサングラスで目を覆った。

とはいえ、この期に及んで「いえ、違います」と否定するのはなにか白々しい。なんと応えればいいか迷っていると、

「私、一度、瀧澤さんとお仕事をしたことがあるんですよ」

「え？」

「もう、十年ぐらい前になりますけど。瀧澤さんが出演されていたドラマでご一緒させていただきました」

「ご一緒って――」

「ですから、そのドラマに私も出演していたんです」

志奈子は、サングラスを目から浮かせると、肉眼でその女をまじまじと見た。

……こんな人、知らないけど。

「あなた、女優さんなの？」

「今はもう引退してしまいましたけど。かつては」

やっぱり、こんな人、知らない。

でも、スタイルはいい。たぶん、グラビアアイドルかファッション誌のモデルを経て女優に転向したのだろう。が、ちょい役ぐらいしかつかず、合コンで見つけた広告マンかテレビマンと結婚した口だろう。よくあるパターンだ。

「それで、瀧澤さん、今日はどうしたんですか？　撮影ですか？」

しまった。

今回の映画は、ギリギリまで出演者を公表しないことになっている。特に、主役は極秘扱いだ。

先日、撮影の休憩中に撮影現場の隣の家に住む女の子に見られたときは、なんとか誤魔化すことができたが。

　この人を誤魔化すのは難しいだろう。

　あー、なんて応えればいいだろう？

「今日はお忍びなんですよ」

　マネージャーの依子が、志奈子を隠すようにブランド女の前に立ちはだかった。

「お忍び？」

「ですから、どうか、見なかったことに。……同業者なら、どういう意味かは分かりますよね？」

　同業者と言われて、ブランド女があからさまに破顔した。

「はいはい、なるほど。そういうことですか。分かりました。ご安心ください。私、口だけは堅いので」

　そしてブランド女は、ニヤニヤと笑いながら何度も振り向きつつ、その場を去った。

「あー、危機一髪だったわね」マネージャーが、ほっと肩の力を抜く。

「っていうか。なによお忍びって。あの言い方じゃまるで、誰かと密会しにきたような感じじゃない。あの人、絶対に勘違いしている」

「まあ、今は勘違いさせておきましょう。解禁日までは」

「っていうか。……ほんと、それでいいの？　周囲の住人に黙って撮影なんかして、あとでクレームとか来ないかしら」

「そんな心配より、もう入りの時間が過ぎてますよ、急いで、急いで！」

「はい、カット……」

監督の弱々しい声が、志奈子の動きを止めた。

志奈子は、腐乱死体から離れた。もちろん、作り物だ。

しかし、この人形。低予算映画の割にはよく作り込まれている。知らない人が見たら、本物だと思うだろう。

「はい、これですべての撮影が終了しました……、お疲れ様でした……」

監督に覇気がなさすぎて、クランクアップの高揚感というのがまったくない。

本来なら、ケータリングの料理が次々運ばれて打ち上げをするものだが、その気配もない。

でも、まあ。それはそれで助かる、こんなメンツと打ち上げなんかしたところで、ストレスがますますたまるだけだ。

とにかく、シャワーを浴びたい。作り物だとはいえ、腐乱死体とずっと絡んでいた。

という自分も、腐乱死体《ゾンビ》の特殊メイク。本格的なものではなくて、青白いドーランをまだらに塗っているだけだが。

しかし、とことんチープな映画だ。学生の自主映画だって、もっと金をかけるだろうに。

ただ、この腐乱死体の人形だけは、本物か？　と思うほどの仕上がりだが。

もしかして、この造形にお金をかけすぎて、主役であるはずの私の特殊メイクまで予算が回らなかったとか？

あり得る。どうせ、私なんかその程度の扱いなのよ。

事実、出される食事があまりに適当だ。そこらのコンビニで買ってきたかのような、安っぽいサンドイッチにおにぎりに、おやつはこれまた安っぽいシュークリーム。

その一方、犬の餌はやけに豪華だった。「このささみ、百グラム千円するんですよ。僕の一日の食費と同じです」と、助監督が苦笑いしながら、犬に与えていた。

あれ？　そういえば。ワンコはどうしたのかしら？

ジュリーという名前のワンコ。主役《ヒロイン》が飼っているという設定の犬で、ストーリーの展開上、重要な役回りのはずだ。確か、今日、ジュリーとのシーンも撮るはずだった、台本上では。

「ねえ。今日、ジュリーはいないの？」近くにいた助監督に声をかけてみた。

「ああ、犬はもう、お役ごめんなんです」

「そうなの？　でも、台本では――」

「変更になったんですよ」

またか。毎回、これだ。

それにしても、ジュリー、いないんだ。最後のお別れをしたかったのに。

かわいいワンコだった。動物プロダクションのタレント犬だけあって、ちゃんと躾けられてもいたし。ジュリーの存在は、この撮影で唯一の楽しみだった、癒しだった。……できたら、もう一度会いたい。

「ね、あのワンコ、どこのプロダクションなの？」

「え？」

「だから、どこの動物プロダクション？」

「いえ、それは……。すみません、僕、そういうの、よく知らないんです」

「は？」

「本当にすみません！」

そして助監督は、脱兎の如くどこかに飛んでいった。

なんなのよ、あの人。

っていうか、あの人だけじゃない。その人もこの人も。みんな頼りない素人連中で、映画の専門用語すらよく分かっていない。

本当に大丈夫なの、この映画？　やっぱり、私の黒歴史になりそうなんだけど……。

『困ります、困りますって！』

『いいじゃない、ちょっとだけよ、ちょっとだけだって！』

玄関のほうが、なにやら騒がしい。そうこうしているうちに、ドタバタと足音。

「あ、やっぱり、撮影だったんですね！」

先ほどのブランド女が、ものすごい勢いで入ってきた。

志奈子は、咄嗟に顔を隠した。こんなゾンビメイク、見られたくない。

「ミステリー映画ですか？」ブランド女が、腐乱死体の造形を指さした。「それとも、ホラー映画ですか？」

ブランド女は、今度は志奈子に向かって指をさした。

なんて、無礼な人なのかしら。っていうか、なんでこんな部外者をやすやすと現場に入れるのかしら。ほんと、どいつもこいつも、素人なんだから！

「そうか、ホラーか。瀧澤志奈子の新境地ですね！」

無視していると、

「あ、なんか、すみません、現場まで押しかけちゃって」

謝るぐらいだったら、押しかけてくるな！　って、ほんと、なんなの、この女。

「瀧澤さんに、どうしてもお渡ししたいものがあったんです」

は？

「これです」

手渡されたのは、のし紙がついた包みだった。このオレンジ色は、まさしくエルメスのそれだ。

「お近づきの印にぜひもらってほしくて。もう、日本では扱っていないレアものなんですけど、広告代理店で働いているうちの主人のツテで取り寄せたんです。うちの主人、ハイブランドには顔がきくものですから」

「………」

「瀧澤さんのアドバイスに従って本当によかったと思っているんです」

「アドバイス？」

「覚えてませんか？　昔、ご一緒させてもらったときに、『あなた、女優に向いてないわ。とっとと結婚したほうがいいわよ』っておっしゃったじゃないですか」

「そんなことを？　私が？」

「そうですよ。あのときはマジでムカついたんですけど、なんならぶっ殺す！　とすら思ったんですけど、でも、あのアドバイスは的確でした。あのあとすぐに結婚したんですけど、今はとても幸せです。主人のおかげで、悠々自適の生活を送っています。女優なんか続けていたら、今頃、安っぽいホラー映画とかに出て、チープなゾンビメイクなんかさせられていたんだろうな……と。やだやだ、考えただけで、ぞっとする」

　は？　安っぽいホラー映画？　チープなゾンビメイク？　それ、私のこと？

　それ、喧嘩売ってる？　分かったわよ、なら、買うわよ！　と、一歩前進したところで、

「困りますよ……不法侵入で訴えますよ……」

　と、監督が、相変わらずの弱々しい声で言った。

「あら、なんで不法侵入？　自分の家にいるだけなのに」

　は？　自分の家？

「そう、この家の名義は私なんです。私がオーナーなんです」

　オーナー？

「そうです。この貸しスタジオのオーナーは、私なんです」

女が、勝ち誇るように言った。

でも、あなた、今日、引っ越してきたばかりじゃないの？　そうよ、この分譲地の西側にある家に。

「この家は投資用なんです」

投資？

「本当は、こちらの家に住む予定でこの家を買ったんですよ。この分譲地で一番の高値だったものですから、間違いはないだろうと思って。でも、もう一軒の家も気に入って。この家より安値だったんですが、あの家はとにかく間取りが素敵なんです。だったら、二つ買っちゃう？　と主人が言うもんですから、二軒とも、買っちゃいました。自宅用と投資用。さっきも言ったように本当はこちらの家に住むはずだったんですが、間取りが気に入らないってうちの息子が言うものですから、こっちはスタジオとして貸し出すことにしたんです。で、あなたたちは最初のクライアントってわけです」

「あ、もしかして、米本詩織《しおり》さんですか？」

どこに隠れていたのか、プロデューサーが揉み手をしながらひょこっと現れた。

「このたびは、こんな素敵なスタジオを提供いただきまして、本当に感謝しております。おかげで、無事、撮影も終わりました」

低頭平身のプロデューサーに向かって、ブランド女の顎がさらに上がる。

「ホラー映画だなんて、聞いてなかったけど？　ミステリー映画だって言ってなかった？」

「ええ、まあ、最初はそうだったんですが――」

「なんか、ずいぶんと汚しちゃったのね。あちこちに血糊《ちのり》が」

「ご安心ください。清掃会社を入れて、ピカピカにしますので」

「つか、もしかして、動物、この家に入れた？」

ブランド女が、床を顎でさした。そこには、茶色い毛のかたまり。たぶん、ジュリーのものだろう。

「いえ、あの、その――」

「動物は入れないでって言ったでしょう？　私、動物が大嫌いなの。特に犬はね！」

＋

『私、動物が大嫌いなの！　特に……はね！』

ママ、やめて！

お願い、ママ！


「志奈ちゃん、志奈ちゃん、大丈夫？」

自分の名を呼ぶ声に起こされて、志奈子はゆっくりと瞼《まぶた》を開けた。

「……ママ？」

「やだ、なにを寝ぼけているの？」

「え？」

志奈子は、ぷるっと体を震わせると、両頬を軽く叩いた。

車窓の外に川べりの風景が流れている。

そうだった。撮影も終了して、家に帰る途中だった。時計を見てみる。

「まだ、午後の五時前なんだ」

「思ったより、撮影、早く終わったからね。明日はオフだし、今夜は久しぶりにゆっくりできるわよ」

マネージャーが、叔母の顔で言った。

「ね、志奈ちゃん、なんか夢見てた？」

「え？」

「ママ、ママって。……母親の夢を見ていた？」

目を開けた瞬間に忘れてしまったけど、たぶん、そうなのだろう。

「でも、不思議だね。志奈ちゃんは、母親とは離れて暮らしていたのに。うちでずっと暮らしていたのに、見るのは、母親の夢ばかり」

そう、志奈子は祖母の家で育てられた。祖母の家には叔母の依子も暮らしており、祖母と叔母が母親代わりだった。というか、叔母のことを母親だと思っていた。今もそうだ。産みの親であるあの人の記憶はほとんどない。

なのに、なぜか、夢に見るのはあの人の姿だ。……恐ろしい顔で睨みつけているあの人の姿だ。

特に、この撮影がはじまってからは、毎日のように夢に出てくる。

たぶん、それは、土地に刻まれた残留思念なんではないかと感じている。

だって、あの土地に、あの人は死ぬまで暮らしていた。あの人の念が土地に染み込んでいてもおかしくない。

「ねえ、叔母さん」志奈子は、姪の顔で依子に語りかけた。「これは本当に偶然なのかしら」

「え？」

「だから、未唯紗アパートメントがあった場所で、撮影することになるなんて」

「偶然に決まっているでしょう」

「偶然だとしたら、……なにかに呼ばれたのかしら？」

「呼ばれた？　志奈ちゃん、動画の見過ぎ」

「だって。……なんか変なのよ。夢なのか記憶なのかよくわからない映像が、一日中、頭の中をぐるぐる巡っているの」

「それは、例えばどういう映像？」

「未唯紗アパートメントで、多くの人が死んでいる映像」

「え？」

「映像と同時に、声も聞こえるの。『そう、嘘。すべて、嘘。だって、今日はエイプリルフールなんだから』って」

「エイプリルフール……」

「ね、叔母さん。未唯紗アパートメントで本当はなにかあったんじゃない？　そして、それを私、見ちゃったんじゃない？」

「それは、ないわ。少なくとも、四月一日に未唯紗アパートメントに行ったことはない。だって。……四月一日は、私の誕生日じゃない。だから、この日は家で毎年お祝いしていたでしょう？」

そうだった。今日は叔母の誕生日だった。

「ごめん。忘れていたわけではないんだけど」

そう、それは本当だ。プレゼントだって買ってある。志奈子は、膝に置いたトートバックの中をそっと覗き見た。プレゼントは、叔母が欲しがっていたもの。これを見たら、どんな顔をするかしら。

それだけじゃない。今朝、ケーキもこっそりと取り寄せておいた。サプライズで祝おうと、数日前から段取りをしていたのだ。

だって、叔母は、私にとっては母親同然だから。かけがえのない、大切な母親のようなものだから。一年に一度のバースデーは、しっかりとお祝いしてあげたい。

「あら？」

車窓の外には、多摩川の土手が延々と続いている。その土手を、何かが歩いている。志奈子は身を乗り出した。……あ、犬だ。

「あのワンコ、ジュリーじゃない？」

「え？」

「ほら、あそこ、見てみて。土手に犬がいる。……あの犬、ジュリーにすごく似ている」

「え？　どこ？」

「ほら、だから、あそこ――」

指をさしたタイミングで車は右折し、土手から遠ざかる。

「あー、もう見えなくなっちゃった」志奈子は、名残惜しそうに、何度も振り返った。

「あのワンコ、絶対ジュリーだと思うんだけど」

「まさか。ジュリーは動物プロダクションの犬よ？　しかも、今日は撮影がなかったんだから、こんなところにいるはずはないわよ」

「でも」

「あら？　そんなことより――」依子が、志奈子の左手をとった。「こんなところに、傷が」

「え？」

見てみると、確かに、手首のあたりが少し切れている。たぶん、撮影中についた傷だろう。

「痛みは？」

「ああ、言われてみれば、さっきからなにか違和感はあったけど。……でも、大したことはないわよ。血だって、そんなに出てないし」

「だめよ、小さい傷を馬鹿にしちゃ。あなただって、覚えているでしょう？　昔、隣に住んでいたおじいちゃんが破傷風で亡くなったの。その原因も、小さなかすり傷だった」

「ああ、覚えている。でも、あのおじいちゃん、自殺じゃなかった？　自分の舌を嚙み切って死んだんじゃなかった？」

「だから、それが破傷風の症状なのよ」

「え？　そうなの？」

「破傷風に限らず、この世には菌やウイルスがうじゃうじゃいて、小さな傷を見つけては体に入り込むのよ。それが原因で命を落とすことも多いんだから」

「やだ、そんな怖いこと、言わないで」

「でも、安心して。大概の菌やウイルスは消毒することで死滅するから」

依子は言いながら、カバンから救急セットを取り出した。そして消毒液を探し出すと、それを志奈子の傷に向けて噴射した。

「イタっ」

「我慢なさい。さあ、もうひと吹きいくわよ」

依子が、看護師の顔で消毒液を吹き付ける。そう、この叔母は、かつては看護師をしていた。が、志奈子が女優デビューをしたときにそれを辞め、マネージャーになってくれたのだ。

この人がいなかったら、今の私はない。自分の人生を犠牲にして、私の女優人生を支えてくれた。本当に母親以上の存在だ。

家に戻ったら、盛大に祝ってあげよう。そして、「いつもありがとう。これからもよろしくね」と言おう。

志奈子は、トートバッグをそっと抱きしめた。

＋

「うそ！」

トートバックから取り出したそれは、小さなオレンジ色の包みだった。あのブランド女に押し付けられたものだ。

どんなに探しても、それしか見当たらない。

嘘でしょう。今朝、このトートバッグに入れたはずなのに。

そう、依子叔母さんにあげるバースデープレゼントの、エルメスの腕時計。

てっきり打ち上げがあると思っていたから、もしかしたら日付をまたぐかもしれないと思ったから、万が一に備えて、プレゼントをこのトートバッグに入れておいた。日付が変わる前に渡そうと思って。が、その打ち上げはなく、かなり早いタイミングで自宅に戻ることに。

それならば、隠しておいたケーキと一緒にプレゼントも……と、トートバッグを探った志奈子だったが。

「まさか……」

思い当たることがある。

ギリギリに撮影現場の家に入った志奈子は、トートバッグをそこらへんに投げ置いて、ゾンビメイクの準備にとりかかった。そのとき、スタッフの一人がトートバッグにつまずいて、中身をぶちまけた。スタッフは、「すみませんでした！」と、慌てて散乱した中身をトートバッグの中に入れていったが……。

「間違いない。あのスタッフ、プレゼントをバッグに入れ忘れたんだ」

なんていうスタッフなの?! これだから、素人は！

それにしても、なんで今まで気がつかなかったんだろう？ 何度かバッグの中を確認したのに。

これだ。

そうよ、これがいけないのよ！

志奈子は、あのブランド女から押し付けられた包みを壁に向かって投げつけた。

ぱっと見、同じ形、同じ色の包みだから、てっきり、プレゼントだと思い込んでいた！

ああ、どうしよう？ 今からスタッフに電話して、持ってきてもらう？ たぶん、後片付けで、今も誰かいるはずだ。

でも、スタッフの電話番号なんて知らない。

じゃ、依子叔母さんに電話番号を教えてもらう？

だめよ。これはサプライズなんだから。叔母さんのことだもん、スタッフの電話番号を訊いたら、「なんで？ どうしたの？」ってしつこく訊いてくるに決まっている。

だったら、どうする？

時計を見ると、午後六時半になろうとしている。まだこんな時間か。だったら、取りに行ったほうが早いかも。でも。

志奈子は、しばし迷った。シャワーを浴びて部屋着に着替えたところなのに。また出かけるなんて。

いやいや、でも、今日は年に一度の叔母さんの誕生日。なにより大切な日だ。こんな日にプレゼントがないなんて、とんでもない話だ。それに、同じS区。ここからあの現場まで、タクシーを飛ばせば三十分ほどで到着する。往復で一時間。

幸いなことに、今、叔母さんはお風呂に入っている。長風呂の叔母さんだから、一時間は浴室から出てこない。

よしっ。

志奈子は、気合いの言葉を吐き出すと、いつものフード付きのロングコートをクローゼットから引き摺り出した。これを通販で買ったとき、「なんか、護送されるときの被疑者みたい」と叔母は笑っていたが、これがなかなか便利なのだ。ふいにコンビニに行きたくなったとき、これを羽織っていればちょっとした変装になる。サングラスとマスクをすれば完璧だ。

そして志奈子は、コートのポケットに財布とスマートフォンだけを忍ばせて、そっと家を出た。

＋

その三十分後、志奈子は無事に、撮影現場の家の前まで来た。予定通りだ。

しかし、撮影現場の家には人の気配はなかった。

「おかしいわね。誰かしらいるはずなんだけど」

もしかして、クランクアップを祝って、打ち上げに出かけてしまったのか？

たぶん、そうだ。

まったく、なんて失礼な人たちなんだろう。主役の私をとっとと帰らせて、自分たちだけで楽しもうだなんて。ほんと、今度、機会があったら嫌味のひとつでも言ってやらなきゃ。

いやいやいや。そんなことより、叔母さんのプレゼントよ！　これじゃ、今日中に渡せないじゃない。

あ、そうか。

あのブランド女に鍵を借りればいいんだ。あの女は、この撮影スタジオのオーナーなんだから、鍵を持っているはず。

えっと、確か。米本とかいう名前よね？　のし紙にそう書いてあった。

えっと。どの家かしら？　と、一歩踏み出したとき、

「藤倉さんですか？」と、スーツ姿の男性に声をかけられた。

「え？」

「藤倉さんですよね？　だって、ここに表札が――」

藤倉というのは、志奈子に与えられた役名だ。そして玄関先にも、〝藤倉〟という撮影用の表札が掲げられている。

そうか、この男性、この家の住人が〝藤倉〟だと勘違いしているんだ。そして、私がその住人だと。

さあ、どうする？　いえ違いますと否定してもいいが、それだと、不審者扱いされてしまう。なにしろ、「護送中の被疑者」のような格好だ。タクシーの運転手だって、この姿を見てぎょっとしていたではないか。

下手に否定して、一一〇番通報されたら、たまったもんじゃない。

「えっと、あなたは？」

志奈子は、質問を質問で返した。我ながら、グッドな対応だ。

「あ、すみません。わたくし、B区画に引っ越して参りました、田上と申します」

「タガミさん？」

「もっと早くに伺いたかったのですが、ご不在だったようで――」

不在だったわけではない。雨戸を締め切って、撮影をしていただけなのだが。

「お会いできてよかったです。今日は、引っ越しの挨拶に伺いました」

「は……」

「藤倉さんはご不在のことが多いようなので、今しかない！　と思いまして。お姿を見つけて急いで駆けつけたというわけです」

なんで、そこまでして？

「うちの妻がちょっと神経質なところがありましてね。引っ越しの挨拶品を早く渡さなきゃ！

とずっと言うものですから、なんだかわたしまで、気が急いてしまいまして。早く渡さなくちゃ、渡さなくちゃって。それで、カバンの中に挨拶品を入れて、機会があったらお渡ししようと。……その機会が早速巡ってきて、本当によかったです」

いやいや、だから、なんでそこまで？

「いずれにしても、つまらないものですが――」

男性は、のし紙が巻かれた小さな包みを差し出した。

いや、そんなのいただいても、困ります。志奈子は態度で示したが、

「どうか、受け取ってください。これを配り終えないと、妻の機嫌がなおらないんですよ。ずっとイライラしていて。……ここに越してきてからずっとなんです。まるで人が変わったようで、なんか怖いんです」

そんなこと、私に言われても。……っていうか、引っ越しの挨拶品なんて、そんなに重要？私なんて、十回以上は引っ越しをしているけど、一度だって挨拶品なんて配ったことがない。

「どうぞ、どうぞ」

駅前のキャッチセールスのようにしつこい。その男性の粘りに負け、志奈子はとうとうその包みを手にした。

「あー、これですっきりしました！　あとは、A区画とC区画とD区画と――」

言いながら、ステップを踏むように男性が自分の家に戻っていく。

「なに、あれ？」

っていうか、この挨拶品どうしよう？

本来は、この家のオーナーである米本さんが受け取るべきものよね？

途方に暮れていると、

「あ、志奈子さん……」

と、聞き覚えのある声が聞こえてきた。見ると、家の中からひょろ長い人影が出てきた。

例の、覇気のない監督だ。

「あら、監督。どうしたの？」

「それはこちらのセリフですよ……どうしたんですか……？」

「忘れ物があって、取りに戻ったの」

「ああ……、もしかして、……オレンジ色の包みですか？」

「そう、それそれ！」

「ちょっと待っていてくださいね……。とってきますので……」

「あ、それと。こんなのをご近所さんにいただいたんだけど――」

志奈子は、厄介なものを押し付けるように、監督にその包みを手渡した。と、そのとき。

「あ、いたっ」

今、何かが頬を掠めた。頬に触れてみると、ぬるりとした感触。血だ。

「ああ……、気をつけてくださいね……。この辺、この時間になるとコウモリがすごいんですよ……」

「コウモリ？」

「はい……。僕もやられました……。腕を噛まれました……」

コウモリ？

志奈子の記憶が突然暴走をはじめる。そして、ついには、母の顔が大写しになった。

22 （1979/4/1）

「私、動物が大嫌いなの！　特に、コウモリはね！」

ママはそう言うと、不自由な左手をどうにか動かして、私の顔をはたいた。その拍子に、ベッド脇のサイドテーブルから文庫本が落ちた。横溝正史《よこみぞせいし》の小説のようだ。

「だから、コウモリは嫌いなの！」

ママの手が、再び私の頰を掠める。

いたっ。

ママの長い爪が、頰に傷をつけたようだ。

「だから、あっちに行って！　嫌いなの、嫌いなの、嫌いなのよ！」

ママがそう叫ぶたびに、頰がじんじんと痛む。

私だって、嫌いだ！　ママのこと、大嫌いだ！

そう言いたいけれど、言葉にならない。ひっくひっくと喉が痙攣《けいれん》して、言葉を堰《せ》き止めている。

このままだと、決壊しそうだ。

「志奈ちゃん、外に行きましょう、外に」

依子叔母さんが、私を抱え込むようにして部屋から連れ出してくれた。そして、カバンの中から応急セットを取り出すとガーゼに消毒液を吹きかけ、それをそっと私の頬に当てた。

「念のため、あとで病院に行きましょうね」

病院……？　そんなにひどいの？

「大丈夫、大丈夫、念のためよ」

傷、残らない？

「大丈夫、このぐらいだったら、きれいになる」

ほんと？

顔に傷が残るのは困る。だって、私はアイドルになりたいんだもん。百恵《ももえ》ちゃんのようなアイドルに。そして、三浦友和《みうらともかず》と共演したいんだ。

……あ、そういえば。今、何時？

今日の歌番組に、百恵ちゃんが出る予定だったはず。七時からはじまる番組に。

「ね、叔母さん」

「叔母さんって呼ばないでって、約束したでしょう？」

「ごめん。……依子ちゃん、今、何時？」

「今？　……七時前」

「やだ！　本当に？」

頬の痛みはすっかり消え去った。その代わりに、怒りが立ち上がった。

なんで、せっかくの日曜日に、こんなところに来なくちゃいけなかったの？

しかも、今日は依子叔母さんの誕生日。祝おうと、おばあちゃんと一緒に準備もしてきたのに。

プレゼントだって用意したのに。

なのに、突然の電話。

「志奈ちゃん、大変。ママが倒れたって。ベッドの上で志奈ちゃんの名前を繰り返し呼んでいるって、会いたいって」

あのママが、私に会いたい？　とても信じられなかったけれど、でも嬉しかった。だから、何もかも放り出してやってきたのに。

「私、動物が大嫌いなの！　特に、コウモリはね！」

と、いきなり、叩かれて。

どういうこと？　コウモリってなに？　私をコウモリだっていうの？

「なにも、志奈ちゃんのことをコウモリって言っているわけじゃないと思うよ」依子叔母さんが、言い聞かせるように言った。「この辺にはコウモリがたくさんいて、ママ、前に嚙まれたことがあるのよ。そのとき、ひどく発熱してね。身体中に発疹《はっしん》もできて。……ほら、いつだったか、高熱を出したって呼び出されたときあったでしょう？　あのときがそう。原因は不明だったけれど、命には別条はなかった。でも、後遺症は残った。そのせいで、ママは芸能界から遠ざかってしまって。だから、今も、コウモリをひどく怖がるの。黒いものを見ると興奮するのよ」

あ、そういえば、今日の私の服、黒だ。

だからって。私をコウモリ呼ばわりするなんて。いくらなんでもひどい！

「彼女は、今、錯乱状態にあるの」

そう言いながら現れたのは、女優の未唯紗英子だった。ママとは古い付き合いで、なんでも、同じ養成所にいた頃からの付き合いなんだとか。ママと違って主役級の女優ではないけれど、テレビではひっぱりだこの「国民的おかあさん」女優だ。ＣＭにもたくさん出ている。

ママは、「どうせテレビの人よ」と未唯紗英子のことを格下扱いしているようだけど、実際は、この人のほうが数段稼いでいるんだと思う。だって、こんな立派なアパートメントを持っているんだから。そう、未唯紗英子は、女優業だけではなくて、実業家としても成功している。「パトロンがいるからね」と、いつだったかおばあちゃんと依子叔母さんが話していたけれど。っていうか、パトロンってなに？　訊いても、おばあちゃんも依子叔母さんも教えてくれない。「まあ、大人になったらね」そんなことを言って誤魔化すだけ。

パトロンって、なに？

「志奈子ちゃん、ごめんなさいね、わざわざ来てもらったのに。ママがあんなで。……はい、これ、お小遣い」

未唯紗英子が、小さく折り畳んだ千円札を私の手のひらに載せた。

お小遣いは嬉しいけれど、やっぱり、〝パトロン〟が気になる。未唯紗英子を見ると、〝パトロン〟という言葉がどうしてもちらついてしまう。

「あの。英子さん。パト――」

依子叔母さんの顔が歪《ゆが》む。ダメよ。そんなこと、本人に訊いてはダメ。

分かっている。

「あの、英子さん。テレビ、見たいんですけど」私は、話をすり替えた。

「テレビ?」

「はい。百恵ちゃんが出るんです」

「あら、山口《やまぐち》百恵、好きなの?」

「はい」

「今度、サイン、もらってきてあげようか?」

「あ、それはいいです」

本当は、喉から手が出るほど欲しかったけれど、なんだかズルをしているような気もして、私は裏腹な言葉を返した。……そう、こういうの、〝コネ〟って言うんだよね。クラスの誰かが言っていた。その子は、〝ズル〟という意味で使っていた。蔑むような眼差しで。だから、〝コネ〟は使いたくない。……私は、自分の力で、百恵ちゃんのサインを手に入れる。〝コネ〟なんか使わずに。

「あなた、ママに似ている」

未唯紗英子が、意味ありげに笑った。なんとなく、癪に障る。

「あ、もう、テレビはいいです」またまた、裏腹な言葉が飛び出す。

「あら、いいのよ。テレビ、好きなだけ見て。一階の集会場にあるから。ラウンジの奥よ」

「でも」

「お願い。一人で、テレビ見ていて。あたくし、依子さんとちょっとお話があるから。……大人の話が」


大人って、いつでもそうだ。「大人の話」といえば、子供を厄介払いできると思っている。

ほんと、頭くる。

一階に降りると、ラウンジには何人かの大人たちがいた。見たことがある人もいれば、見たことがない人もいる。

その奥に、〝集会場〟と書かれたプレートが貼り付いたドアがある。

大人たちの間を縫って、隠れるようにドアの向こう側に体を滑り込ませる。

そこは、〝集会場〟というより、物置のような場所だった。テレビもあるにはあったが、そのときすでに、私の興味はラウンジにあった。

大人たちが、なにやら騒がしい。

思い起こせば、依子叔母さんもなにか様子がおかしかった。

きっと、何かが起きている。それはたぶん、ママと関係しているはずだ。

だって、ママの様子も、相当おかしかった。もっと言えば、あれは、もう、〝人〟ではなかった。なにしろ、その体はいくつものベルト状の紐でベッドに括り付けられていた。まるで、猛獣を括り付けるように。実際、ママの顔はもはや獣だった。涎をたらしながら「うぅぅぅうぅぅぅうぅぅぅ」と唸るばかり。深夜放送の映画で見た「エクソシスト」のようだった。そう、悪魔に取り憑かれた少女。

一体、なにが起きているの？

私は、耳をドアに貼り付けた。

ドア向こうのラウンジで、大人たちがなにか話している。

『恐ろしい……』

『狐付きか？』

『お祓《はら》いをしてもらったほうが』

『なにを言っているんだ、そんな前時代的なこと。もっと、科学的に考えよう』

『あの症状には、見覚えがある。戦時中、同じ症状に陥った戦友がいた』

『もったいぶらないで。で、その戦友はなんだったの？』

『ボツリヌス症だ』

『え？　なにそれ』

『感染症だよ』

『感染症？　感染するの？』

『人から人へは感染しない。大概は、食べ物から感染する。昔からソーセージやハムなどの加工品から感染することが多いんだ。ボツリヌスの語源は、〝ソーセージ〟のラテン語らしいよ』

『ソーセージ？　ハム？　いやだわ、あたしも食べたわ、ここの食堂で。あなたも、そしてあなたも食べたわよね？　じゃ、もしかして、あたしたちも危ないってこと？』

『食べ物だけではないわ。注射器からも感染するって聞いたことがあるわ』

『注射器？』

『海外では、不衛生な注射器を使用して感染する薬物中毒者が多いって聞いたわ』

『つまり、ボツリヌス菌って、そこらじゅうにいるってこと？』

『そう。ただ、ボツリヌス菌が作る毒素は熱に弱いため、正しく加熱調理すれば感染することは極めて少ない。危ないのは、真空パックのように密封された状態にある食べ物を加熱しないで食べる場合だ。ボツリヌス菌は酸素のない状態を好むからね。特に肉類では、ボツリヌス菌は増殖しやすいんだよ』

『なるほど。それで、ハムなんかの加工品が危ないのか……』

『ボツリヌス菌が作る毒素は、地球上最悪の毒とも言われているらしいぜ。フグの毒なんかよりも桁違いに強力らしい。なにしろ、五百グラムあれば全人類を殺せるっていうからな』

『やだ、なにそれ……』

『だから、ボツリヌス菌の毒素を生物兵器にしようという悪いやつらもいるんだよ』

『いずれにしても、やっぱり、救急車を呼びましょうよ。病院に行けば、本当の原因がきっと分かるわ』

『いや、それはダメだ。今、選挙中だ』

選挙中？

私は、ドアを薄く開けると、ラウンジの様子を盗み見た。

女の人が六人。どれも見たことがある顔だ。このアパートメントの住人だ。

そして、男の人が、四人。二人は見たことがある顔だ。やっぱり、このアパートメントの住人。

じゃ、あとの二人は？

一人はがっしりとした体つきの白髪交じりのおじさんで、もう一人は、やたらとおじさんにへこへこしている小男。白髪おじさんは腕を怪我しているようで、小男がその腕に包帯を巻いている。

「あ」

白髪おじさん、見たことがある。でも、ここの住人ではない。えっと、誰だっけ。最近も見たことがあるような気がするんだけど。

あ、選挙。

そうだ。選挙ポスターの人だ！

東京中に貼られていて、うちの近所にもべたべた貼られている。

テレビでも見たことがある。そう、国会中継。……新聞でも見たことがある。週刊誌でも。

そうだ。あの人、政治家だ！

えっと、名前は、名前は、名前は……里山勇造《さとやまゆうぞう》！

なんで、ここに？　里山勇造が？

『選挙中だから、大事《おおごと》にしたくない』里山勇造と小男の会話が続く。

『でも、傷は結構深いです。病院に』

『病院？　なにを言っているんだ。それこそ大事になる』

『しかし』

『そんなことより、ここの住人の口は堅いのか？』

『はい。それはもう。みなさん、里山先生を支援されている人たちばかりですので』

『本当に、外には漏れないのか？』

『その点はご安心ください。ここの住人はみな、そういうことには慣れていますんで』

そこで、どっと笑いが上がった。

そして、ここの住人で往年の俳優が胸を張りながら言った。

『そうですよ、里山先生。ご安心ください。ここで起きたことは、絶対、外には漏れませんので。今までもいろんなことが起きましたが、ひとつも外には漏れちゃいませんよ』

『なにを言っている。何度も漏れそうになったじゃないか。そのたびに、俺が揉み消してやっているんだぞ。貴様、この前は銃を隠し持っていただろう？』

『あー、そうでした、そうでした。先生には感謝していますよ』

『そもそも、ここの住人は放蕩《ほうとう》がすぎるんだよ。銃刀法違反、薬物乱用、さらには死体遺棄』

死体遺棄？　……なにかのドラマで聞いたことがある言葉だ。確か、死体を違法に捨てる行為だ。

『いいかい？　ここは日本だぜ？　もう少し、日本の法律っていうのを理解したまえ。治外法権の租借地ではないのだからね。いつか、大変なことになるぜ？』

『大変なこと？　そのときは、先生がなんとかしてくださるんでしょう？』

　未唯紗英子の声だ。『今回だって、なんとかしてくれようと、駆けつけてくださったのでしょう？』

『英子ちゃん、もう、勘弁してくれよ』里山勇造の声が、とたんに猫なで声になる。『急いで来てくれと言うから来てみたら。いきなり彼女に斬りつけられた。見てくれよ、利き腕をばっさりやられたよ』

『あの女、先生のお顔を見て、興奮してしまったんでしょうね。でも、ご安心ください。今は、ベッドの上でおとなしくしていますよ』

　ベッドの上？　それ、もしかして、ママのこと？

『もう、こういうことは懲り懲りだよ。前は、顔を嚙みつかれそうになった』

『彼女には、よく言っておきますので』

『それと、今は大切なときなんだから、そうそう呼び出してくれるなよ』

『悪いとは思っているんですのよ。でも、やっぱり、先生のお力を頼る他ないんですもの。だって、先生は、心強いパトロンなんですから』

　パトロン？

『おいおい、英子ちゃん、ここでそんなにはっきりと言うなよ』

『今更ですわ。ここにいる人は、みんな知っていることじゃございませんか。あたくしと先生がそういう仲だってことは』

『いやいや、だからさ――』

『このアパートメント経営だって、先生のお力添えがあってのこと。先生があの手この手で、血税を横流ししてくださるから』

『だから、そういうことは――』

『さきほど、先生、治外法権とおっしゃいましたね。まったくその通りでございますわ。このアパートメントの建物じたいが、そもそも違法なんですもの。治外法権そのもの。先生が、国有地に米軍御用達の闇遊郭を作られた時点でね』

『だから、英子ちゃん――』

『米軍が去ったあとも、要人接待施設として、ここを活用されましたよね。あたくしも、何度か接待係としてここに招かれたものだわ。あるときなんか、某国の大統領と結婚もさせられそうになりました。冗談じゃございませんわ。あの男、いったい何人、妻がいるっていうの。あたくし、五番目の妻にさせられそうになったんですよ』

『その話は、してくれるなよ』

『そのほかにも、先生は、ここでいろいろなご商売をされましたよね？　そして、莫大な富を蓄えた。今や大物政治家。この選挙に勝てば、総理大臣の座も目の前』

『英子ちゃん、どうしたんだ、なんだか今日はご機嫌斜めだな。言葉にいちいち棘がある』

『ええ、あたくし、ご機嫌斜めなんですの。だって、先生。あんな女と』

『いや、だからさ。何度も言っているけど、……誘われたから、つい』

『ただの浮気だと？』

『浮気ですらないよ。魔が差しただけだよ』

『でも、あの女は本気のようですよ。先生を誰にも渡さないって、あたくしに宣戦布告してきたんですからね』

『あれは、一方的なものだよ。俺はなんとも思っていない』

『それでも、寝たんでしょう？』

『まあ、それは――』

『立派な浮気ですわ。許しませんことよ。先生のことは。摩耶子《まやこ》だって――』

摩耶子って、ママのこと？

『だからって、あんなことを――』

『ああでもしないと、摩耶子はなにをしでかすか分からないんですの。事実、先生に斬りつけたじゃございませんか』

『それでも、いくらなんでも、かわいそうじゃないか。ベッドに括り付けて。薬も打っているんだろう？』

……もしかして、それ、やっぱりママのこと？

『薬は、摩耶子が自ら打ったんですわ。先生もご存じでしょう？　摩耶子が覚醒剤中毒だということを』

覚醒剤？

うん、知っている。先週見た刑事ドラマにも出てきた。とにかく、よくない薬。人生が破滅する薬。

『ご存じもなにも。……ここはそもそも、薬物中毒者専用のアパートメントじゃないか！』

里山勇造が、やけくそ気味に叫んだ。

未唯紗英子も、負けじと声を上げた。

『ええ、そうですよ。ここは、覚醒剤中毒者専用の施設。覚醒剤を止《や》められない芸能関係者の施設ですわ！　ほんと、残酷な話ですよ。二十八年前までは、覚醒剤《ヒロポン》は合法薬物だったのに。突然、違法薬物として取り締まりの対象となった。昨日まで合法だったのに、今日から違法？　冗談じゃないわ。そんなに簡単に止められるものですか。なのに、即逮捕だなんて、ひどすぎませんか？　路頭に迷う人も多かった。そんな行き場を失った者たちを救いたかった。だから、あたくしは、十七年前にこのアパートメントを作ったのよ！』

『君の志には敬意を示しているよ。だから、俺も協力した』

『罪悪感じゃございませんの？』

『なんだって？』

『だって、先生、戦時中には覚醒剤で大儲けしていたじゃありませんの。この地だって、戦時中は一面のケシ畑』

『うるさい。そのことは言うな』

『ええ、そうですよね。先生は、この地の歴史まで封印されてしまったのだから。どこをどう捜しても、戦時中ここがケシ畑で、そして覚醒剤工場があったことを示す資料など出てこない。先生が、きれいさっぱり、お消しになったからですわ』

『君は、いったい、何が言いたいんだ？　俺を脅す気か？』

『まさか。先生は、大切なパトロンですもの。あたくしは、先生には逆らえません。ただね、あたくし、裏切り行為だけはどうしても許せないんです。特に、浮気はね』

『だから、浮気じゃないって』

『じゃ、あの女がどうなってもいいと？』

『もちろん。俺の知ったこっちゃない』

『じゃ、あたくしの好きにしていいんですね？』

『もちろん』

『そうおっしゃっていただけると心強いですわ。ええ、あたくし、好きにしますわね』

『ああ、好きにしろ。もう俺は帰る。タクシーを呼んでくれ』

『わかりましたわ』

未唯紗英子が、にやりと笑った。

私は、とてつもない恐怖を覚えた。

ママが、危ない！

大嫌いなママだけど、でも、私にとっては、たった一人の母親だ。その身が危険に晒されていると知ったならば、助けないわけにはいかない。理屈ではない。もはや本能だ！

集会場のドアをそっと開けると、私は床を這いつくばるように大人たちの間を縫って、階段を目指した。二階に、ママの部屋がある。

ママ、ママ、ママ、逃げて！

部屋のドアを開けると、ママがどこか遠くを見つめながら泣いている。

助けて、助けて、助けて……。

私には、はっきりとそう聞こえた。

「ママ、もう大丈夫だからね、今、助けてあげるからね。紐をほどいてあげるからね」

でも、その紐は、そう簡単にほどけるような代物ではなかった。

どうする？

部屋を見回すと、キャビネットがあった。あの棚の奥に、確か、裁縫セットがあったはず。以前、高熱が出たからとここに呼ばれたとき、ママが私のスカートのほつれを見つけて、キャビネットの奥から裁縫箱を取り出した。

そう、裁縫箱の中には裁ちバサミがあったはず。

あった！

私は、裁ちバサミを手にすると、ママのところに駆け寄った。

「ママ、待っててね、今、これを切ってあげるから」

そして、最後の一本が切られたときだった。

うぅぅぅぅぅぅぅぅぅぅぅぅぅ！

というう唸り声が部屋に響き渡った。

「ママ！」

そう呼んだ途端だった。ママは私の手から裁ちバサミを奪い取ると、「エクソシスト」の少女よろしく大きく跳ね上がり、信じられないような素早さで、サイドテーブルの引き出しの中から何か黒いものを取り出した。

拳銃？

なんで、そんなものが？

そう思ったのもつかのま、左手に裁ちバサミ、右手に拳銃を持ったママが、猛獣のように部屋を飛び出す。

うぅぅぅぅぅぅぅぅぅぅぅぅぅぅ！

うぅぅぅぅぅぅぅぅぅぅぅぅぅぅ！

「なにごと？」

依子叔母さんが、血相を変えて部屋に飛び込んできた。

「依子叔母さん！　今までどこに行ってたの！」

「英子さんとの話が終わったあと、洗面所に行っていたのよ。そんなことより、ねえさんは？

今、ねえさんとすれ違ったんだけど。……尋常じゃない様子だったけど。いったい――」

そのときだった。

階下から、地響きのような複数の叫び声が聞こえてきた。

『やめてくれ』

『誰か、あいつを止めろ』

『やめろ、やめろ、やめろ！』

そして、
パンパンパンパンパンパンパン！

という銃声。

それはまるでおもちゃのような軽い音だった。そう、あれはおもちゃの拳銃だ。本物のはずがない。

『この女をつかまえろ！』

『殺せ、殺せ、殺してしまえ！』

殺す？　ママを殺すっていうの？

やめて、やめて、やめて！

私は、階段を駆け降りた。

ママ！　ママ！　ママ、逃げて！

………。

パンパンパンパンパンパン！
パンパンパンパンパンパン！
パンパンパンパンパンパン！

……一人の男が、足元に転がっている。里山勇造の側にいた、小男だ。頭の半分が吹き飛んでいる。

視線を上げると、そこには真っ赤な海が広がっていた。

「ダメ、見ちゃダメ！」

依子叔母さんが、私の目を塞ぐ。そして強く抱きしめると、

「今日は、エイプリルフール。今日起きたことは、すべて嘘っぱちよ。だから、本気にしてはダメよ」

でも、たくさんの人が死んでいる！

「だから、これはすべて〝嘘〟なのよ」

本当に〝嘘〟？

「そう、嘘。すべて、嘘。だって、今日はエイプリルフールなんだから」

23　（2022/4/3）

「ああ、そうか。あの声は、依子叔母さんだったんだ」

志奈子の古い記憶の一部が、複製されたデータのように鮮明に蘇る。

その代わり、直近の記憶がない。

……ここは、どこ？

「ああ、よかった、よかった。目が覚めた」

誰かが、手を握っている。志奈子は、それを握り返した。……ゴワゴワしていて、でも柔らかくて。依子叔母さんの手だ。

「……依子……叔母さん？」

念のため、確認してみる。というのも、今、志奈子の思考と記憶はひどく頼りないものだった。夢なのか幻覚なのか現実なのか記憶なのか。それらが水に垂らした水彩絵の具のようにマーブル模様を描いている。

「ここは、どこ？」

ああ、この台詞、最近言った気がする。そう、テレビドラマの台詞だ。そのドラマは確かミステリーで、自分は一時的に記憶を失った主婦の役。主婦は事件の重要なシーンを目撃していたがどうしても思い出せない。もやもやしている間に、誰かに命を狙われて……。

「ああ、あれは、確か『黒い視線』というタイトルのドラマだった」

志奈子の口から、勝手に言葉が飛び出す。

「え？　なに？」

「だから、『黒い視線』よ、叔母さん」

「ああ、昔、そんなドラマに出たことあったわね。でも、もう三十年も前の話よ」

「三十年も前？」

嘘だ。つい最近のことでしょう？　そうよ、つい最近のことよ。

「お医者さんが言ってた、当分は、記憶がちょっと不安定になることもあるって。でも、大丈夫よ、すぐに元に戻る」

だから、叔母さん、ここはどこなの？

「病院よ。集中治療室よ」

集中治療室？　ＩＣＵ？　でも、なんで？　なんで、私、こんなところにいるの？

「脳梗塞よ」

脳梗塞？

「でも、安心して。軽いやつみたいだから。倒れてすぐに病院に運ばれたから、大事にならなかった。お医者さんも、後遺症の心配はないだろうって。ただ、当分は入院が必要だろうって」

依子叔母さんが早口でまくし立てる。疲労がたまると、毎回これだ。ストレスを発散するかのように、一人で一方的にしゃべり続ける。これがはじまると、お手上げだ。一言だって言葉を挟めない。志奈子は、しばらくは、叔母の独壇場に身を委ねた。

「それにしても、なんだってあんなところにいたの？　たまたま現場にいた監督さんがすぐに見つけてくれたからよかったようなものの」

あんなところ？　監督？　……覚えてない。

「びっくりしたのなんのって。だって、お風呂から出たら、あなた、いないんだもん。てっきり部屋にいると思っていたのに。ロングコートがなかったからコンビニでも行ったのかしら？　と思っていたところに、監督さんから電話。あなたが倒れて、救急車で運ばれたって。私の心臓まで止まりそうになったわ」

私、いったいどこにいたの？　どこで倒れたの？

「安心して、仕事はすべてキャンセル済みだから」

そんなの心配してない。心配するほど仕事は入っていないのは知っている。

「でも、不幸中の幸いね。映画の撮影が終わったあとだったから、途中降板という事態にはならなかったわ。降板なんかしたら大変なのよ、賠償金とか色々とね。あなたのママも一度降板したことがあって、そのときは――」

叔母さんが、しまったという顔をした。それを合図に、叔母さんの弾丸トークが一時停止した。

「ママといえば――」

志奈子はここでようやく言葉を挟んだ。

「ママの夢を見ていた。最後にママに会った日のこと」

「ああ、そういえば、お医者さんが――」

叔母さんが、あからさまに話を逸らした。が、志奈子は続けた。

「私、あの日のことはずっと夢だと思っていたのよ。それか、エイプリルフールの茶番だって。だって、誰かがずっとそう暗示をかけていたから。あれは〝嘘〟だって、エイプリルフールだって。だから、私もそう思い込んでいた。でも、違う。あれ、現実に起きたことでしょう？　叔母さん」

「……………」

「そして、暗示をかけ続けていたのは、叔母さんでしょう？」

「ううん、違うのよ、そうじゃなくて――」

「分かっている。叔母さんは私を守ろうとしてくれていた。……ママが起こしたあの事件から私を守ろうとしていたんでしょう？」

叔母さんの頬が激しく痙攣する。と同時に、涙がこぼれ落ちた。

「ね、叔母さん。あれは、実際に起きた事件なんでしょう？」

「……………」

「でも、当時、ニュースにはならなかった。今も、なかったことになっている。あんな大きな事件なのに、そんなことができるの？　……そう、そういうことができる人がいるのよ、この日本には」

「志奈ちゃん、もうそのことは――」依子叔母さんが悲しげに顔を傾げる。でも、志奈子は止まらなかった。

「あの日あの現場にいた里山勇造。大物政治家で、未唯紗英子のパトロン。あんな事件が起きて、さらに自分も巻き込まれたとなったら、とんでもないスキャンダルになる。選挙中だったから、外に漏れるのはどうしても避けたかった。だから、あの人はこっそり人を呼んでママをどこかの病院に連れて行って、あとはすべて揉み消した。違う？」

「……」

「叔母さんも、口止めされたんでしょう？」

「……」

「でも、大物政治家ってすごいわね。あんな大きな事件が起きたというのに、揉み消すことができるんだから。後に、日本のフィクサーなんて呼ばれるだけのことはあるわ。あの人、確か、まだ生きているわよね？　百歳近いわよね？　そんな歳になっても、いまだ日本を陰で牛耳っているんだもの、化け物だわ」

「……」

「でも、人の口には戸は立てられない。あの事件は都市伝説として、地元の人に語り継がれている。ネットでもそんな噂をいくつも見たわ」

「志奈ちゃん、もういいでしょう、その辺で。あまりしゃべると体に障るわ」

「うん、そうだね。私、なんだかとても疲れてきた。少し、眠らせて――」

24
（2022/4/6）


『私、動物が大嫌いなの！』

『やめてよ、ママ、やめてよ！　ママ！　ママ！』

崩れ落ちるふたつの人影。

潰れた、頭部。

飛び出した目玉。

断末魔の叫び。

…………。


「あ、また、夢を見ていた」

志奈子は、目を開けるとしばらくはグレージュ色の天井を見つめた。

さっきまで見ていた夢は、ママと最後に会ったときの記憶の再生だろうか？

いや、違う。

シチュエーションがまったく違う。

なにより登場人物は、三人だ。母親と父親と、そして少年。

「あの母親、どこかで見た気がする。そう、つい最近のことだ」

志奈子は、天井を見つめ続けた。

最近の記憶を取り戻しつつある。そして、自分がゾンビ映画の撮影をしていたことは昨日までにすべて思い出していた。ただ、倒れる直前のことはどうしても思い出せない。どうしてあのとき、自分はあの場所にいたのか。

あれこれと思考を巡らせていると、

「志奈子さん、来ちゃいました！」

と言いながら、女性が入ってきた。スタイリストのミエちゃんだ。そしてその後ろにはヘアメイクのノリちゃん、さらにその後ろにはノリちゃんの弟子のもっちゃん。

「志奈子さん、お加減はいかがですか？」

「私は元気もりもりよ。食欲だってもりもり。もうどこも悪くないんだから」

志奈子は精一杯の笑顔を作った。

元気なのは本当だった。ＩＣＵから一般の個室に移ってから三日、こうやってベッドに横たわっているのが苦痛でならないほどに。リハビリで三十分ほどの散歩が許されているが、それでは全然足りないほどに。

「そうそう、志奈子さんの好きなオレンジ、たくさん持ってきましたよ！」

ノリちゃんが、フルーツ籠を高く掲げた。

あら、綺麗なオレンジ色。美味しそうね。……オレンジ？

あ。

さっきの夢に出てきた母親、あれ、貸し住宅スタジオのオーナーだ。そうだそうだ、あのブランド女だ！　確か、米本という名前の。

え？　どういうこと？

なんで、あの女の夢を？　しかも、夢の中では誰かに殺されて。しかも、夫らしき人まで、殺されて。

え？　もしかして、あの夢、記憶なの？

……どういうこと？

「ね。……ここ最近、S区畝目の住宅で殺人事件のニュースとかあった？」

「え？」三人が顔を突き合わせた。そして、同時に、首を横に振った。

もしかして、まだ事件になってないとか？

いやいや、ただの夢よ。夢に決まっている。米本さんはきっと生きている。

本当？　本当に？

……ああ、気になる！

見ると、叔母の姿はなかった。よし、今がチャンスだ。

「ね。あなたたち。お願いがあるんだけど。……リハビリに付き合ってくれない？　ちょっと行きたいところがあるのよ。畝目四丁目に」

25

（2022/4/9）

東京都は8日、S区畝目の四世帯7人がボツリヌス菌による食中毒を発症した、と発表した。6人が死亡し、1人が重体。

都は、引っ越しの挨拶品として配られた（真空パックされた）ハムからボツリヌス毒素が検出されたため、ハムが食中毒の原因と判断。ハムを製造販売した自由が丘のレストランに対し営業停止を命じた。

亡くなったのは、田上美雪さん（38）、三浦拓郎さん（32）、三浦奈緒子さん（38）、戸井田稔《みのる》さん（41）、戸井田敦子さん（39）、戸井田風香さん（11）。重体は、米本太陽さん（10）。

米本太陽さんの両親である米本詩織さん（41）と米本祥介《しょうすけ》さん（39）も自宅で遺体で発見され、ボツリヌス菌による食中毒との関係を調査している。

なお、田上美雪さんの夫である田上輝さん（40）と娘の咲良さん（6）も群馬県の帰省先でボツリヌス菌による食中毒で死亡が確認され、二人も帰省先で当該ハムを食べたことが分かっている。

田上美雪さんの母親である北山曾根子さん（66）も7日に死亡、ボツリヌス菌による食中毒が原因と判断された。北山曾根子さんも当該ハムを食べたことが確認された。

ボツリヌス菌が作る毒素は地球で最強の猛毒とも言われ、毒素に汚染された食品を摂取後、5

時間〜3日間のうちに発症し——


「ね、叔母さん、このニュース見た?」

スマートフォンでネットサーフィンしていたときだ。志奈子は『新興住宅街の惨事』という記事を見つけた。

「ここ、ゾンビ映画の撮影現場だったところじゃない?」

「ああ、なんかテレビでやってたわね」

叔母が、リンゴの皮を剝きながら言った。なんだか、ドラマのワンシーンのようだ。それにしたって、なんで入院のシーンといえばリンゴなのかしら。私、オレンジのほうが好きなんだけど。

部屋中に、フルーツの香りが漂う。

斜陽だ落ち目だと言われながらも、見舞いの品は毎日のように届く。これをすべて食べきる自信はない。……というか、ちょっと怖い。だって。

「食中毒……ボツリヌス菌が原因で、四世帯の住民が死亡だなんて」

そう、その記事にはそう書いてある。

引っ越しの挨拶品として配られた「ハム」を食べた住民がボツリヌス症を発症し、そして多くが死亡したと。

「はじめは、狂犬病が疑われたみたいね」

叔母さんが、手を止めた。

「症状が似ていたから、そういう噂がネットで広まってしまったみたいで。ジュリーにあらぬ疑いがかけられて処分させられそうになったみたい」

「え？　ジュリーって、あのジュリー？　動物プロダクションの？」

「ところが、違ったらしいのよ。あのワンちゃん、あの辺に棲み着いていた迷い犬だったみたいなの。なんでも、地元の子供たちがかわりばんこに面倒を見ていたみたいよ。で、それを問題視した住人が『あの犬は狂犬病のワクチンを打っているのか』って保健所に通報する騒ぎもあったみたい。そんなこともあって、狂犬病の噂が広まったんだろうね。そういえば、今回被害に遭われた三浦さんって男性も、奥さんに隠れてジュリーのお世話をしていたみたいよ。夜、散歩をさせたり。でも、その男性も亡くなって――」

「で、ジュリーは？」

「今はちゃんと保護されて、シェルターにいるって」

「よかった。……無事だったのね」

「ほんとうね」

「でも、ボツリヌス菌って怖いのね。地球上で最も強力な猛毒だって」

「細菌兵器にもなるみたいね」

「じゃ、ボトックスは？　あれも、ボツリヌスでしょう？」

「ボトックスは、菌体を抜いてあるから大丈夫よ」

「あー、よかった。ボトックス、退院したら真っ先に打ちに行かなくちゃ。もう、顔がしわくちゃよ！」

「予約しておくわ」

「あー、早く、行きたい！　今すぐに！」

「志奈ちゃん、勝手に外出なんてやめてね。三日前、無断外出したでしょう？」

「あ、バレた？」

「どこになにしに行ったの？」

「うん……ちょっと気になることがあってね。畝目に」

「映画の撮影現場の？」

「そう」

「何が、気になったの？」

「うん。ちょっとね。……でも、ただの気のせいだった」

　本当は、住宅街近くのコンビニまで来たところで猛烈な頭痛に襲われて、そのままタクシーを拾って病院に戻ってきた。だから、気になっていたことを確認することはできなかった。が、記事によると、四世帯の住民が食中毒を発症とあるから、米本家も、ボツリヌス菌の被害にあっているのだろう。

　じゃ、あの夢は……、そう、ただの夢だったのだ。

「でもさ、撮影現場でこんな事件が起きて、映画のほうは大丈夫なのかしら？　なにか、風評被害とかはないのかしら？」

「あー、それね」

「なに？」

「あの映画、お蔵入りが決定したみたい」

「え？　やっぱり、風評被害を気にして？」

「ううん、それとは別の話で」

「別の話って？」

「監督に逮捕状が出て、ドバイに高飛びしちゃったらしい」

「えええ！　なんで？」

「なんでも、動画で仮想通貨がらみの詐欺をしていたみたいね」

「仮想通貨？　いやだ、なにそれ」

「あの監督、〝恐児〟というハンドルネームでかなり有名なユーチューバーさんだったみたい。相当荒稼ぎしていたみたいで、六本木《ろっぽんぎ》のタワーマンションの最上階の部屋に住んでいたって。家賃二百万円。……だけど、これでもう、おしまいね。ザマーミロだわ」

26 （2022/4/9）

恐児様。

はじめてメールいたします。B出版社の編集者、根川史子と申します。ドバイではいかがお過ごしですか？

さて、畝目四丁目で起きた食中毒事件に関して、どうしても疑問がありまして、ご連絡いたしました。

恐児さんは、あの住宅街で、映画を撮影されてましたよね？

その理由はなんでしょうか。

きっと、なにか理由があったはずです。

恐児さんは、ある都市伝説を追っていらっしゃったとお聞きしました。

昭和五十四年……一九七九年四月一日に起きたとされるある事件です。

三浦奈緒子さん（私が担当しているエッセイ漫画の作家さん）からその都市伝説を聞いて、私も興味を抱きました。それで、仕事のあいまにちょこちょこ調べていたんです。

結果から言うと、あれは都市伝説ではなくて、実際に起きた事件なんではないかと思うのです。

当時、あの土地には未唯紗アパートメントがありました。表向きは俳優の保養所ということでしたが、実態は、薬物中毒者の隠れ家。そう、そのアパートメントでは日常的に違法行為が行われていました。摘発されなかったのは、とある大物政治家……里山勇造がバックにいたからです。

里山勇造の愛人だったのが、未唯紗アパートメントのオーナーで女優の未唯紗英子。

そして、住人の一人だった女優の美麗摩耶子もまた、里山勇造の愛人だった。美麗摩耶子の娘もまた女優ですが、噂では、父親は里山勇造だとも。

娘の名は、瀧澤志奈子。

今回、恐児さんが彼女を映画の主役に選んだのは偶然ではないですよね？

恐児さん、もしかして、映画は表向きで、本当は瀧澤志奈子のドキュメンタリーを撮るのが目的だったのではないですか？　その延長で、未唯紗アパートメントで起きた事件を掘り起こすのが目的だったのでは？

しかし、予想外の事件が起きた。

四月一日、貸しスタジオのオーナーである米本宅で事件が起きた。

警察は、米本家の三人もボツリヌス症と関係があると発表しましたが、実際は違いますよね？

米本夫妻は、それより以前に殺害され、そして遺体はそのまま家の中に放置されたのではないですか？

証拠があります。三浦奈緒子さんが、四月一日から亡くなるまでの様子を漫画にして残していたのです。（ちなみに、三浦奈緒子さんも、今回の食中毒事件で亡くなりました）

その漫画では、米本夫妻は四月一日に目撃されたのを最後に、誰も見ていない。

さらに、異臭騒ぎ。

息子の米本太陽の言動も怪しかったと、漫画にはあります。たぶん、この息子は事件のあらましを知っている。唯一の目撃者です。

でも、彼の命も風前の灯。ボツリヌス菌による食中毒で。

おかしいんです。

例の漫画によると、米本家は、ハムの詰め合わせはもらっていないんです。

そう、だから、息子はおろか、その両親がボツリヌス菌で亡くなるはずがないのです。

私はこう考えます。

この一連の惨事は、この四月一日に起きた米本夫婦殺害事件が発端なんではないかと。

この殺害事件の実行犯を隠すために、今回のボツリヌス菌食中毒が発生したのではないかと。

引っ越しの挨拶品として配られたハムの詰め合わせを食べて、米本夫妻が死んだことにするために。そのためには、他の住人にも死んでもらう。まさに、「木の葉は、森に隠せ」。

そのボツリヌス菌だって、本当にハムが原因かは疑わしい。

もしかしたら、ボツリヌス菌の毒素を精製したものが使われた可能性はありませんか？

そして、誰かが各家庭に忍びこんで、それを仕込んだという可能性は？

だとすると、ずいぶんと、無茶なことをするものです。

ここまでの隠蔽を行うには、警察と保健所も巻き込まなくてはなりません。そんなことができるのはこの日本でただ一人です。

里山勇造。

都市伝説好きな人なら誰もが知っている、この日本を裏で操るフィクサー。戦時中、生物兵器の研究をしていたという噂もある。彼なら、精製したボツリヌス菌を簡単に用意することもできるはずです。

なにか、ひどく陰謀めいた話ですよね。

こんなことを誰かに言ったら、間違いなく、「陰謀論者」と笑われます。

でも、この国では、こういう陰謀が度々行われてきました。そのたびに、都市伝説が生まれたのです。

恐児さん、あなたに逮捕状が出たということは、陰謀が実際に行われたという証拠に他なりません。

あなたは真犯人が誰か、薄々分かっているのではないですか？

私の推理はこうです。

米本夫妻を殺害したのは……、
瀧澤志奈子。


……根川史子は、ここまで入力して、手を止めた。震えが止まらないからだ。

これを送信したら、自分も間違いなく陰謀に巻き込まれるだろう。

後ろから、子供たちの声が聞こえる。そう、私は編集者である前に、この子たちの母親なのだ。

……死ぬわけにはいかない。

そうして根川史子は、入力途中のテキストを、すべて削除した。

エピローグ

27 （2022/4/1）

「あ、いたっ」

今、何かが頬を掠めた。頬に触れてみると、ぬるりとした感触。血だ。

「ああ……、気をつけてくださいね……。この辺、この時間になるとコウモリがすごいんですよ……」

「コウモリ？」

「はい……。僕もやられました……。腕を噛まれました……」

コウモリ？

志奈子の記憶が突然暴走をはじめる。そして、ついには、母の顔が大写しになった。

「どうしました？」監督が、心配顔で覗き込む。

「ううん、……ちょっと頭痛が」

「頭痛？」

そのときだった。

『私、動物が大嫌いなの！』

『やめてよ、ママ、やめてよ！ ママ！ ママ！』

と言い争う声が聞こえてきた。

米本宅からだ。

「たぶん、児童虐待ですよ。あの奥さん、昼間もめちゃ大声で子供を叱っていた。そして、殴る蹴るの暴行も……僕、たまたま見ちゃったんですよね」監督が、他人事のように言った。

「でも、ワンコの鳴き声も聞こえる。……あの声は、もしかして、ジュリー？」

「ああ、そうかもしれませんね。きっとジュリーが原因で、あの子、叱られてるのかもしれませんね」

「なんで、ジュリーが？」

「実は、あの犬、この辺に棲み着いている野良犬なんですよ」と、そのとき、米本宅からまた罵声が聞こえてきた。

『いったい、どこから入ってきたのよ、この犬。……もう、どっかに連れて行ってよ！　でなきゃ、殺すわよ！』

『やめてよ、やめてよ、ワンちゃんをいじめないで！』

ジュリーの悲鳴のような鳴き声。

志奈子の中で、何かに火がついた。

「ちょっと、私、行ってくる」

「あら、瀧澤さん。いったいなんの用？」

ブランド女の般若顔が、玄関ドアから覗き込む。

「米本さん、ちょっと、お話ししたいことがあるの。お邪魔していいかしら？」

返事も待たずに家に上がると、リビングでは、段ボール箱の狭間で少年と犬が今にも死にそうに蹲っていた。そんな中、夫らしき男が、我関せずとスマートフォンをいじっている。その足元には、筋トレでもしていたのか、ダンベル。

志奈子の中で、何かが切れた。

志奈子は、ダンベル目掛けて走り出した。


ここから先のことはよく覚えていない。

次の瞬間、気がつくと、志奈子は米本家の玄関先の前でよろよろと立っていた。

監督が駆け寄る。

「志奈子さん！」

そして、激しい頭痛がして、志奈子はその場に倒れた。

そのとき、志奈子の頭の中である記憶の封印が解けた。

それは、昭和五十四年四月一日、未唯紗アパートメント。母親が落とした拳銃を、誰かが拾い上げるシーンだった。

拳銃を握りしめるのは――。


ママ！　ママ！　ママ、逃げて！

…………。


パンパンパンパンパン！

パンパンパンパンパン！

パンパンパンパンパン！

28
（2022/4/7）


「え？　なんですって？」

瀧澤依子は、その男に脅迫を受けていた。ゾンビ映画の監督で、通称「恐児」。

「あなたの大切な瀧澤志奈子が、また、人を殺してしまったようですよ」

「また、って、どういうこと？」

「しらばっくれないでくださいよ。四十三年前の四月一日、未唯紗アパートメントで起きた事件、あれ、瀧澤志奈子がやったことでしょう？」

「なんのことかさっぱり分かりません」

「事件当日、小学生の女の子が血塗れで運び出されたのを見た地元民がいるんですよ。志奈子さんも、当時小学生」

「おっしゃっている意味がまったく理解できません」

「いずれにしても、瀧澤志奈子は、また、人を殺してしまったようですね。米本夫妻を。……でも、安心してください。僕、誰にも言いませんから。その代わり、お金、工面してください。……困っているんですよ。今住んでいる部屋の家賃二百万円も払えない。実は、仮想通貨で大損してしまいまして。穴を埋めなくちゃいけないんですよ。ですから、工面してください……三億円ほど」

＋

『里山先生。ご無沙汰しております。瀧澤依子です。

ちょっと面倒な事件が起きました。

まずは、三億円、工面いただけないでしょうか？

それと、志奈子を、どうか助けてやってください。

四十三年前と同じ方法で。

そうです。事件を揉み消していただけないでしょうか。

先生、どうか、断らないでください。だって、来月には大勲位菊花章頸飾《だいくんいきっかしょうけいしょく》を授与される予定ではないですか。

ええ、そうです。我が国最高の勲章です。生前にそれを授与されるのは一般人では先生が七番目。戦後では最初の一人。そんな誉れを、隠し子の不祥事で汚すわけにはいきませんでしょう？

ですからどうぞ、今回もご協力ください。もちろん、私にできることはなんでもします。なんなりとご指示ください。どうか、どうか、よろしくお願いします』
しかし、その電話をした翌日、里山勇造は死んだ。心臓発作だった。

29
（2022/4/9）


終わった。瀧澤志奈子もこれで終わりか。そう覚悟したときだった。

思わぬニュースが、依子の目に飛び込んできた。

一つ目は、恐児がドバイに高跳びしたニュース。三億円を脅し取ろうとした男が、勝手に自滅した。

二つ目は、ボツリヌス菌中毒のニュース。あの住宅街の住民が一人を除きすべて亡くなった。

「え？　嘘でしょう？」

じゃ、四月一日に米本家で起きた事件は？　恐児いわく、その日の夜、米本宅で夫妻は殺害されたと……。

どういうこと？

もやもやしていると、ボツリヌス菌食中毒の第二報が飛び込んできた。重体だった米本太陽が死亡したというニュースだ。その記事には、

「息子が両親をダンベルで殺害した」

という驚くべき真実も記されていた。

米本太陽が、病院で亡くなる前にそう告白したらしい。ちなみに両親の遺体はそのまま家に放置、太陽はゴミ集積所に捨てられていた残飯で空腹を満たしているうちにボツリヌス菌に感染、命を落としたのだそうだ。

「え、ちょっと、待って。じゃ、志奈ちゃんは、米本夫妻殺しとは無関係なの？」

30
（2022/4/14）


「まさか、叔母さん、私が米本夫妻を殺したと思っていた？」

姪の志奈子が、疑念の視線を向ける。脳梗塞の後遺症で記憶が不鮮明だったが、退院した今は完全に記憶を取り戻している。

「そういえば、あの監督も私を疑っていた感じだった。冗談じゃない。私はむしろ、あの子を止めようとしたのよ。……ほんと、叔母さんは早とちりなんだから」

本当だ。この早とちりのせいで、とんでもないことをしでかすところだった。

「それにしても、叔母さん。……あの土地は、なにか呪われているのかしら。四十三年前も、多くの命が奪われた。……ある人によって」

え？　四十三年前？

志奈ちゃん、まさかあなた、あのときのこと、完全に思い出したの？

「安心して。私は誰にも言わない。墓場まで持っていく。あのとき、拳銃を手にして発砲したのは……依子叔母さんだってことは」

姪の言葉に、依子の思考は完全にショートした。

頷くことも、首を横に振ることもできない。ただ立ちすくむ依子に、志奈子は千本ノックをするように次々と言葉を投げつける。

「でも、仕方なかったんだよね。あの場合、ああするしかなかった。でなきゃ、私たちが殺されるところだった。

未唯紗英子に。

だから叔母さんは、ママが落とした拳銃を拾い上げて、未唯紗英子に向けて発砲した。

でも、弾は彼女には当たらず、その場にいた何人かに当たって。あのとき、何人死んだ？　一人、二人、三人……。捕まったら、完全に、死刑だよね。

よかったよね、あの男が揉み消してくれて。

よかったよね、あの男が大物政治家で。

よかったよね、あの男の愛人で。

知ってたよ。あの男は、依子叔母さんも愛人にしていたんでしょう？

それで、ママは病んでしまった。未唯紗英子もね。

コウモリ。

これ、依子叔母さんのことだったんだよね。

昔、横溝正史の小説を読んでいて、気がついた。

ふたつの顔を持つ人って意味なんだってね。

従順な顔と裏切り者の顔。そのふたつを持つ人。

ううん、弁解はいい、分かってる。依子叔母さんだって、好き好んであんな男の愛人なんかになったわけじゃないって。

それに、コウモリだろうがなんだろうが、依子叔母さんは私の大切な叔母さん。そして優秀なマネージャーだもの。私と叔母さんは、一蓮托生のようなものよ。

だから、安心して。このことは墓場まで持っていくから。

ああ、そうそう。なんかドタバタしてて遅れちゃったけど、お誕生日おめでとう。

ハッピーエイプリルフール！

ふふふふふ。冗談よ。

そうだ。誕生日プレゼントもあるんだ。叔母さんが欲しがっていた、エルメスの腕時計。大切にしてね」

もちろん。

依子は放心状態のまま、ゆっくりと頷いた。

【参考資料】

北海道立衛生研究所／恐怖のボツリヌス菌
https://www.iph.pref.hokkaido.jp/charivari/2005_02/2005_02.htm
ウィキペディア

【初出】

Ｗｅｂジェイ・ノベル
第一回　二〇二一年九月十四日配信
第二回　二〇二一年十月十九日配信
第三回　二〇二一年十一月十六日配信
第四回　二〇二一年十二月二十一日配信
第五回　二〇二二年一月十八日配信
第六回　二〇二二年二月二十二日配信
第七回　二〇二二年三月十五日配信
第八回　二〇二二年四月十九日配信
第九回　二〇二二年五月三十一日配信
第十回　二〇二二年七月十二日配信
第十一回　二〇二二年八月二十三日配信
第十二回　二〇二二年九月二十日配信

単行本化にあたり加筆修正を行ないました。

装丁　菊池 祐

写真　©iStockphoto.com/phototropic/Andre Banyai/iZonda
siki/PIXTA
shutterstock.com/Paper Street Design

［著者略歴］
真梨幸子（まり・ゆきこ）
1964年宮崎県生まれ。多摩芸術学園映画科卒。2005年『孤虫症』でメフィスト賞を受賞しデビュー。2011年に文庫化された『殺人鬼フジコの衝動』がベストセラーに。ほかの著書に『６月31日の同窓会』『女ともだち』『5人のジュンコ』『縄紋』『坂の上の赤い屋根』など多数。

４月《しがつ》１日《ついたち》のマイホーム

2023年３月１日　初版第１刷発行

著　者／真梨幸子
発行者／岩野裕一
発行所／株式会社実業之日本社
〒107-0062
東京都港区南青山5-4-30　emergence aoyama complex 3F
電話（編集）03-6809-0473　（販売）03-6809-0495
https://www.j-n.co.jp/
小社のプライバシー・ポリシーは上記ホームページをご覧ください。

ＤＴＰ／ラッシュ
印刷所／大日本印刷株式会社
製本所／大日本印刷株式会社

ISBN978-4-408-53828-0（第二文芸）